HANS ERNST

DER TYRANN VON GSCHWEND

HANS ERNST

Der Tyrann von Gschwend

Roman

TITANIA-VERLAG STUTTGART

© Titania-Verlag, Stuttgart
Umschlag-Foto: Huber/Simeone

Verlags-Nr. 9451
ISBN 3 7996 9451 X
Set: ISBN 3 7996 9454 4

Es geschah gegen vier Uhr morgens im zagen Zwielicht der weichenden Nacht und des aufsteigenden Tages, als der Bauer Sixtus März, dem Hausnamen nach der Bragglehner von Gschwend, aus dem Latschenfeld heraus angeschossen wurde. Das heißt, er hätte wahrscheinlich abgeschossen werden sollen. Aber es mußte ein schlechter Schütze gewesen sein, der es nur zu einem Loch in der Hutkrempe brachte und ganz sicherlich die Schläfe gemeint hatte.

Ein Irrtum war ausgeschlossen, denn der Bauer ging auf freiem Steig dahin, die Büchse lässig über die Schulter gehängt, beide Hände in den Hosentaschen. Das Fernglas schlug bei jedem Schritt gegen seine Brust. Die schweren Nagelschuhe klapperten weithin hörbar, und außerdem hatte sich die Nacht schon so weit in die Dämmerung gemausert, daß man den Mann unmöglich für ein Stück Wild hätte halten können.

Nein, nein, der Bragglehner gab sich gar keinen falschen Hoffnungen hin. Ihm war das Sterben zugedacht worden. Feinde und Neider hatte er ja genug, dieser Sixtus März, dem außer dem großen Hof in Gschwend noch ein kleinerer am Joch gehörte, ferner eine Hochgebirgsjagd, ein Sägewerk und zwei Almen. Zusätzlich war er noch als Mitpächter der Niederjagd des Dorfes Zirnstein beteiligt.

Natürlich war der Bragglehner nicht stehengeblieben wie eine Zielscheibe, sondern hatte sich blitzschnell zu Boden geworfen und hinter einen Felsbrocken gerollt.

Der zweite Schuß, er war genau auf die Sekunde berechnet, als er den Kopf ein wenig aus der Deckung hob, riß ihm den Hut davon und streifte ihn an der Stirn. Er spürte einen kleinen, brennenden Schmerz, fühlte etwas Warmes über sein Gesicht in den schwarzen Kinnbart hineinrinnen und dachte flüchtig, daß nun die Stunde des Ablebens gekommen wäre. Er hob den Kopf nicht mehr über den Stein, lugte nur von Angst geschüttelt daneben vorbei und sah, wie sich die Latschenwipfel bewegten. Das war nicht vom Morgenwind, sondern durch die Bewegungen eines Menschen verursacht, der durch die Sträucher davonflüchtete.

Grimmig auflachend zog der Bragglehner sein Taschentuch und preßte es gegen die Stirn. Es brannte mehr als es schmerzte. Haar- und Hautfetzen schienen ineinandergeklebt zu sein. Darum rann das Blut auch nicht mehr so warm und zügig über sein Gesicht. Und das bißchen Blut konnte doch nicht zum Tode führen.

Als der Bauer das endgültig begriffen hatte, begann er in allen möglichen Ausdrücken auf den feigen Hund zu schimpfen, der ihm ans Leben gewollt hatte. Er konnte sich zwar keine rechte Vorstellung machen, wie der feige Hund aussehen sollte, zumal er selber im Grunde seines Wesens recht feige war, und zwar bei aller Selbstherrlichkeit und Rücksichtslosigkeit, mit der er andere Menschen zu ärgern und zu quälen wußte. Alle Forschheit und Frechheit, mit der er dröhnenden Schrittes durch sein Leben ging, war Spielerei. Er liebte große Sprüche und Beschimpfungen und tat sich auch jetzt keinen Zwang an, den gemeinen Schützen mit empörten Ausdrücken zu bedenken.

Als er sich dann alles an Flüchen und Verwünschungen von der Seele gewälzt hatte — nach Meinung vieler

Menschen hatte er allerdings eine solche gar nicht — legte er sich flach auf den Rücken und sah in den immer heller werdenden Morgen hinein. Im Westen hatte der Himmel noch ein klein wenig Nachtblau, im Osten zeigte sich zart schimmernde Glut. Bald mußte die Sonne kommen. Wind kam auf, fuhr kühl in das Latschenfeld und brachte den Hochwald zu heimlichem Rauschen. Frühglocken aus den Dörfern ringsum in der Tiefe begannen zu läuten. Die Klänge kamen fast ungebrochen herauf und grüßten sich im Echo. Ein paar Lerchen standen plötzlich flirrend in der Luft, im Westen blinzelte noch ein einsamer Stern. Dann erlosch auch der. Die Sonne hatte es endgültig geschafft. Hell und sieghaft stieg der neue Tag herauf und zauberte sein Licht über die Gipfel hin, die das Tal umsäumten.

Das Blut von der leichten Stirnwunde tröpfelte jetzt langsamer. Der Bragglehner besann sich wieder, daß es sein eigenes Blut war, und daß ihm in dieser frühen Morgenstunde ein Lied gesungen worden war, das mit den Worten begann: „Näher zu dir, mein Gott..."

Seine Stirne furchte sich wie in tiefem Nachdenken darüber, daß mit ihm und Gott nicht alles in Ordnung war. Mit Gott sollte nicht besonders gut Kirschenessen sein, wenn man unerwartet vor ihn hintrat und immer weitab von seinem Willen gelebt hatte. O nein, es war gar nicht so einfach, wenn man sich vorstellte, daß er jetzt eigentlich daliegen könnte, ohne Atem und Pulsschlag. Die Trauer um ihn würde zwar nicht sonderlich groß sein, das wußte er. Aber weil ihm dies in dieser Minute nachdrücklicher als sonst einfiel, wollte ihn etwas wie Verdrossenheit überkommen, oder verletzte Eitelkeit, weil er schließlich vier Kinder hatte und eine Frau, die ihn nicht liebten, eher haßten.

Auf einmal war der Klang von Almglocken in seinem Ohr. Die Sennerin von der Kreuz-Alm trieb ihre Kühe mit weithintönenden Lockrufen vom Almfeld in den Stall hinein zum Melken. Und als hätte es dieses Rufens und Läutens erst bedurft, um zu wissen, was der leicht angeschossene Mann zu tun habe, versuchte er, sich zu erheben. Seine Knie wankten einen Augenblick, der Hüne schwankte ein wenig, doch dann streckte er den wuchtigen Kopf, grätschte die Beine und stand wie eh und je.

So ging er den Weg, den er vor einer knappen Stunde gekommen, zurück, ließ seine Jagdhütte links liegen und stieg über das Almfeld hinunter zur Kreuzhütte. Er überquerte die kleine Holzbrücke, die über den Zirnbach führte, der hier noch ein unschuldsvolles Wässerchen war, das blank und hurtig über die Steine sprang. Drunten im Dorf aber war es schon ein ganz schöner, breiter Bach, der auch sein Sägewerk trieb und in dem es Forellen gab. Hier verweilte er ein wenig, setzte sich ans Ufer und erschrak vor seinem Gesicht, das mit den gestockten Blutrinnen wie eine Fastnachtsmaske aussah.

„Der hat mich sauber zusammengerichtet", schimpfte er vor sich hin, ließ es sich aber nicht einfallen, sich etwas niederzubeugen, um mit den Händen wenigstens das Blut wegzuwaschen, damit sein Gesicht wieder menschliche Linien zeige. Für einen Augenblick erwog er den Gedanken, den Doktor im Dorf aufzusuchen. Genauso schnell aber schob er solches Denken wieder beiseite. Vor dem Doktor hatte er Angst. Vielleicht der einzige Mensch, vor dem er Angst hatte. Er hatte ihn allerdings noch nie gebraucht, außer damals, als er in das Fuchseisen geraten war. Nein, nein, er hatte es nicht vergessen, wie der Kerl in der Wunde umeinandergestochen hatte, ohne jedes Gefühl, und ohne daß er ihn betäubt hätte. „So ein Riesenmannsbild wird das doch aushalten ohne Narkose", hatte er dabei gesagt. Und der Bragglehner hatte dazu grimmig genickt, weil diese drallgewachsene Sprechstundenhilfe dabeigestanden war. Vor der wollte er unbedingt als „riesiges Mannsbild" gelten. Blond war sie gewesen, mit einem Grübchenlächeln in den Wangen. Ihretwegen hatte der Bragglehner nicht auf eine Narkose gedrängt. Aber es war schon eine Gemeinheit, einen Menschen zu schinden und dann hernach auch noch eine Rechnung zu schicken, als habe er in der Mathematik einen Sechser gehabt.

Und so griff er wieder nach seinem Gewehr, nahm es über die Schulter und ging weiter. Von der Morgensonne umflimmert lag die Almhütte da. Die Tür stand weit offen, ein dünner Rauchfaden schlängelte sich aus der Esse, im Hintergrund weideten ein paar Schafe. Die Alm gehörte dem Kreuzer von Öd, und bewirtschaftet wurde sie von der Sennerin Marianne Stubler, einer hochgewachsenen Frauensperson in den dreißiger Jahren, die mit einem Sägewerksarbeiter verheiratet war und zwei Kinder hatte.

Niemand war in der Hütte, die Sennerin draußen im Stall molk die Kühe. Auf dem Herd stand ein großer Hafen, in dem Wasser kochte. Über der Herdstange hingen ein roter Unterrock und ein paar Zwickelstrümpfe. In einer Stellage neben dem Herd waren ein halbes Dutzend Kupferpfannen nebeneinandergereiht, eine immer größer als die andere. Die Sonne fiel breit durch die zwei kleinen Fenster herein und ließ die Pfannen aufglitzern, als seien sie aus reinem Gold.

Der Bragglehner hängte sein Gewehr an einen Haken

neben der Tür, streifte seine Joppe ab und ging in den Hintergrund der Hütte, wo sich unter der Stiege ein Lager aus Seegras befand. Darauf lagen ein paar gegerbte Schaffelle. Mit seinen Einmeterzweiundneunzig mußte der Bauer sich bücken, um an den schweren Föhrenbalken, die die Decke trugen, nicht anzustoßen. Mit einem hörbaren Seufzer ließ er sich auf das Lager nieder und stützte den Kopf in die Fäuste.

Jetzt erst schien er die Zeit gefunden zu haben, darüber nachzudenken, wer ihm das Lebenslicht hatte ausblasen wollen. Gesichter zogen an ihm vorbei, aber keinem wollte er es recht zutrauen. Dem Graber nicht, der einen Prozeß wegen eines Wegrechts gegen ihn verloren hatte, und auch dem Schropfmaier nicht, dem er zu Lichtmeß einen Knecht und eine Magd abgeworben hatte. Die beiden hatte er auf das Gütl am Joch gesetzt, das sie für ihn bewirtschaften mußten. Der Steffan Lenz, den er wegen Wilderns zur Anzeige gebracht hatte, konnte es auch nicht gewesen sein. Der saß gerade noch seine sechs Monate ab. Dem wäre es am ehesten zuzutrauen gewesen; denn als sie ihn verurteilten, hatte er ihm im Gerichtssaal noch zugerufen:

„Das zahl ich dir heim, Bragglehner!"

Wer aber könnte ihn noch dermaßen hassen, daß man ihn dafür totschießen wollte? Ein paar Frauengesichter tauchten noch auf, denen er einmal recht übel mitgespielt hatte. Aber so treffsicher konnte eine Frau gar nicht schießen, und so tief hatte er auch keine gedemütigt, daß sie dafür einen Mord auf sich nehmen würde. Weiber haben andere Waffen, mit denen sie Unrecht zurückzahlen können, ohne zu einem Gewehr greifen zu müssen. Ein Kugelstutzen mußte es gewesen sein. Eine Schrotbüchse wäre ihm schlechter bekommen.

Dann säße er jetzt wahrscheinlich nicht mehr hier und könnte nicht darauf warten, wie die Mariann erschrekken würde, wenn sie sein blutverschmiertes Gesicht sah. Das war nun wieder eine jener Unergründlichkeiten in seinem Charakter: sich darüber zu freuen, wie ein Mensch erschrak.

Es war so still in der Hütte, daß man die Fliege summen hörte, die um die blaugewürfelten Vorhänge wischte und manchmal an die Scheiben schlug. Die Stalltüre mußte nur angelehnt sein, denn man hörte, wie die dünnen Strahlen der Milch in den Eimer gemolken wurden. Einmal blökte draußen ein Schaf, das Wasser am Herd begann zu sieden. Und plötzlich überkam den Mann eine schwere Müdigkeit, daß er sich auf dem Lager einfach ausstreckte. Die Füße mit den schweren Schuhen hingen dabei am andern Ende herunter. Schon im Langstrecken bis zum Sterben erschlafft, schlief er innerhalb weniger Sekunden ein.

Vielleicht war es eine Stunde oder nur eine halbe, als ihn die Almglocken jäh aus dem Schlaf rissen. Die Mariann hatte die Kühe wieder auf das Almfeld hinausgetrieben. Langsam richtete er sich auf dem Ellbogen auf. Er schaute durch das Fenster und sah die Mariann beim Brunnen draußen. Sie hatte das Leibchen abgestreift und wusch sich mit einer Gründlichkeit, als hätte sie den Staub einer Woche von den nackten Armen zu schrubben. Hernach kamen die Füße dran, stämmige Gebilde, jedoch makellos gewachsen, soweit man sie sehen konnte. Dann ließ die Mariann das Röckl wieder fallen und kam auf die Hütte zu. Die Sonne spielte schmeichelnd in ihrem schönen, reichen Blondhaar, das sie nur flüchtig im Nacken zu einem Knoten zusammengewunden hatte.

Der Bragglehner setzte sich auf, stemmte die Fäuste auf die Schenkel und wartete auf das Erschrecken, das nun kommen mußte. Die blanken Füße der Sennerin klatschten auf den Dielen, als sie zur Tür hereinkam und schnell zum Herd ging, um den Deckel von dem Topf mit kochendem Wasser zu nehmen. In diesem Augenblick erst schien sie die Nähe eines Menschen zu spüren und wendete das Gesicht zum Winkel hin.

In ihrem schönen, gleichmäßigen Gesicht verzog sich kaum eine Miene. Sie griff nur nach den Strümpfen und dem Unterrock.

„Dreh dich um", sagte sie mit ihrer dunklen, fast männlich klingenden Stimme. Erst als der Bragglehner dieser Aufforderung nicht nachkam, schaute sie genauer hin. Ihre Augenbrauen zogen sich nur ganz leicht hoch.

„Wie schaust denn du aus?"

„Angeschossen hat man mich", antwortete er fast beleidigt, daß sie nicht mehr Interesse zeigte.

„Wer hat dich angeschossen?"

„Wenn ich das wüßte! Was glaubst du, was das für einen herrlichen Prozeß gäbe."

„Ja, ja, das ist bei dir das erste. Ein Prozeß. Als ob du noch nicht genug geführt hättest."

„Man muß sein Recht eben dort suchen, wenn man es anders nicht kriegt. Schau einmal nach, wo es eigentlich fehlt."

Unschlüssig stand sie einen Augenblick, dann entschied sie sich:

„Ich muß mich zuerst umziehn. Brauch' nicht lang."

Sie verschwand hinter einer Türe in ihre winzig kleine Schlafkammer und erschien nach etwa zehn Minuten wieder. Jetzt hatte sie das Haar geflochten und die Zöpfe um die Stirne gelegt, trug einen knappsitzenden grünen Spenzer und einen Faltenrock, der gerade über die Knie hinunterreichte. Nun erst kam die Größe ihrer Gestalt so richtig zur Geltung. Eine herbe, kraftvoll erblühte Frauenschönheit war sie, mit dem stattlichen Wuchs von Einmeterachtzig. Für eine Frau eine beachtliche Größe. Aber nichts an ihr war danebengeraten. Der Hals stieg schlank und tadellos aus dem Spenzerausschnitt. Das Gesicht mit den dunklen Augen war braungebrannt von der Sonne. Alles an ihr schien Kraft und blühendes Leben. Und dieser Nacken beugte sich nicht vor dem herrschsüchtigen Bauern Sixtus März, weder in Demut noch in Angst. Oder besser gesagt, er beugte sich nicht mehr. Die Mariann war aus seiner Macht herausgewachsen und sagte ihm zuweilen Dinge, die er schweigend schlucken mußte.

„Jetzt laß einmal sehn", sagte sie und nötigte ihn, ans Fensterlicht zu kommen. Mit schmalen Augen betrachtete sie die Wunde und lächelte dabei, so gering schien sie ihr zu sein. „Du könntest dich genausogut irgendwo angestoßen haben. Nach einem Schuß sieht es nicht aus."

„Es war aber einer. Zwei sogar."

„Ja, ich hab sie gehört. Ich dachte, du hättest den Hirsch das erste Mal nicht getroffen."

„Wann hab ich schon zweimal auf ein Stück schießen müssen?" fragte er gereizt und war schon soweit, mächtig loszubrüllen, weil sie ihm überhaupt kein Mitleid entgegenbringen wollte. Es war doch immerhin etwas geschehen, man hatte ihm ans Leben gewollt, und das konnte doch gerade der Mariann nicht gleichgültig sein. Aber eben als er loslegen wollte, stieß er einen tierischen Schrei aus vor Schreck und Schmerz, denn die Mariann hatte mit einem nassen Tuch ziemlich unsanft die Stelle berührt, wo Fleisch und Blut und Haare ineinander verkrustet waren.

„Nanana", sagte sie ungerührt. „Plärr doch nicht gleich so, als ob du am Messer stecktest."

„Ja freilich, du brauchst es ja nicht aushalten."

„Na, dann wasch' dir zuerst einmal das Gesicht sauber. Bis jetzt kann man noch nichts Rechtes sehn."

Flink, und nun vollends bei der Sache, goß sie warmes Wasser in eine Schüssel, legte Handtuch und Schere zurecht und suchte nach einem Heftpflaster. Es stellte sich dann heraus, daß es tatsächlich ein Streifschuß war, der nur einen Zentimeter tiefer hätte gehen müssen, dann stünde der Mann jetzt nicht mehr vor einer Wasserschüssel, sondern schon hinter dem Tor der Ewigkeit.

„Jetzt beiß die Zähn zusammen", sagte die Mariann, als sie die Haare um die kleine Wunde herum weggeschnitten hatte.

„Warum, was hast im Sinn?"

Geradezu lächerlich wirkte der hünenhafte Mann in seiner kindlichen Angst, und die Mariann fühlte eine tiefe Genugtuung, ihn auch einmal so zu sehen.

„Ich werd' das jetzt mit Salmiakgeist säubern", gab sie zu verstehen. „Das mag vielleicht ein bißl brennen, aber ein Mannsbild wie du hält das leicht aus. Und wenn du meinst, daß du wirklich schreien mußt, dann schäm dich nicht und schrei."

„Du brauchst es ja nicht aushalten", sagte er wieder und setzte sich auf die Bank. Es war gut, daß sie das vom Schreien gesagt hatte, denn er hätte es jetzt am liebsten getan. Es brannte wie höllisches Feuer. Aber er knirschte nur mit den Zähnen.

„Das Kinderkriegen ist auch grad keine Wohltat", sagte die Mariann zu seinem Knirschen recht anzüglich.

Daraufhin hörte er sofort auf und schob nur mehr das Kinn vor.

„Einen Verband bitt' ich mir aus", sagte er dann, als sie nur einen Streifen Heftpflaster über die Schramme kleben wollte.

„Wenn du unbedingt angeben willst", gab sie nach und suchte in ihrem Verbandkasten nach einer Binde. Dann aber dachte sie doch eingehender darüber nach, daß dieser Mann jetzt tot und starr da droben am Rande des Latschenfeldes liegen könnte. Sie wußte ja nun Genaueres, weil er ihr während des Verbindens mit weitschweifiger Ausmalerei erzählte, wie es gewesen war. Dabei geriet er in den Bereich des Mystischen, demnach er die Sache bereits geahnt habe. Man kenne die Dinge, bevor sie kommen. So wie man ein Gewitter spürt, noch ehe es vom Westen her aufsteigt. Mit dieser Weitschweifigkeit hätte er noch weiterphantasiert und das Ende nicht gefunden wie ein schlecht vorbereiteter Redner, wenn die Mariann jetzt nicht resolut gesagt hätte: „Und jetzt will ich endlich zu meiner Frühsuppen kommen. Du wirst auch Hunger haben."

„Milchsuppe?" fragte er, schüttelte den Kopf und erklärte ihr, daß das verlorene Blut neu ersetzt werden müsse durch einen Rotwein. Dem Burgenländer Rotwein traute er mehr Fülle zu als dem Tiroler Roten. Und seiner Rechnung nach mußten noch ein paar Flaschen davon im Keller sein. Ein Dutzend vielleicht noch. Aber die Mariann sagte, daß nur mehr zwei Flaschen im Keller seien. Sie selber habe hin und wieder einen Schoppen getrunken, und ein paarmal hätten auch vorüberkommende Touristen Rotwein verlangt.

„Du tust dich leicht", begehrte er auf und griff nach dem Verband, der recht ordentlich saß. Damit konnte man schon Eindruck schinden und großspurig von einem Mordanschlag reden, ohne darum gefragt zu werden. „Schließlich hab' ich ja den Wein 'raufgebracht, daß ich mit dir hin und wieder ein Glas trinken kann. Dann verkauft sie ihn an die Fremden!"

Schon an der Kellertür stehend, wandte die Mariann noch mal das Gesicht.

„Reut es dich? Ich kann dir ja das Geld dafür geben, wenn du meinst."

Ohne seine Antwort abzuwarten, hob die Mariann die Kellertür und stieg hinunter. Im Keller roch es ein bißchen nach Moder und eingebeizten Rehfleisch. Im Dunkeln griff sie nach einer Flasche Rotwein und ließ hernach versehentlich die Falltüre zufallen, daß es wie ein Schuß durch die Hütte dröhnte.

„Du kannst einen vielleicht erschrecken", sagte der Bragglehner ungemütlich.

„Seit wann hast denn du keine Nerven mehr?"

„Seit heut früh", gestand er offen und suchte sein Taschenmesser hervor, an dem ein Korkenzieher war. Dann schenkte er für sich ein Glas voll. „Magst auch?"

Die Mariann schüttelte den Kopf. „Ich hab noch nichts im Magen. Für dich wär's auch besser, du tätst zuerst was essen."

Sie schüttete heiße Milch in eine Tonschüssel, gab etwas Salz dazu und brockte sich dunkles Bauernbrot ein. Er aber schüttete den Wein in sich hinein, ließ ihn weglaufen wie ein gieriger Trinker, oder als käme es ihm darauf an, das verlorene Blut in ein paar Minuten wieder aufzufüllen. Dann sagte er:

„Ich hab mir heut früh schon drei Spiegeleier gemacht." Er sah sie lange an und stellte fest: „Früher, da war alles ganz anders da heroben in deiner Hütte."

Sie ließ diese Anspielung über sich ergehen wie den leisen Wind, der zum Fenster hereinstrich. Ruhig aß sie weiter.

„Früher ist längst vorbei, Bragglehner."

„Das waren noch Zeiten", schwärmte er und tat einen Seufzer in sein Weinglas hinein.

„Wenn ich dran denk', dann graust mir. Ich kann heut noch nicht verstehen, wie ich auf dich hab 'reinfallen können. Da muß mich rein der Verstand verlassen haben."

„Das möcht ich jetzt wieder nicht sag'n. Soweit ich mich noch erinnern kann, bist du mit dem ganzen Herzen und allem dabeigewesen."

„Leider ja. Neunzehn Jahr war ich alt, damals. Und gewußt hab ich noch nichts von einem Mann. Dir aber hab ich alles aufs Wort geglaubt. Und während du mir Lieb' und Treu geschworen hast, bist du mit der reichen Bragglehnertochter bereits das erste Mal aufgekündigt worden, ist dein Heiratsaufgebot mit ihr bereits an der Gemeindetafel angeschlagen gewesen. Ich weiß noch so gut, wie ich einmal an einem Sonntag nach Zirnstein 'nuntergehn hab wollen zu einem Tanzfest. Da hast du mir zugeredet wie einem kranken Roß, daß ich es nicht tun soll, und bist lieber zu mir 'raufgekommen. Erst hernach hab ich das alles begriffen, Angst hast du gehabt, ich könnte dein Aufgebot mit der andern lesen. Und an dem Tag, genau an dem Tag, an dem du mit der andern Hochzeit gehalten hast, da hab ich's gewußt, daß ich so dran bin."

„Mußt denn du allweil die alten G'schichten aufwärmen?" fragte er verdrossen.

„Soll ich sie vielleicht vergessen? Deine Feigheit? Deine Schlechtigkeit? Ich glaub', du begreifst bis heut noch nicht, wie gemein du an mir gehandelt hast. Im übrigen: heut bin ich ja froh, daß es so gekommen ist. Deine Frau ist nicht zu beneiden, wenn sie neben so einem herleben muß."

Wütend stellte er das Weinglas nieder, daß es überschwappte. Dunkelrot lief der Wein über die Tischplatte hin.

„Was heißt: ‚so einer'? Red' nur nicht gar so leicht!"

„Schrei mich nicht so an! Die Zeiten, wo du mich hast einschüchtern können, die sind vorbei. Man weiß doch, was du für einer bist. Oder meinst du, die Leut können es vergessen, daß du deine eigenen Kinder vor den Pflug gespannt hast und mit der Peitschen hintnachgegangen bist? Oder wie du deine Bäuerin peinigst und drangsalierst. Ausgerechnet die, der du es zu verdanken hast, daß du heut der reiche Bragglehner bist. Was warst denn früher? Ein Holzknecht aus dem Tirolerischen."

„Ist das vielleicht eine Schand?"

„Das nicht. Bloß soll man nie vergessen, wo man hergekommen ist. Aber ich kann mir's ja denken, du wirst der jungen Bragglehnertochter damals genauso mit deinen Sprüchen den Kopf verdreht haben wie mir. Heut bin ich, wie g'sagt, froh, denn was in deiner Nähe leben muß, zerbrichst du. Auch das Leben deiner Kinder zerstörst du. Sie dürfen nicht aufmucken, du duckst sie grausam unter deinen eiskalten Willen."

„Brav, brav, nur so weiter", sagte er ungerührt. „Denk aber bloß nicht, daß du mich beleidigen kannst. Ich weiß, wie ich meine Kinder erziehe, daß mir keines über den Kopf wächst."

„Dann kann ich unserm Herrgott bloß danken, daß die Beda nicht in deiner Erziehungsgewalt ist."

„Die Beda, die Beda. Hoffentlich hast du sie richtig erzogen. Ich weiß ja überhaupt nicht, wo sie steckt."

„Was geht denn dich das an? Heimlich hast die zwanzig Mark auf ein Konto eingezahlt, daß ja niemand was erfährt. Sonst hast du dich nie gekümmert um sie. Hast nie gefragt, ob sie sonst was braucht. Heut ist sie in der Kreisstadt und — es geht ihr gut."

„Na also dann. Wo sie ist, brauch ich ja nicht wissen."

„Nein. Aber weil wir grad schon von ihr reden: Heuer wird sie achtzehn Jahr alt, und sie braucht für den Winter neue Schi und Schuh dazu."

„Und die soll ich kaufen, meinst?"

„Anstehn tät dir das ganz gut, weil du sonst nie was für sie übrig gehabt hast. Schließlich ist sie ja auch —"

„Ja, ja, ist schon recht. Wer weiß, was die in der Stadt treibt. Wird schon so ein Stadtflitscherl geworden sein."

Flammende Röte huschte über Marianns Stirn, und ihre Stimme klirrte: „Halt deinen Mund, sonst —!"

„Ist schon recht", gab er klein bei. Dieses Thema lag ihm überhaupt nicht. Er schenkte sich ein und trank wieder. Mit schmalen Augen betrachtete sie ihn von der Seite her, und ganz flüchtig mußte sie denken, daß er eigentlich noch immer ein imponierender Mann war. Nicht nur seiner Größe wegen. Sein Gesicht war markant geschnitten, der dunkle Kinnbart und sein volles Haar zeigten noch nirgends einen grauen Schimmer. Die Zähne hinter den vollen Lippen waren noch vollzählig und schneeweiß. Aber wenn er den Mund zusammenpreßte, dann wirkte er brutal. Es war vorstellbar, daß er ohne Erbarmen einen Menschen mit seinem Fuß zertrat. Man fürchtete ihn. Nur die Mariann fürchtete ihn nicht mehr. Haß und Enttäuschung hatten ihr die Kraft gegeben, ihm in allem zu widersprechen. Gegen sie war er ohnmächtig. Nur dann sprang ihn der heiße Zorn an, wenn sie ihm Vorwürfe machte, so wie jetzt.

„Du erziehst ja deine Kinder nicht. Du prügelst sie in die Jahre hinein. Wie du dich nur nicht schämst! Alles, was in deine Hände kommt, zerbrichst du, so wie du mich einmal zerbrochen hast."

„Übertreib nur nicht. Gerade du hättest den wenigsten Grund, dich zu beschweren, und wenn —"

Ein hartes Lachen unterbrach seine Worte.

„Fang bloß nicht mit der Litanei an, wieviel Gutes ich dir zu verdanken hätte. Dir hab ich nämlich mein verpfuschtes Leben zu verdanken, und früher hab ich mir manchmal gedacht, es wäre besser gewesen, wenn ich dich umgebracht hätte."

Raubvogelartig schnellte sein Gesicht vor. Das Braun seiner Haut ließ ihn zwar nicht erblassen, aber die Heiserkeit seiner Stimme deutete an, wie tief ihn das getroffen hatte.

„Vielleicht warst es gar du, die mich heut früh —?"

„Nein", unterbrach sie ihn heftig. „Du weißt ganz genau, daß ich mit einem Gewehr nicht umgehen kann. Außerdem, jetzt wäre es zu spät für mich. Damals hätte ich es tun sollen, als ich begriffen hab, was du aus mir gemacht hast. Heute versteh' ich nicht mehr, wie du mich zu einem solchen Gehorsam und zum Schweigen hast zwingen können."

Langsam hatte er sich wieder beruhigt. Ein paarmal zupfte er an seinem Verband herum, drückte die flache Hand darauf, als könne er das Brennen hinter der weißen Binde damit lindern.

Hell glänzte die Sonne. Die Vögel sangen, und einmal hörte man den langgezogenen Schrei eines Habichts. Leise rauschte der Wind in den zerrissenen Wetterbäumen, die hinter der Hütte standen. Eine Welt voller Frieden ringsum.

„Jetzt paß einmal auf, Mariann", versuchte er es nun in einem biederen Ton. „Ich hab dir damals die nette Wohnung bei der Sägmühl überlassen. Dein Mann, der Stubler —"

„Mit dem du mich im Schnellzugstempo verkuppelt hast", unterbrach sie ihn, „damit ich wenigstens ein' Vater hab für mein Kind. Zum Glück ist er ein seelenguter Mensch und glaubt, daß die Beda sein Kind ist. Ich müßt den Mann auf meinen Händen tragen und ihm jeden Tag danken für seine Lieb' und Güt'."

„Ich zahl ihn auch nicht schlecht, und es wär' überhaupt nicht notwendig, daß du noch jedes Jahr auf die Kreuz-Alm 'raufziehst und dem Kreuzer die Magd spielst. Du hättest genausogut auf meiner Alm wirtschaften können. Ich hab dir das Angebot damals gemacht."

„Ja, freilich, sonst nichts mehr. Ich hab dich durchschaut gehabt, Bragglehner. Deine Alm bewirtschaften! Dann hättest du ein Recht gehabt, jederzeit zu kommen. Nebenbei hast du dir ausgerechnet, ich könnt' schließlich doch wieder schwach werden. Aber ich hätt' nicht getaugt zur Ehebrecherin. Mir hat die andere Sünd' schon gereicht. Einmal war ich leichtsinnig, ja. Aber den Mann zu betrügen, der vor die Lücke gestanden ist, der mich geheiratet hat, noch bevor meine Schand' ruchbar geworden ist, das hätt' ich nie im Leben fertiggebracht. Und jetzt bin ich glücklich und zufrieden. Ich möcht gar nimmer tauschen mit dir."

Das traf seine Eitelkeit. Eine Weile starrte er vor sich hin, dann hob er den Kopf und stellte abermals fest:

„Trotzdem bräuchtest du da heroben nicht wirtschaften. Manchmal hab ich schon den Verdacht gehabt, du gingst bloß 'rauf, um von dem Krischperl von einem Mann wenigstens für einen Sommer wegzukommen."

Diesmal wurde sie gar nicht zornig. Sie lachte den Bragglehner nur aus.

„Oh, du eingebildeter Protzenbauer. Das Krischperl von einem Mann hat im kleinen Finger mehr Anstand und Ehrgefühl wie du. Der Grund, warum ich da 'rauf geh auf die Alm — weil ich da reine, frische Luft hab und auch, weil wir's Geld brauchen können. Und der zweite Grund ist der, das kannst du ruhig wissen — weil ich meine zwei Kinder die ganzen Ferien über bei mir heroben haben durfte, ohne daß der Kreuzbauer etwas dagegen hatte."

Er tat so, als habe er das nicht verstanden, und schaute zum Fenster hinaus.

„Das gibt wieder einen heißen Tag heut. Der Sommer läßt sich überhaupt gut an."

Die Mariann stand auf und räumte ihre Schüssel weg. Dann schüttete sie aus einem Eimer Milch in den Separator und griff nach der Kurbel.

Die Unterlippe vorgeschoben, schaute er zu ihr hin und mußte unwillkürlich feststellen, daß sie sich in den Jahren nur wenig verändert hatte, höchstens, daß sie äußerlich fraulicher, reifer geworden war. Innerlich allerdings hatte sich eine große Verwandlung vollzogen. Aus dem übermütigen, lebensfrohen Geschöpf, das einmal über jeden Stein am Wege hatte lachen können, war eine nachdenkliche, verschlossene Frau geworden, deren Lachen nie mehr so lustvoll aufklang wie in jenen

Tagen, die längst mit den Jahren über die Berge fortgewandert waren. Dieses Lachen hatte der Bragglehner zerstört. Aber das rührte ihn überhaupt nicht, und auch jetzt wollte ihn wieder die Begierde anfallen, sie in seine Arme zu reißen und diesen trotzigen, herben Mund zu küssen. In Sekundenschnelle aber bedachte er, daß ihm dies sehr schlecht bekommen würde. Die Mariann ließ sich von ihm nicht mehr küssen, und sie hatte eine rasche, harte Hand.

Leise begann der Separator zu surren, bis er einen vollen, singenden Ton von sich gab. Dünn und goldgelb rann der Rahm in die große, untergestellte Schüssel und in einen Eimer die schäumende Magermilch. Bevor dann die erste Menge abgeflossen war und die Mariann einen zweiten Eimer voll aufschütten konnte, schob sich der Bragglehner hinter der Bank hervor, setzte vorsichtig seinen Hut über den weißen Verband und griff nach seinem Gewehr.

„Dann geh ich halt jetzt wieder."

Die Mariann zuckte nur mit den Schultern. Sie hatte nicht das geringste Bedürfnis, ihn etwa aufzuhalten. Der Mann gab sich törichten Hoffnungen hin, wenn er erwartet hatte, sie würde ihn zum Bleiben auffordern.

„Wirst sowieso froh sein, wenn ich wieder weiter bin."

„Ob du da bist oder gehst, mir ist das so gleichgültig wie der Putzeimer dort hinten."

„So weit hast es kommen lassen."

„Ich hab nur noch einen Funken Ehrgefühl behalten trotz allem."

Er trat in die Sonne hinaus, blinzelte ein wenig vor dem grellen Licht und öffnete dann das Gatter.

Als er sich umdrehte, um das Eisenkettlein wieder

einzuhängen, sah er die Mariann auf der Türschwelle stehen. Die Arme hatte sie über der Brust gekreuzt. Die Sonne umschmeichelte ihre hohe Gestalt, ihr Haar glänzte in der Sonne wie ein reifes Weizenfeld.

„Willst noch was?" fragte er vom Gatter her.

„Ich will dich bloß nochmal erinnern, daß die Beda für den Winter —"

Er machte eine heftige, wegwerfende Handbewegung, murmelte etwas vor sich hin, das sich anhörte wie jener Spruch des Ritters Götz mit der eisernen Hand, und stapfte davon. Die weiße Binde unter seinem Hut leuchtete, bis er im schattigen Hochwald verschwand.

Immer noch stand die Mariann dort, legte den Arm gegen den Türstock und lehnte den Kopf daran, als sei sie müde, sehr müde. In ihrem Innern spürte sie jenes heiße Brennen, wie aufkommende Tränen es verursachen. Aber sie weinte nicht. Schon lange nicht mehr. Um diesen Mann wenigstens nicht mehr, der ihr einmal den Himmel versprochen und ihr die Hölle beschert hatte.

Blutjung war sie damals aus der Chiemgauer Gegend beim Kreuzbauern in Zirnstein als Sennerin in den Dienst getreten. Kaum acht Tage war sie auf der Alm gewesen, als eines Abends dieser Sixtus März gekommen war. Kein Wort hatte er verlauten lassen, daß er, der Bragglehner von Gschwend, bereits versprochen war. Hernach war es dann zu spät. Nie hatte Mariann vorher geglaubt, jemals einen Mann von solcher Schwäche und Feigheit erleben zu müssen. Er hatte so getan, als stürze seine ganze, ehrbare Welt zusammen, als müsse er sich eine Kugel durch den Kopf jagen, wenn es ruchbar würde, daß die Mariann ein Kind von ihm erwartete.

Damals war in Mariann etwas zerbrochen, das wohl nie mehr in ihrem Leben zusammengekittet werden konnte. Aber sie war noch nicht die willensstarke Persönlichkeit von heute gewesen, die Enttäuschung war auch zu groß, ihr Wille zu schwach, um sich gegen die Zumutung des Bragglehners aufzulehnen, der ihr in geschäftiger Eile einen Mann zukuppelte, eben jenen Alois Stubler, der meinte, der Himmel mit seiner ganzen Seligkeit sei in seine kleine, karge Welt gekommen, weil diese schöne, stolze Mariann sich ihm geneigt zeigte. Niemals, in all den Jahren, hatte er erfahren, daß ihr Herz dabei leise weinte. Und als dann die kleine Beda zur Welt kam, ging dieser gutmütige Narr, trunken von Vaterglück, auf die Gemeindekanzlei und gab dort zu Protokoll, daß ihm und seiner Frau Marianne ein Mädchen geboren worden sei. „Ein schönes Kind", sagte er stolzerfüllt. „Ein Siebenmonatskind zwar, aber sie hat schon eine Menge blonder Haare auf ihrem Köpfl und makellose Hände." Er hob dabei seine eigene Linke, an der Daumen und Zeigefinger zusammengewachsen waren. Von Geburt an schon. „Da hat man viele Monate Angst", erzählte er weiter, „daß auch ein unschuldiges Kindl mit so einem Erbübel behaftet sein könnte. Aber nein, ganz makellose Hände..."

An das alles mußte die Mariann jetzt wieder denken. An ihren Betrug an dem gutmütigen Mann, und daß sie eine Ehe gebrochen hatte, unwissend zwar, aber die Schuld wurde nicht viel kleiner, auch als sie später die Wahrheit erfuhr. Sie liebte ihren Mann zwar nicht mit jener himmelhochjauchzenden Liebe, aber sie achtete seinen Fleiß, seine Redlichkeit und hielt ihm die Treue.

Sie stemmte sich vom Türbalken ab und nahm ihre

Arbeit wieder auf. Daß sie immer wieder daran denken mußte! Sie wollte es nicht, aber wenn sie den Bragglehner sah, stiegen stets die bitteren Erinnerungen der Vergangenheit auf. Sollte das immer so bleiben? Ihr ganzes Leben lang?

Immer höher war unterdessen die Sonne gestiegen. Mariann stand draußen am Brunnen und säuberte das Milchgeschirr. Droben am Steig, am Fuße des Latschenfeldes, zogen ein paar Bergwanderer dahin. Einmal bückte sich einer und hob ein blutbeflecktes Taschentuch auf, warf es dann mit spitzen Fingern weit von sich ins Latschenfeld hinein. Dann schien er sich mit seiner Begleiterin zu unterhalten, deutete auf den Stein, an dem auch ein paar Bluttropfen zu sehen waren, und meinte: „Es schaut grad aus, als ob da irgend was passiert wäre."

*

Stunden früher.

Die Klänge des erwachten Tages gingen durch die heilige Frühe. Von den Wiesen her hörte man das Rattern der Mähmaschinen. Beladene Grasfuhrwerke schaukelten auf holprigen Feldwegen den Höfen zu. Auf dem Kirchturm zu Zirnstein läutete die Glocke zur Frühmesse, und beim Postwirt schrie ganz jämmerlich ein Schwein, das der Metzger ins Schlachthaus trieb, gerade als ahne es, was der zweite Metzger, der unter der Türe wartete, mit seinem Schußapparat im Sinn habe.

Beim Kramer Hellauer zog der Herr des Hauses bereits die eisernen Rolläden hoch, und die Aufhammerin trieb eine Schar schnatternder Gänse zum Zirnbach hinunter.

Die Strahlen der Morgensonne schimmerten um die magere Gestalt des Brückenheiligen Nepomuk, der mit verkreuzten Händen auf den Bach hinuntersah. Mit leisem Plätschern floß er unter der hölzernen Brücke hin. Manchmal sprang eine Forelle auf. Der schlanke Leib blitzte für Sekunden im Sonnenlicht und verschwand wieder.

Um diese Zeit war es, als droben am Waldrand sich eine Gestalt löste, sich vorsichtig nach rechts und links umsah und dann mit weiten Sprüngen auf den Bragglehnerhof zuhetzte.

Es war der achtzehnjährige Florian März, der älteste Bragglehnerbub, der mit schweißbedecktem Gesicht und keuchend durch die offene Stalltüre rannte und sich dort drinnen erschöpft an die Mauer lehnte. Der Stall war ziemlich leer. Das meiste Vieh war auf der Alm, nur ein paar Kühe waren daheim geblieben, und die vier Pferde rupften mit leisem Schnauben das gerade aufgesteckte Heu aus den Raffeln.

Ein paar Minuten verharrte der junge Mensch so. Das Keuchen ließ nach, der Atem ging wieder ruhiger. Für sein Alter war er ziemlich groß, aber schrecklich mager. Die dunklen Augen lagen wie in Höhlen, und um seinen Mund gruben sich bereits ein paar Kerben, wie man sie sonst eigentlich nur bei älteren Menschen sieht, denen das Leid schon mitgespielt hat.

Erschreckt fuhr er hoch, als er draußen auf dem Hof Schritte vernahm. Aber es war nur seine Schwester Verona, die mit dem Schulranzen auf dem Rücken und einer kleinen Kanne voll Milch aus dem Haus gekommen war und sich auf den Weg nach Zirnstein machte. Die zwei Liter Milch bekam jeden Tag der Hauptlehrer Sporer.

Ein wehmütiges Lächeln zuckte um den Mund des Florian, als er der kleinen Schwester nachsah. Dann nickte er ein paarmal, als wolle er sich selber etwas bestätigen. Eine ganze Weile starrte er vor sich hin, streifte mit seinen Augen das Haus, in dem sich zu ebener Erde die Milchkammer befand. Ein Traktor stand davor, und an der Ecke des Pflanzgartens erhob sich ein Feldkreuz mit einem Christus, das schon sehr alt war. Zu Füßen des Gekreuzigten stand ein kleines Blumenkästchen mit Hängenelken. Und da mußte der Florian plötzlich die Augen niederschlagen. Es war ihm, als sähe ihm Christus geradewegs in die Augen.

Und wieder nickte der Bursche und murmelte dabei: „Es hat sein müssen. Jetzt sind wir alle erlöst."

Dann wusch er sich am Stallbrunnen den Schweiß vom Gesicht, knöpfte sein Hemd am Hals zu und ging hinüber ins Haus. Im breiten Flur war es kühl und schattig. Zur Sommerszeit aßen sie an dem großen, runden Tisch in der Ecke neben der Haustüre. Der Boden hier war mit roten Pflastersteinen belegt. Schräg fiel das Licht zum Fenster herein über den Tisch und auf die erste Tür, hinter der sich die große Bauernstube befand.

Florian stieß die nächste Tür auf. Es war die zur Küche, und dort waren die Bragglehners versammelt, die Mutter, der Andreas und die Magdalena. Sie saßen dicht nebeneinander auf der Bank neben dem Ofen. Drei Augenpaare hingen begierig an dem Eintretenden, der langsam die Tür hinter sich schloß und dann tief aufatmete. Niemand fragte ihn; sie starrten ihn nur an, die Mutter ängstlich und scheu, der Bruder eher herausfordernd, die Schwester bittend. Bittend vielleicht darum, daß es nicht geschehen war, oder daß alles vorüber sei.

Florian sprach zuerst nicht. Endlich nickte er, und er sah, wie die drei Menschen aufatmeten. Dann stand die Bragglehnerin auf, krampfte die Hände ineinander und ging in der Küche hin und her. Man merkte ihr die ungeheure Spannung an. Plötzlich blieb sie vor Florian stehen.

„So red' doch!" Ihre Stimme überschlug sich fast vor Nervosität. „Um Himmels willen, so red' doch, Bub!"

Florian ging zum Tisch hin und ließ sich auf die Bank fallen.

„Erst beim zweiten Schuß. Aber jetzt ist es vorbei. Jetzt sind wir alle erlöst."

Als sollte ihm das sofort bestätigt werden, atmete Andreas tief auf, machte ein paar Schritte auf den Bruder zu, wobei er den rechten Fuß ein wenig nachzog. Die Hände streckte er vor, so, als wolle er die des Bruders umfassen.

„Sind wir jetzt wirklich erlöst, Florian?"

Der nickte nur, sah schwermütig von Gesicht zu Gesicht. Nur die Gesichter der beiden Geschwister waren aufgehellt. In den Augen der Mutter war auf einmal eine tiefe Verstörtheit, ihre Hände zitterten, Tränen liefen plötzlich über ihr mageres Gesicht, über den blauen Fleck unterhalb des rechten Auges, den ihr der Mann vor ein paar Tagen geschlagen hatte. Diese Schläge, bei denen die Kinder, wie so oft schon, hilflos zusehen mußten, hatten endlich den letzten Ausschlag gegeben. Es mußte etwas geschehen, etwas, das sie alle aus dem Joch erlöste. Das Maß war voll. Andreas würde sein Leben lang hinken. Ihm hatte der Vater einmal ein Zugscheit nachgeworfen und ihn dabei so schwer verletzt, daß er zum Krüppel wurde. Magdalena hatte eine Narbe am linken Oberarm, die ihr der

Vater mit einer zweizinkigen Gabel gestochen hatte, als sie der Mutter zu Hilfe kommen wollte. Fünfzehn Jahre war sie erst alt, die Magdalena, und vielleicht erfaßte sie alles noch nicht in seiner ganzen Tragweite. Der Bruder hatte den Vater erschossen; sie war in das große Geheimnis mit einbezogen. Sie verstand nicht, warum die Mutter jetzt weinte, wo sie nun doch endlich erlöst war von aller Qual.

In die allgemeine Stille hinein sagte Magdalena plötzlich:

„Und ich hab nicht einmal ein schwarzes Kleid. Wegen der Leute werden wir doch trauern müssen."

„Sei still!" schrie die Bragglehnerin auf. „Wir wissen ja noch gar nicht —"

„Doch, ich weiß es", fuhr ihr Florian dazwischen und streckte sich. „Beim zweiten Schuß war es. Hernach lag er ganz still. Ich weiß genau, daß er für immer still ist jetzt. Und damit ihr es wißt, ich bereue keine Sekunde, daß ich es getan hab. Auf diese Stunde hab ich gewartet, jahrelang, von dem Tag an, als er uns Kinder vor den Pflug gespannt hat, nur weil die Magdalena einen Kübel Milch mit zwanzig Litern umgeschüttet hatte. Dafür mußten wir alle büßen. Und was ich heut früh getan hab, das habt ihr euch alle im stillen gewünscht. Nur die Verona weiß nichts davon. Sie darf es auch nie erfahren. Im übrigen trag ich ganz allein die Verantwortung, falls es jemals aufkommen sollte. Ich ganz allein. Ihr habt nichts davon gewußt."

„Wir haben es aber gewußt", sagte die Mutter. „Man kann nach außen hin so tun, als habe man nichts gewußt, aber da drinnen" — sie schlug sich mit der Hand gegen die Brust — „da drinnen bleibt es sitzen."

„Bis ein paar Monat vergangen sind und wir alle

begreifen, wie das Leben sein kann. Wenn keine Schatten mehr da sind und keine Angst. Dann erlöscht das da drinnen schon."

Florian hatte sich bereits mit allem abgefunden. Und es war, als ob er seit dieser Morgenstunde um Jahre gereift sei oder über sich selber hinauszuwachsen beginne. Keinen Augenblick dachte er daran, daß nun das Leben stillstehen würde. Draußen lag eine Menge Heu, sie hatten gestern die große Breiten gemäht. Das Heu mußte jetzt gewendet und am Nachmittag heimgefahren werden. Das Korn würde reifen zu seiner Zeit, und man würde nun alles anders erleben, ohne Angst, das Rauschen des Waldes, das Fallen der Früchte im großen Apfelgarten am Südhang, das Wandern der Sterne am nächtlichen Horizont und das Aufsteigen der Sonne am Morgen. Das alles konnten sie nun ohne Angst erleben. Es würde kein Brüllen mehr im Haus und keine Schläge mehr geben. Sie würden auf dem Bragglehnerhof nur mehr unter dem Gefühl des Erlöstseins leben, erlöst von der Gewalt eines Tyrannen, der ihr Vater gewesen war, und der jetzt droben lag am Steig, ausgelöscht, still und ohne Macht.

Und wieder war es die Magdalena, die naiv fragte:

„Aber muß man es denn nicht bei der Gemeinde melden, daß er tot ist?"

Florian fuhr mit dem Kopf herum. Seine dunklen Augen sprühten voll Entschlossenheit.

„Vielleicht sagst du dann dort gleich, daß ich ihn erschossen hab, du blöde Gans."

„Zuerst muß er gefunden werden", meinte Andreas nun ganz sachlich.

„Man wird ihn finden", nickte Florian. „Vielleicht findet man ihn gerade jetzt, oder am Abend erst, was weiß denn ich. Ich weiß nur, daß er nimmer lebt, aber daß wir leben und daß das Leben weitergehen wird. Also los jetzt, 'nauf auf die große Breiten."

Die Mutter blieb allein zurück. Es war ihr auf einmal zumute, als sei auch ihr Leben ausgelöscht worden. Auf alle Fälle wußte sie nicht, wie sie mit dieser entsetzlichen Last weiterleben sollte.

Aber das war wohl auch in ihr Schicksal mit eingeflochten, wie alles, was sie ihr Leben lang getragen hatte. Sonst hätte Gott sie doch sterben lassen können, damals, als sie unter dem Messer des Chirurgen gelegen war und der Bragglehner bereits auf ihren Tod getrunken hatte.

Aber der Florian hatte recht. Das Leben ging weiter. Die Sonne wanderte über den wolkenlosen Himmel hin. Die Hühner gackerten draußen auf dem Misthaufen, hell klang die Wandlungsglocke vom Dorf herauf, und am späten Nachmittag würden die schweren Heufuder über die Tennbrücke schwanken. Das alles bedachte die Bragglehnerin jetzt, während sie lustlos die Arbeit tat, die anfiel im Haus. Immer wieder gingen ihre Gedanken über den Wald hinauf und konnten sich nicht losreißen von dem Bild, das sich ihr aufzwang. Da oben lag der Mann nun starr und leblos, der ihr niemals Mann gewesen war, mit Ausnahme der ersten Zeit, bis er es mit schmeichlerischen Reden soweit brachte, daß man ihm den Hof verschreiben ließ. Ihre Eltern hatten damals noch gelebt, auch sie hatte er umgarnt mit seinen wohlklingenden Worten, bis sie zum Notar gefahren waren. Hernach war dann alles anders geworden. Da erst zeigte er sein wahres Wesen. Von diesem Zeitpunkt an war die Macht bei ihm, und alles hatte im Namen seiner Macht zu geschehen.

Die Bäuerin Margret März, geborene Bragglehner, setzte jetzt einen großen Topf mit Kraut auf, gab Selchfleisch hinein und schnitt Semmel für die Knödel. Sie saß nahe am Fenster, und das Sonnenlicht fiel über ihr Gesicht und die Schultern. Ihr Haar war bereits über den ganzen Kopf hin grau, zeigte da und dort schon weiße Strähnen. Ihre Stirn war gefaltet, der Mund von bitteren Linien umzogen, die Hände von der schweren Arbeit schon gekrümmt. Sie sah aus wie eine alte Frau, obwohl sie erst einige Jahre über die Vierzig war. Man konnte sich gar nicht vorstellen, daß diese Frau auch einmal jung, schön und begehrenswert gewesen war. Aber das alles hatte der Mann Sixtus März brutal zerschlagen. Sie war unter seiner Macht zerbrochen wie dürres Reisig unter dem Schritt eines Menschen. Dabei hätte sie in ihrer Jugend die besten Partien machen können. Noch dazu, da sie Alleinerbin des großen Hofes war. Eine herrliche, wunderschöne Heimat, dieser Weiler Gschwend. Nein, ausgerechnet Sixtus März hatte es sein müssen. Sie war damals für einen einzigen Sommer auf der Alm gewesen. Wie ein strahlender Gott war er eines Tages über das Gebirge hergekommen, kraftstrotzend und voller Glut, die von seinen hellen Augen auszugehen schien. Sie wußte nichts über ihn und sein Leben. Ihre Zuneigung zu ihm war so jäh und unvermittelt wie sein plötzliches Auftauchen. Sie wußte nicht, daß er auf der Flucht war, daß ihm die Jäger von drüben auf den Fersen waren und er nur deshalb über die Grenze kam.

Lag das nicht schon eine Ewigkeit zurück? Eine Ewigkeit, wie der prächtige Hochzeitszug zur Kirche und die reiche Tafel im Tanzsaal des Gasthauses zur Post. Und doch waren es erst achtzehn Jahre, von denen sie nur ein einziges gern gelebt hatte in dieser Ehe. Die andern waren ein Dornenweg gewesen, ein Golgatha mit allen Stationen, die es dabei gab. Sie erinnerte sich des Tages, an dem er zum ersten Mal die Hand gegen sie hob, und wie er ihren Vater, den alten Bragglehner, zurückschleuderte, weil der ihr zu Hilfe kommen wollte. Mit brutaler Gewalt zerstörte er ihr Leben wie nach einer sorgfältigen Berechnung und baute gleichzeitig das seine auf, nach einem Gesetz, das nur Macht hieß und herrschen. Keines der Kinder hatte er jemals liebend auf seinen Schoß genommen, er stieß mit dem Fuß nach ihnen wie nach dem Hofhund. Nur die Verona hatte bis jetzt noch nicht soviel abbekommen. Aber sie war ja auch erst zehn Jahre alt. Sie schlüpfte noch kindlich unter dem gewaltigen Flügel seiner Macht durch und hatte das Martyrium der anderen Geschwister noch vor sich.

Nein, jetzt nicht mehr. Jetzt nicht mehr. Jetzt war ja alles zu Ende. Als komme der Bäuerin das nun erst zu vollem Bewußtsein, begannen ihre Bewegungen rascher zu werden. Der Wind der Freiheit streifte sie, und das, was geschehen war, verlor etwas von seiner Düsterkeit. Es hat sein müssen, dachte sie, und sie dachte es der Kinder wegen, von denen sie jedes einzelne mit viel Liebe unter dem Herzen getragen, obwohl sie hernach oft hatte denken müssen, es wäre besser, wenn sie nicht geboren wären.

Draußen fuhr ein Fuhrwerk vor, und die Bragglehnerin schreckte zusammen. Kamen sie bereits? Brachten sie ihn schon ins Haus? Aber es war nur der Eieraufkäufer, der jede Woche einmal kam. Dreihundert Stück hatte sie in einem Korb beisammen. Das waren beim jetzigen Preis immerhin achtzehn Mark. Als der Händler ihr das Geld hinzählte, kam es ihr zum ersten Mal zu Bewußtsein, daß dies jetzt ihr gehörte, daß sie es nicht mehr abzuliefern hatte an den Mann, der alles kassierte, was auf diesem Hof verkauft wurde. Kein Pfennig ging ohne sein Wissen hinaus. Und diese Frau, die über Tausende hätte verfügen können, freute sich über diese achtzehn Mark so sehr, daß sie dem Händler einen Schnaps einschenkte.

Das verblüffte den Schaberer Jakl derart, daß er verwundert fragte: „Er ist wohl nicht da?"

„Nein, auf der Jagd. Weißt ja, am ersten Juni ist die Jagd auf Rehböck' aufgegangen. Magst noch ein Glasl, Jakl?"

„Wenn du auch eins mittrinkst, Bragglehnerin."

„Warum nicht?" Sie schenkte sich ein und stieß mit dem Händler an, der aus dem Staunen gar nicht herauskam. Natürlich war ihm das blauunterlaufene Auge sofort aufgefallen, und er kombinierte gleich richtig.

„Hat er wieder zugeschlagen, der Hund?"

Beinahe hätte es die Bäuerin zugegeben. Da fiel ihr ein, daß der Jakl weit umeinanderkam mit seinem Handel, und es mußte nicht wieder wie ein Flugfeuer von Hof zu Hof gehen, daß der Bragglehner seine Frau wieder einmal geschlagen habe.

„Nein, ich hab mich angestoßen — dort, am Küchenschrank", log sie und schenkte sich ein zweites Glasl voll. Wie Feuer rann das ungewohnte Getränk — es war selbstgebrauter Zwetschgenschnaps vom Vorjahr — durch ihren Körper. Sie spürte das Belebende und zugleich etwas Befreiendes; die düsteren Nebel waren auf einmal weg. Der Mann lag wohl da droben auf dem Steig, oder man trug ihn bereits auf einer Bahre herunter. Aber diese Vorstellung hatte schon etwas von ihrem Schrecken verloren. Sie hatte gar nicht gewußt, daß so ein scharfes Getränk das Gemüt zu beleben begann, daß die Welt dabei mit einem Mal ein anderes Gesicht bekam, ein heiteres Gesicht. Sie hatte das Bedürfnis, sich auszusprechen, sich einem Menschen anzuvertrauen, ihr ganzes Martyrium von der Seele zu wälzen. Aber es war wohl noch eine Sperre da. Dieser Schaberer war kaum der richtige Mensch dazu, und morgen wüßte die ganze Gegend alles, was bisher nur in kleinen Bruchstücken in die Öffentlichkeit gedrungen war. So war es ihr eigentlich ganz recht, daß der Schaberer jetzt aufstand und sagte, er müsse weiter. Er nahm den Korb, den er in der nächsten Woche wiederbringen wollte, und trug ihn zu seinem Gefährt hinaus. Der Grauschimmel hob müde den Kopf, schlug mit dem Schweif gegen die lästigen Fliegen und legte sich dann in die Stränge, als ihm der Jakl die Zügel gegen die mageren Rippen schlug.

Die Bragglehnerin aber schenkte sich ein drittes Glas voll und wunderte sich, daß die Gedanken auf einmal so leicht dahinflogen, daß sie bereits alles für gegeben betrachtete, was geschehen war.

Einen Kranz muß ich ja auch bestellen, dachte sie. Und auf der Kranzschleife würde stehen: „Deine tieftrauernde Gattin mit Kindern."

Sie lachte auf einmal hart vor sich hin. Was war doch das Leben für eine Komödie! Oder eine Ehe. Ihre Ehe wenigstens. Aber nun war ja der Vorhang hinter der Tragödie niedergegangen, und man würde sehen, wie das Leben weiterging. Auf alle Fälle wird es leichter sein, dachte sie. Mehr Arbeit gab es auch nicht, denn was hatte der Bauer schon getan? Entweder er war auf der Jagd oder streunte sonst in der Gegend umeinander. Sie wußte eigentlich nie, wo er war. Das sagte er nicht, das brauchte sie einfach nicht zu wissen.

Der Krauttopf dampfte, das Rauchfleisch roch appetitanregend. Ein Blick auf die Uhr brachte die Bragglehnerin wieder zurück in die Gegenwart. Sie stellte das Knödlwasser auf und deckte den Tisch im Flur draußen. Die Blumen an den Fensterstöcken mußten auch noch gegossen werden. Da läutete auch schon die Elfuhrglocke im Dorf. Sie sah die Veronika den schmalen Fußweg heraufkommen, und bald darauf fuhren auch die andern drei mit dem Traktor in den Hof.

*

Die Kühle des Flures, in dem sie das Mittagessen einnahmen, tat allen wohl. Die kleine Veronika sprach ein kurzes Tischgebet und würde auch hernach Gott danken für Speis' und Trank, wie jeden Tag. Zu trinken gab es sonst dabei Apfelmost, das Bier blieb auf diesem Hof dem Bauern allein vorbehalten. Da er aber heute nicht kommen und nie mehr kommen würde, sagte Florian:

„Heut vergönnen wir uns ein paar Maß Bier. Der ewige Most wachst mir schon bald zum Hals 'raus."

Die Magdalena ging eilfertig in den Keller und ließ gleich drei Maßkrüge dieses edlen Gerstensaftes volllaufen. Gesprochen wurde auch sonst während des Essens kaum etwas. Unsichtbar stand in diesem Haus an die Mauern geschrieben: „Du sollst nicht —"

Heute lag über allen ein Schweigebann. Die Bragglehnerin stocherte im Kraut umeinander. Auf ihren Backen glühten zwei rote Flecken. Das kam vom ungewohnten Schnaps. In das allgemeine Schweigen hinein sagte die Kleinste: „Grad schön ist's, wenn der Vater nicht da ist."

„Vielleicht bleibt es jetzt so schön", meinte Magdalena bedeutungsvoll, schwieg aber sofort wieder, weil ihr Florian einen warnenden Blick zuwarf. Im übrigen war der Bragglehner schon drei Tage nicht mehr da, seit er auf die Jagdhütte hinaufgezogen; das war nichts Neues, gewöhnlich kam er immer erst am Samstag zurück. Daß er jetzt nie mehr zurückkommen sollte, daran mußte man sich erst gewöhnen.

Auf einmal warf die Bragglehnerin Messer und Gabel hin. Sie wurde weiß wie die Wand, und in ihren Augen stand die blanke Angst.

„Da schaut 'naus, wer da kommt!"

Vom Waldrand herunter kam langsamen Schrittes der Bragglehner über die Viehweide auf den Hof zu. Weithin leuchtete die weiße Binde unter seinem Hut. Das Gewehr trug er über der rechten Schulter, der Arm war auf die Büchsenläufe gelegt. Schlaff hing der leere Rucksack auf seinem Rücken.

Alle starrten nun durch das kleine Fenster hinaus und hörten den schweren Seufzer der Erleichterung, mit dem die Mutter sich aus ihrer Bedrückung befreite. Sie hatte zwar für kurze Zeit geglaubt, erlöst worden zu sein, jetzt aber, da sie den Mann über die Weide herunterkommen sah, vielleicht nicht ganz so stürmisch mit seinen weiten Schritten wie sonst, fiel ihr Florians wegen ein Stein vom Herzen.

„Was hat denn der Vater?" fragte die kleine Verona, die von nichts wußte. Niemand gab ihr Antwort. Die Angst schlich wieder auf alle zu, wie ein schwarzes Untier. Nur Florian wappnete sich innerlich mit Mut und sagte: „Das tut mir leid."

„Es braucht dir nicht leid tun, Bub", meinte die Bragglehnerin mit ihrer leisen, etwas schleppenden Stimme. „Wir hätten uns das ganze Leben lang nicht mehr befreien können von der schweren Bedrückung."

Mittlerweile war der Bragglehner auf das Haus zugekommen. Seine Genagelten klapperten auf dem Pflaster im Hof. Dann fiel sein Schatten von der Tür her in den Flur. Und nun stand er plötzlich vor dem Tisch wie ein Angeklagter vor einem, wenn auch dürftig besetzten Gerichtshof. Diesem Gefühl konnte sich die Familie aber nur ein paar Sekunden lang hingeben, dann hatte sich die Szene schon wieder gewandelt. Wie Angeklagte saßen sie da, und der Richter stand vor ihnen, statt des schwarzen Baretts allerdings eine weiße Binde über der Stirn, unter der die grauen Augen wie Eis glitzerten. Die Brauen schoben sich finster zusammen. Seine Stimme war wieder da, seine polternde, gefürchtete Stimme.

„Ah, da schau her! Bier wird getrunken, wenn ich nicht da bin. Und gleich drei Maß!" Seine Hand griff nach einem der Krüge, der noch halb voll war, und schüttete den Inhalt in den Hof hinaus. „Wer hat euch denn das erlaubt?"

Keine Antwort. Die Hände der Mutter zitterten schon wieder. Die kleine Verona schlich sich ängstlich hinter ihren Bruder Andreas. Florian schloß unterm Tisch seine Hände zu Fäusten. Nur die Magdalena getraute sich schüchtern zu sagen:

„Schließlich haben wir heut sechs Fuder Heu zum Einfahren."

Die Augenbüschel hoben sich wie im Staunen, daß jemand es wagte, sich zu verteidigen.

„Ja und? Muß man deswegen Bier saufen? Das

macht schlapp und müd. Und ist nicht genug Most im Keller?"

Er wandte sich um und wollte in die Jägerstube gehen, die er für sich allein beanspruchte. Hier schlief er seit zehn Jahren, dorthin ließ er sich das Essen bringen, dort brütete er seine finsteren Pläne aus. Unter der Türe drehte er nochmal das Gesicht zurück und sagte etwas weniger laut:

„Da hat mir heut einer das Lebenslicht ausblasen wollen. Wollen hat er. Ein ganz miserabler Schütz muß er gewesen sein." Er machte eine kleine Pause, suchte in den Gesichtern am Tisch nach einem Erschrecken oder wartete auf eine Frage, wer ihn denn habe erschießen wollen. Aber keine Frage kam, und kein Erschrecken war in den Gesichtern. Nur die kleine Verona machte etwas verwunderte Augen. Es war ein mißlungener Abgang für ihn nach dieser Eröffnung, von der er sich doch mehr erwartet hatte als solche Teilnahmlosigkeit. Und da fiel er auch schon wieder ins Poltern zurück:

„Und jetzt mag ich was zu essen!"

„Kraut und Knödl und Geselchtes gibt es", wagte Magdalena zu sagen.

„Kraut? Einen Rostbraten mag ich mit viel Zwiebeln und Rotwein dazu. Mir ist zuviel Blut weggeronnen."

„Ich hab kein abgelagertes Fleisch daheim", sagte die Mutter.

Der Mann unter der Türe kam aus dem Staunen gar nicht heraus. Sie wagte ihm zu widersprechen. Was war denn in die gefahren?

„Dann holst eins, beim Metzger", schrie er. Er maß sie alle mit kaltem Blick, ging dann in die Jägerkammer und schlug die Türe krachend hinter sich zu.

Seufzend langte die Bragglehnerin in den Kittelsack

nach dem Geld, das sie vom Eierhändler erhalten hatte.

„Geh zu, Vronerl, lauf schnell zum Metzger 'nunter und hol zwei Stück von der Lenden. Zum Rostbraten, sagst. Der gibt ja doch keine Ruh'."

Leichenblaß und ohnmächtig vor Wut stand Florian auf: „Nein, du bleibst da! Der soll auch essen, was auf dem Tisch steht."

Da ging die Tür von der Jägerstube wieder auf. Breit und mit gespreizten Beinen stand der Bragglehner in der Öffnung. Hinter ihm sah man an der weißen Wand die zahlreichen Jagdtrophäen hängen.

„Was mir grad noch eingefallen ist: Ich hab das Gefühl, daß es euch lieber wär', wenn mich der Kerl besser getroffen hätt'."

Bedrückendes Schweigen. Was hätten sie auch antworten sollen? Nun waren sie wieder die schon tausendmal Gedemütigten, die Geschlagenen, die stets willenlos wie Marionetten unter seiner Macht gestanden und gehandelt hatten. Flüchtig hatte er vorhin in der Kammer gedacht, sie hätten sich losgelöst aus seinem Bann, doch als er sie jetzt so dastehen sah, mit geduckten Köpfen, als stünden sie barhäuptig unter strömendem Regen, überkam ihn wieder sein Triumphgefühl, und wie Peitschenhiebe ertönte seine Stimme: „Seid ihr denn alle taub? Ich hab was gefragt! Es käm mir schon bald so vor, als tät es euch leid, daß ich nicht ohne Atem und Herzschlag da droben unterm Latschenfeld lieg'."

In diesem Augenblick riß Florian den Kopf hoch. Sein Kinn schob sich trotzig vor, seine Augen glühten und seine Stimme war messerscharf: „Ja, du hast recht — es tut uns leid!"

Einen Augenblick war es so still, daß man meinte,

man höre eine Maus über den Steinboden laufen. Im Gesicht des Bauern stand maßlose Betroffenheit. Dann stieß er sich vom Türstock ab und kam langsam heran. Die Arme hatte er hoch erhoben, als möchte er den zerschmettern, der es gewagt hatte, das zu sagen.

„Sag das noch einmal!"

Und wieder kam es scharf und kalt: „Jawohl, es tut uns leid, daß — der so schlecht getroffen hat."

Das Gesicht des Bragglehners färbte sich dunkelrot. Nur der weiße Verband hob sich grell von der Stirne ab. Dann griff er blitzschnell nach dem Türbalken, der lose an der Mauer lehnte und nachts zusätzlich quer über die Türe gelegt wurde. Ängstlich drängten sich die beiden Mädchen schutzsuchend an die Mutter, die laut aufschrie, denn nach dem, was Florian soeben gesagt hatte, mußte etwas Entsetzliches geschehen.

Langsam kam der Bragglehner heran. Mit beiden Händen umklammerte er das schwere Stück Holz.

„Was sagst du da, du Hundskrüppel!"

Mit einem schnellen Griff riß Florian die lange, zweizinkige Gabel aus der Krautschüssel und sagte mit unheimlicher Ruhe:

„Einen Schritt noch, und ich renn dir die Gabel durch und durch."

Und tatsächlich, was niemand geglaubt hatte, geschah. Der Bauer wich ein paar Schritte zurück. Polternd fiel der Querbalken auf das rote Ziegelpflaster. Mit zugekniffenen Augen betrachtete er den jungen Menschen, seinen Sohn Florian, der in dieser Stunde weit über sich hinauszuwachsen schien. Der blanke Haß war in seinen Augen, und für Sekunden hatte der Bragglehner die Vision, diese dunklen, haßerfüllten Augen könnten auch heute ums Morgengrauen über

Kimme und Korn gekniffen gewesen sein und auf ihn gezielt haben. Aber das zu glauben, erschien ihm sofort wieder unmöglich.

„So ist das also", quetschte er zwischen den Zähnen hervor. „Du traust dich und drohst deinem Vater mit einer Gabel."

„Du siehst ja, daß ich mich trau!"

„Und du schämst dich nicht?"

„Kein bißl. Schämen müßt sich ein ganz anderer."

„Gegen den eigenen Vater stehst du auf!" Der Bragglehner sagte das fast ein bißchen wehmütig und versuchte nun, den Jungen in die Gewalt seines Blickes zu bekommen, erkannte aber sofort, daß das nicht mehr ausreiche, Furcht und Einschüchterung zu erzwingen. Immer noch hielt Florian die Gabel stoßbereit in der rechten Faust, und der Bauer hatte auf einmal keine Zweifel mehr, daß diese Faust zustoßen würde. Diese Einsicht machte ihn hilflos und feig.

„Jetzt kenn ich mich aus. Hilflos wie ich bin nach dem schweren Blutverlust, stellst du dich gegen deinen Vater. Aber das werd' ich mir merken. Das hat sich eingeschrieben —", er schlug sich mit der Faust gegen die eigene Brust — „da drinnen in meinem Herzen hat sich das eingeschrieben und wird nimmer auslöschen."

Das Ganze wirkte ein bißchen theatralisch und hatte auf niemand eine Wirkung. Andreas konnte sich nicht mehr beherrschen und lachte laut heraus.

„Da lacht der noch auch", schrie ihn der Vater an. „Ausgerechnet du hast es notwendig." Er schüttelte den Kopf, als könne er die Welt nicht mehr verstehn. „So geht man mit dem eignen Vater um."

„Nimm doch bloß nicht das Wort Vater in den Mund", fuhr Florian ihn an und legte die Gabel aus der Hand, auf den Tisch in Griffnähe. „Wann warst du uns denn ein wirklicher Vater? Du hast uns doch immer geschunden und getreten und gedemütigt. Das ist jetzt endgültig vorbei. Glaub nur nicht, daß du uns heut auch noch vor den Pflug spannen kannst wie damals. Was haben wir denn vom Leben schon gehabt bis jetzt? Allweil ist dein Fuß in unserm Nacken gewesen. Damit ist es jetzt aus! Es ist gut, daß diese Stund' gekommen ist. Einmal hat sie ja kommen müssen."

Der Bragglehner lehnte jetzt am Türstock zur Jägerstube. Aus seinem Gesicht war alle Farbe gewichen. Gelblich sah es aus, mit zwei glühenden Punkten darin.

„Brav", sagte er. „Da hör ich ja ganz nette Sachen. Aber red' nur weiter. Kannst Gift drauf nehmen, daß ich mir alles genau merk."

„Ja, merk dir's nur recht gut. Und weil es jetzt grad in einem Aufwaschen geht: Schau die Mutter an, wie du sie wieder blaugeschlagen hast. Wenn du noch einmal die Hand gegen sie hebst, dann —"

„Weiter, weiter, was ist denn dann? Das tät mich jetzt interessieren."

„Wir werden es einfach nicht mehr dulden."

„Wer ist ‚wir'?" Der Bragglehner schüttelte wild den Kopf. „Und so was hab ich aufgezogen. Es wär g'scheiter gewesen, ich hätte die Nachgeburt aufgezogen und euch weggeworfen. Na ja, jetzt weiß ich ja Bescheid." Er stieß das Kinn gegen Florian hin. „Glaub aber ja nicht, du Bürscherl du, daß dir das geschenkt ist. Dir mach ich schon eine Rechnung auf, an der du zu beißen hast."

„Ärger wie es schon war, kann es auch nimmer kommen", trotzte ihm Florian. „Und in Zukunft, du weißt ja Bescheid. Wir werden uns wehren."

„Ist schon recht. Ich werd' es mir merken."

Der Bragglehner drehte sich um, ging in die Kammer, schloß aber diesmal die Türe ganz leise. Von Rostbraten und Rotwein war nicht mehr die Rede.

Betreten stand die ganze Familie da. Nur die Jüngste, die Verona, nahm sich in aller Ruhe einen Knödel aus der Schüssel. Sie begriff das Geschehen in seinem ganzen Ausmaß noch nicht. In ihr war mehr eine kindliche Freude, daß der große Bruder den Mut gefunden hatte, gegen den Vater aufzustehn und das Joch abgeschüttelt hatte. Es war auch ihr Joch, das abgeschüttelt worden war. Auch sie war damals vor den Pflug gespannt gewesen, obwohl sie erst sechs Jahre zählte. So was vergißt man nicht, und sie würde es ihr ganzes Leben lang mitschleppen. Vielleicht würde es noch in ihren fernen Träumen wiederkehren, wie ein Alpdruck und Ausdruck der Mißachtung aller Menschenrechte.

Endlich sagte die Mutter in die Stille hinein:

„Ich glaub', Florian, jetzt hast du uns erst recht eine Suppe eingebrockt."

„Warten wir's ab, Mutter, Und wenn ich gesagt hab', wir werden es nimmer dulden, dann geht uns das alle an. Wir müssen in Zukunft zusammenhalten wie Pech und Schwefel. Wenn er eins anrühren will, müssen die andern gleich über ihn herfallen."

„Das sagst du so leicht, Bub. Ich trau mir zu wetten, daß er jetzt bereits nachgrübelt, wie er uns das heimzahlen kann."

Florian nahm einen von den Bierkrügen, in dem noch ein kleines Neigerl war, trank es mit einem Zug aus und war überhaupt recht siegessicher.

„Ich glaub, Mutter, der denkt jetzt über ganz was anderes nach. Heut ist zum erstenmal an seiner Macht gerüttelt worden. Ich hab es gemerkt, er ist unsicher gewesen. Das war ein schwerer Schock für ihn. So, und jetzt gehn wir 'nauf ins Heu."

„Ich wollte, du hättest recht, Florian", sagte die Bragglehnerin hinter den Kindern her. Dann seufzte sie tief und trug das Geschirr in die Küche zurück.

Draußen leuchtete der schöne Sommertag. Die Hitze flimmerte auf dem Pflaster des Hofes. Nur ein paar weiße Schmetterlinge gaukelten nimmermüde um die üppig blühenden Geranien an Fenstern und Balkon.

*

Drinnen in der Jägerstube lag der Bragglehner auf dem breiten Kanapee, hatte die Hände hinter dem Kopf verschränkt und starrte gegen die gemaserte Holzdecke, die von schweren Balken getragen wurde. Der Raum war groß, schon eher ein kleiner Jagdsaal als eine Jägerstube. Die breite Rückwand war vollbehängt mit Jagdtrophäen, und es waren Prachtexemplare darunter. Ein gutes Dutzend davon hatte auf Trophäenschauen erste Preise bekommen. Auf die war der Bragglehner mächtig stolz. Aber was nützt der ganze Stolz und die Freude, wenn einem so übel mitgespielt wurde wie heute ihm! Er bemitleidete sich selber, da sonst niemand Mitleid gezeigt hatte.

In der Ecke stand der Gewehrschrank mit sechs Gewehren allen Kalibers. Daneben ein viereckiger Tisch mit Bank und geschnitzten Stühlen. Es war sein Raum, der mit den rustikalen Möbeln sehr schön wirkte und des Bewunderns wert war. Von seiner Familie durfte sich hier niemand aufhalten. Höchstens die Magdalena, wenn sie ihm das Essen brachte und das Bett ordnete, das im Eck hinter einem Vorhang stand.

Der Bragglehner hielt das schon seit Jahren so, seit er aus der ehelichen Kammer ausgezogen war. Hier nahm er seine Mahlzeiten ein, hier schlief er, hier lebte er sein Leben. Im Hof selber tat er nicht viel. Er schaffte nur an und hielt sich im Sommer oft tagelang droben in der Jagdhütte auf, oder er ging zum Forellenfischen.

Gewissermaßen lebte er ein Herrenleben, dieser Sixtus März, der längst vergessen hatte, daß er einmal nur ein Holzknecht gewesen war. Er gehörte zu jenen Menschen, denen es nicht bekommt, wenn sie Macht erhalten. Herausgestiegen aus dem Dunkel eines kleinen Lebens, emporgehoben ins Licht von den liebenden Händen der Margret Bragglehner, hätte er sein Leben lang nichts anderes kennen dürfen als Dankbarkeit. Ganz verrückt war sie nach ihm gewesen. Seine Größe, seine Kraft, die schmeichlerische Art, mit der er um ihre Liebe warb, brachte es dahin, daß sie ihm rettungslos verfiel. Mit starkem Willen hatte sie dann die Hochzeit durchgesetzt, obwohl ihr Vater dagegen gewesen war.

„Mir gefallen seine Augen nicht", hatte damals der alte Bragglehner gesagt. Und Sixtus März hatte sich geschworen, ihm das heimzuzahlen, wenn er nur erst einmal auf dem Hof saß. Mit verbissener Geduld und eiserner Energie zwang er sich dazu, Dankbarkeit und Verliebtheit vorzugaukeln, um den Alten weicher zu stimmen. Der Bragglehner aber ließ es ihn immer fühlen, woher er gekommen war, und sein Schwiegersohn mußte sich ganz schön ducken.

In jener Zeit staute sich bei ihm alles an Haß, Verschlagenheit und Gier; und weil die Margret immer mehr zu ihrem Vater hielt als zu ihm, schloß er auch sie in seinen stummen Haß ein, der sich dann nach dem Tod des alten Bragglehner wie eine Sturzflut über seine Umwelt ergoß. Wie ein Geblendeter begann er, seine Macht auszuspielen. Jetzt zeigte er erst sein wahres Gesicht, seinen Sadismus, seine rücksichtslose Brutalität und die Gier, mit allen Mitteln seinen Besitz zu mehren. Das Gütl am Joch jagte er dem Fulgerer ab, als dieser in Not gekommen war. Wo es etwas zu kaufen gab, hatte er seine Hand im Spiel.

Endlich hatte er soviel zusammenhängenden Grund, daß es für eine eigene Jagd reichte. Er, der einstige Holzknecht und Wilddieb, war zum Jagdherrn emporgestiegen. Mit rücksichtsloser Härte verfolgte er jeden, der sich in seinem Revier irgendwie verdächtig machte. Er führte Prozesse, gewann merkwürdigerweise die meisten und ließ jeden seine Macht spüren. Geblendet von seiner Überheblichkeit ließ er sich bei einer Bürgermeisterwahl als Kandidat aufstellen und fiel mit einer beschämenden Minderheit an Stimmen durch. Hier erhielt er den eindeutigen Beweis, wie wenig ihn die Zirnsteiner schätzten und mochten. Eigentlich hätte er diesen Reinfall als Warnschuß vor den Bug seiner Machtgelüste erkennen sollen. Seine Eitelkeit war schwer getroffen. Aber weil er sonst an niemandem seine Wut auslassen konnte, mußte seine Familie herhalten. In erster Linie seine arme Frau, die ihn in blinder Liebe aus seinem armseligen Leben herausgenommen hatte. Ihr konnte er jetzt frivol ins Gesicht sagen, daß er sie niemals aus Liebe, sondern nur wegen ihres schönen Besitzes genommen hatte. Es störte ihn nicht, daß für Frau Margret mit dieser brutalen Eröffnung eine Welt zusammenbrach. Am Anfang wehrte sie sich noch mit der Kraft eines geschlagenen Tieres, stemmte sich gegen seinen Willen, um dann doch zu unterliegen. Seine Macht war unbeschränkt geworden. In ihrem Namen hatte alles auf dem Hof zu geschehen, unter diese Macht hatten sich auch die Kinder zu ducken. Sein ganzes Bestreben schien darauf gerichtet zu sein, daß niemals eins seiner Kinder einen eigenen Willen bekam.

Und nun war heute das geschehen. Das Bragglehnerblut schien doch stärker zu sein, als er gemeint hatte.

Immer noch lag er lang ausgestreckt auf dem Kanapee und starrte gegen die Decke. Einmal drehte er sich ein wenig zur Seite und sah auf den Abreißkalender. Er zeigte das Datum des dreißigsten Juni.

Am dreißigsten Juni also war zum ersten Mal an seiner Macht gerüttelt worden. Und wie. Die Säule stand zwar noch, aber mehr solcher Anprellungen vertrug sie nicht.

Dieser Tag hatte überhaupt recht gut angefangen. Zuerst hatte ihm irgend so ein Lump ans Leben wollen. Dann hatte ihn die Mariann auf der Kreuz-Alm so niederträchtig behandelt, als sei er nur Luft, und zum Schluß war ihm sein eigener Sohn mit der Gabel in der Hand gegenübergestanden. Natürlich war das letztere nicht vergessen und würde nicht ungestraft bleiben.

Dann sprangen seine Gedanken wieder zurück zur Morgenstunde, und er meinte, jetzt noch einmal alles zu erleben, mit ganz wachen Sinnen. Er glaubte den harten Knall des ersten Schusses wieder zu hören und spürte förmlich den Luftzug an seinem Gesicht vorbeistreichen. Bis dahin hätte man es vielleicht noch für einen Irrtum halten können. Beim zweiten Schuß aber war es dann schon offensichtlich, daß es ihm galt, und daß man ihn wegräumen wollte. Ganz feige, aus dem Hinterhalt. Und dann ging in seinem Gehirn das Rätseln wieder los, und er hielt es für möglich, daß eigentlich jedermann ihn hätte abknallen können, weil ihn doch niemand mochte. Zum Schluß fiel ihm ein, daß er da irgend etwas tun mußte. Aus der Sache war etwas zu machen, sie durfte nicht verschwiegen werden. Es gab ihm doch einen gewissen Nimbus, beinahe erschossen worden zu sein, um dann wieder aufzutauchen, wie von den Toten auferstanden. Sehr wahrscheinlich war der Schütze sogar des Glaubens, daß er tödlich getroffen habe, sonst wäre er ja nicht davongeschlichen.

Auf alle Fälle würde er es bei der Gendarmerie zur Anzeige bringen. Mordversuch nannte man das, und darauf stand eine saftige Strafe, vorausgesetzt, daß man denjenigen ausfindig machte, der ihn da hatte morden wollen. Es war wunderbar, sich vorzustellen, daß sie den Kerl tatsächlich fanden, daß er sich vielleicht selber verriet. Das gab dann wieder einen herrlichen Prozeß, der ihm vielleicht sogar ein paar Sympathien einbrachte.

Über diesen Gedanken schlief er auf einmal ein — —

Er mußte drei oder vier Stunden geschlafen haben, denn als er gegen das Fenster blinzelte, war die Sonne längst vorbeigewandert. Alles war totenstill. Dann war der Uhrenschlag aus dem Kirchturm im Dorf zu hören. Der Bragglehner horchte genau hin und ließ sich von der Kirchenuhr sagen, daß es die sechste Abendstunde sei.

Mit beiden Beinen zugleich stellte er sich auf den Boden und streckte die Arme über den Kopf. Beim Schlafen mußte ihm die Binde ein wenig verrutscht sein. Er schob sie zurecht und spürte wieder das Brennen unter dem Verband. Zugleich merkte er, daß er einen Riesenhunger hatte. Natürlich, er hatte ja seit heute morgen nichts mehr in den Magen bekommen.

In der Küche fand er noch Selchfleisch vom Mittag.

Davon schnitt er sich ein mächtiges Stück ab, ging in den Keller, holte sich einen Krug Bier und setzte sich damit in die Küche. Alles war still im Haus, und in dem Raum funkelte es vor Sauberkeit. Aber das nahm er nicht wahr. Hier hatte es einfach blitzblank sauber zu sein, basta.

Hernach, als er dann durch den Flur ging, blieb er an der Stelle stehen, wo ihn Florian mit der Gabel bedroht hatte. Dabei fiel ihm ein, daß sein Rückzug eigentlich ein bißchen jämmerlich gewesen war. Er hätte es drauf ankommen lassen sollen. Sicherlich hätte Florian im letzten Moment doch nicht zugestochen. Aber wer konnte das wissen. Seit heute morgen traute er sich nichts mehr zu.

Als er zur Haustüre hinausging, sah er seine Bäuerin auf der Hausbank sitzen. Die Pantoffeln hatte sie abgestreift, das Kopftuch abgenommen, sie hielt es in den braunen, zerarbeiteten Händen. Er zog die Augenbrauen hoch und triefte vor Hohn.

„Ah, da schau her! Die Madam sonnt sich auf der Hausbank wie eine alte Katzen."

Unwillkürlich zog die Frau die Schultern ein und blickte ihn scheu von der Seite an.

„Grad vor fünf Minuten bin ich von der Wiese 'runterkommen."

„Soso, aha. Ein bißl mitkrault im Heu!" Er schaute ein wenig umher und sah die drei Fuder Heu unter dem breit vorspringenden Tennendach stehen. Die Tennentore waren weit offen. Ein Gockel spazierte gerade heraus und krähte einmal.

Der Bragglehner setzte sich jetzt auch, mit dem nötigen Abstand von ihr, auf die Hausbank.

„Was mir grad einfällt: War der Eierhändler da?"

„Ja, am Vormittag."

„Und wo bleibt das Geld?"

„Das hab ich auf die Seite gelegt. Die Verona braucht unbedingt ein neues Dirndlkleidl!"

„Ah, da schau her. Das sind ja ganz neue Bräuch. Hat denn die nicht erst vor zwei Jahr eins kriegt?"

„Sie wachst aus allem 'raus."

Einen Moment war es, als helle sich sein Gesicht auf.

„Ja, die wachst. Die gerät mir nach, mein ich. Auch in ihrem Gemüt. Aber die andern, die sind genauso hinterlistig wie du. B'sonders der Florian. Was der sich heut mittag erlaubt hat, das werd' ich ihm heimzahln."

„Du vergißt, daß die Buben aufhörn, Kinder zu sein."

Auch darüber schien er eine Weile nachzudenken, schüttelte dann aber heftig den Kopf.

„Den Vater mit der Gabel bedrohn, das hätt' nicht einmal ich mir getraut."

Die Bragglehnerin faltete jetzt ihr Kopftuch säuberlich zusammen und schlüpfte in ihre Pantoffeln. Wie lange war das schon her, daß der Mann überhaupt mit ihr in solcher Weise gesprochen hatte?

„Einmal hast mir erzählt, du hättest deinen Vater schon verloren, als du drei Jahr alt warst. Und die Mutter noch früher, und daß du überhaupt eine recht armselige Kindheit gehabt hättest."

Er sah sie mit Staunen in den Augen an, als könne er nicht begreifen, daß er ihr derlei vertrauliche Dinge erzählt hätte. Sie nützte die Pause aus und sagte noch:

„Und der Florian ist immerhin achtzehn geworden im Mai."

„Ja und? Darf er deswegen gegen seinen Vater aufstehn?"

„Du bist zuerst auf ihn losgegangen mit dem Türbalken."

„So, so, jetzt wär's ich wieder. Wie immer. Und du hältst ihm die Stange. Deswegen ist ja der Kerl so frech. Aber das muß er mir abbitten. Hinknien muß er und muß es mir abbitten, mit aufgehobenen Händen."

Gestern noch hätte die Frau geglaubt, daß er den Buben dazu zwingen könne. Heute glaubte sie es nicht mehr. Aber sie sagte dem Mann das nicht. Und ihr Diskurs hatte überhaupt schon sein Ende gefunden, denn in diesem Augenblick fuhr Florian mit drei aneinandergehängten Heufuhren den Hohlweg herunter. Hoch oben drauf saßen die beiden Mädl, der Andreas mußte irgendwo zwischen einem der Fuder hocken. Der Rauchkübel, der der Bremsen wegen vorn an der Deichsel hing, war bereits ausgebrannt und schaukelte hin und her. Auf der Steilwiese konnte man den Traktor nicht brauchen, darum wurden die Fuder von den zwei Braunen gezogen. Florian hielt die Zügel straff und betätigte nebenbei mit der Rechten die Kurbel der Bremse.

Im Aufblicken sah er den Vater von der Hausbank aufstehn und ein paar Schritte über den Hof gehen. Vor der Tennbrücke wartete er.

Florian hielt die Pferde an und schrie zum Bruder zurück, er solle die Fuder voneinander lösen, denn mit drei Fudern konnte man nicht über die Tennbrücke fahren.

Wie ein Baum stand der Bragglehner als Sperre vor der Auffahrt und maß den Florian mit zusammengekniffenen Augen. Es wäre doch gelacht, diesen Rebellen nicht wieder in seinen Bann zu kriegen! Er sah das spöttische Lächeln, das um die Mundwinkel des Florian zuckte, und sein Gesicht lief bis zum weißen Verband hinauf dunkelrot an.

„Geh auf die Seiten jetzt, sonst fahr ich dich zusammen", sagte Florian.

Der Bragglehner stand wie ein Pfahl und rührte sich nicht. Da griff Florian die Zügel und sagte: „Hüah!"

Im letzten Moment sprang der Bragglehner zur Seite, sonst hätten ihn die stampfenden Pferdehufe zertreten. Mit verzerrtem Lächeln stand er da, schielte dann zur Hausbank hinüber und nickte, als ob er sagen wolle: Hast es jetzt g'sehn, wie er es meint?

Die andern drei Geschwister standen drunten dicht um das andere Fuder herum und warteten.

Florian kam mit den Pferden aus der Tenne zurück, wollte sie jetzt vor das zweite Fuder spannen. Da trat ihm der Bragglehner in den Weg.

„Pack deine Sachen zusammen und verschwinde. Ich will dich nimmer sehn am Hof."

„Wohin denn?" fragte Florian ruhig.

„Von mir aus dorthin, wo der Pfeffer wächst."

Florian schlug mit der Hand nach einer hartnäckigen Bremse, die sich an seinem nackten Knie festgesaugt hatte.

„Bringst du dann vielleicht das Heu 'rein?"

„Ich schau mich nach ein paar Tagwerkern um. So einer wie du ist leicht zu ersetzen."

„Als wenn zu uns jemand 'raufgehn möcht. Du weißt scheinbar gar nicht, wie du überall angeschrieben bist. Geh weg jetzt, wir möchten Feierabend machen."

Der Andreas und die Magdalena waren fast lautlos herangekommen und standen hinter dem Vater, der mit einemmal begriff, was da abgesprochen zu sein schien.

Der Andreas hatte eine Kette in der Hand, mit der die Wagen zusammengehängt gewesen waren.

Das Rot aus dem Gesicht des Bragglehners verschwand, ganz weiß war er plötzlich, so weiß fast, wie der Verband über seiner Stirn. Er kannte die Welt auf einmal nicht mehr, es war ihm unbegreiflich, daß ein einziger Tag sie so verändern konnte. Eine Weile starrte er in den Boden hinein, griff sich in den Kinnbart und riß dann plötzlich den Kopf zurück: „Jetzt tät es mich auch nicht mehr wundern, wenn du es gewesen wärst, heut früh."

„Bragglehner!" schrie die Bäuerin entsetzt.

„Jawohl, der bin ich und der bleib ich. Und ich werd schon dafür sorgen, daß wieder Ordnung ins Haus kommt!" Er griff sich plötzlich an den Verband. Dahinter spürte er jetzt wieder ein brennendes Stechen und erschrak. Man soll so was nicht zu leicht nehmen, fuhr es ihm in den Sinn. Vielleicht war doch etwas Schmutz in die Wunde gekommen. Oder hatte die Mariann mit ihrem Salmiakgeist gerade das Gegenteil erreichen wollen? Auf alle Fälle fand er nun einen leidlichen Abgang aus der peinlichen Situation, in die er abermals geraten war. Er sah Andreas an, und in barschem Befehlston kommandierte er: „Spann mir den Schimmel vors Laufwägerl. Ich muß zum Doktor. Das brennt wie höllisches Feuer. Aber unsereins darf ja nicht jammern!"

Er stampfte ins Haus, kam nach zehn Minuten wieder, mit Halbfeiertagsjoppe und Hut. Das Gespann stand schon startbereit. Der Schimmel scharrte mit den Vorderhufen. Andreas hielt ihn am Halfter.

Das Gefährt ächzte, als der Bragglehner sich auf den Sitz fallen ließ und die Zügel ergriff. Sich etwas vorbeugend, sagte er zum Andreas herunter:

„Im übrigen werd ich auch zur Polizei gehn und Anzeige erstatten gegen Unbekannt wegen Mordversuchs. Was meinst du?"

„Ich weiß nicht, Vater."

„Wann hast du schon einmal was gewußt. Immerhin bist du noch manierlicher als der andere. Dir kauf ich auch eine neue Lederhosen. Dem andern aber zahl ich seine Frechheit schon noch heim."

Die Zügel klatschten dem Schimmel auf das fette Hinterteil. Das leichte Gefährt schoß aus dem Hof. In der Abenddämmerung sah der breite Rücken des Bragglehners wie ein Felsblock aus. Ein Felsblock war er auch. Er wußte nur nicht, daß mit dem heutigen Tag seine Macht angefangen hatte, abzubröckeln.

*

Mit einem Wohlbehagen, wie sie es noch nie gekannt hatten, aßen sie auf dem Bragglehnerhof zu Abend. Sie hatten sich wieder Bier aus dem Keller geholt wie am Mittag und hatten keine Bedenken mehr, daß ein Teil davon wieder vor die Haustüre geschüttet werden könnte. Denn der Vater war ins Dorf hinuntergefahren und würde, seiner sonstigen Gewohnheit nach, vor Mitternacht kaum kommen.

Die Stimmung war aufgelockert, jedes schien gelöst zu sein, und einmal flog sogar ein ganz helles Lachen der Magdalena auf. Hinterher sagte sie: „Das Leben könnt' so schön sein."

„Wenn der Vater nicht da wär", plapperte die Verona ihre Gedanken aus.

„Ich trau dem Frieden noch nicht recht", sinnierte die Mutter, die so vieles in ihrem Leben nicht mehr auf den richtigen Platz einzuordnen wußte. Würde der Bauer sich jetzt wirklich ändern wollen, so wäre das ein Wunder. Und an Wunder glaubte die geschlagene Frau nicht mehr. Der Bragglehner ließ sich von einem Sturm noch nicht umreißen. Er beugte sich höchstens vorübergehend. Dann richtete er sich wieder auf.

Ja, Bragglehner mußte sie ihn nennen. Nicht etwa Mann oder Vater, wie es in anderen Familien üblich war. Die Kinder sollten ihn Herr Vater nennen. Aber sie vermieden, so gut es ging, die direkte Anrede.

„Irgend etwas brütet er wieder aus", nahm die Mutter wieder das Wort und trank einen Schluck Bier, das in ihrem Leben so selten geworden war wie eine frohe Stunde.

„Laß ihn nur brüten", sagte Florian. „Davor könnte man Angst haben, wenn es noch so wie vor einer Woche wäre. Aber es ist nicht mehr so, Gott sei Dank! Die Angst ist wie weggeflogen, seit ich ihn heut mittag klein erlebt hab. Das macht mich jetzt sicher, ich spür's, daß er verletzbare Stellen hat. Im übrigen, ich hab nicht erst seit heut über ihn nachgedacht. So wie der Vater sich die ganzen Jahre her aufführt, das ist doch nicht normal. Das muß krankhaft sein. Seine Bosheit muß doch irgendwo ihren Ursprung haben."

„Du müßtest das doch am besten wissen, Mutter", meinte Magdalena. „War er denn früher auch so?"

Die Bragglehnerin schüttelte den Kopf.

„Dann hätte ich ihn doch nicht mögen können. Am Anfang hat er mir nur das Schönste und Beste versprochen. Auch am Anfang unserer Ehe — es ist zwar kein ausgesprochen seliger Himmel gewesen — aber es war zu ertragen. Jedes Mannsbild mag wohl seine Fehler haben, hab ich mir gedacht. Angegangen ist es erst, kurz nachdem mein Vater gestorben war. Da ist er ausgezogen aus der ehelichen Schlafkammer und ist ins Jagdzimmer gezogen. In mancher Nacht —" Sie verstummte plötzlich, weil sie Veronas kindliche Augen so fest auf sich gerichtet sah. Und vor dem Kind ausplaudern, was dann alles gewesen war, das konnte sie nicht. Oder hätte sie sagen sollen, wie er nachts manchmal über die Stiege geschlichen war in die Magdkammer. Sollte sie davon berichten, wie sie ihn dann einmal im Morgengrauen vor der Magdkammertür gestellt und er sie zum ersten Mal geschlagen hatte? Nein, das konnte sie nicht sagen und würde es wohl ihr ganzes Leben bei sich behalten. Dafür sagte sie:

„Oft hab ich mich schon gefragt, was ich verschuldet hab in meinem Leben, daß ich dieses Kreuz tragen muß."

„Mich wundert bloß", rätselte Florian, „daß dann überhaupt vier Kinder da sind."

Aber darauf konnte die Mutter keine Antwort geben. Die Scham ließ es einfach nicht zu, den Kindern von ihren weiblichen Erniedrigungen zu erzählen. Nichts davon, daß er zuweilen über sie hergefallen war wie ein Wolf, nur fordernd, nie etwas schenkend. Später hatte er dann überhaupt nur auf zwei Fingern von der Jagdstube über die Stiege hinaufgepfiffen. Und diesem Pfiff hatte sie zu gehorchen.

In den letzten Jahren allerdings nicht mehr. Sie war Luft für ihn geworden, war nicht mehr als eine Magd, die ihm zu dienen und zu schweigen hatte. Sie wußte, daß er zu anderen ging, schwieg aber dazu stumm, so stumm, wie sie dastand, wenn er jähzornig zuschlug. Sein Jähzorn sprang bei der geringsten Ursache auf, und dann brüllte er wie ein Berserker.

Nur zu dieser Stunde brüllte er nicht. Der Bragglehner saß recht manierlich im Wartezimmer des Doktor Niederhuber, der die Praxis in seinem Haus unmittelbar neben der Kirche hatte. Es warteten mit ihm ein halbes Dutzend Menschen, die am Tag nicht Zeit hatten, und klagten sich gegenseitig ihr Leid. Der eine jammerte über sein Herz, die Ziehammer Mutter über ihre offenen Füße, die „ums Verrecken" nicht zuheilen wollten, und der Hausknecht vom Postwirt hatte es an der Leber. Aber was war das schon gegen ihn. Er hatte eine Schußverletzung mitten auf der Stirn. Der Kreis der Menschen, die hier versammelt waren, war ihm nur zu gering, um vor ihnen zu prahlen. Im Innern kochte er sowieso schon wieder vor Wut, weil er nicht vorgelassen wurde.

Endlich kam er dran. Der Doktor staunte über den mächtigen Verband. In der Regel duzte er seine Patienten. Nur den Bragglehner nicht.

„Na, Bragglehner, was ist denn mit Ihnen passiert?"

„Ich bin angeschossen worden. Heut in aller Herrgottsfrüh schon."

War das schön, dies so breit und selbstverständlich hinzusagen, als sei es gang und gäbe, daß auf ihn geschossen wurde.

„Geschossen?" staunte der Doktor auch wirklich. „Jetzt so was! Nehmen Sie doch Platz, Bragglehner, dann wollen wir mal schaun. Wissen Sie, wer es war?"

„Vorerst noch nicht."

Dann wirst du es auch nie mehr erfahren, dachte der Doktor und begann den Verband abzuwickeln.

„Ein bißl vorsichtig, wenn ich bitten darf", erinnerte der Bragglehner.

„Haben Sie Schmerzen?"

„Es brennt scheußlich", antwortete der Bauer und

rieb sich mit den Knöcheln der rechten Hand seinen Kinnbart, wie immer, wenn er unsicher war.

Schon war der Verband abgewickelt; der Doktor zog nun mit einem Ruck das Heftpflaster weg und lächelte spöttisch. Eine Wunde, kaum der Rede wert. Die Haut war weg und ein ganz schmaler Streifen Fleisch. Mit so einer Kleinigkeit pflegten die Bauern nie den Arzt aufzusuchen.

„Wenn das ein Schuß war, Bragglehner, dann haben Sie verdammt Glück gehabt!"

„Zweifeln Sie vielleicht, daß es ein Schuß war? Eigentlich waren es zwei. Beim ersten hab ich nur den Wind gespürt."

„Zwei Fingerbreit mehr rechts, und Sie säßen jetzt nicht hier, Bragglehner."

„Das sag ich ja. Die Muttergottes hat mich beschützt. Ich hab halt doch meinen Schutzengel, auch wenn mich die Leut' nicht mögen."

Wundert Sie das? wollte der Doktor sagen, verbiß es sich aber und fragte statt dessen:

„Wer hat denn den Verband angelegt?"

„Ach, irgend so ein Frauenzimmer auf einer Alm, auf die ich mich mit letzter Kraft hingeschleppt hab."

„Wieso mit letzter Kraft?" In dieser Frage klingelte direkt der Spott.

„Ja, was glauben Sie, was ich Blut verloren hab?"

„Meiner Schätzung nach höchstens ein Likörglasl voll. Und sieben Liter hat der Mensch, falls Sie es nicht wissen sollten. Übrigens, die Wunde war gut gesäubert und anständig verbunden. Verband braucht es jetzt allerdings keinen mehr."

„Aber wenn Dreck 'neinkommt, sind Sie verantwortlich."

„Herrgott, hat der Mensch Angst um sein kleines bisserl Leben. So ein Kratzerl ist doch kaum der Rede wert."

Der Bragglehner blies die Backen auf. Er mochte den Doktor nicht besonders und wußte, daß dies auf Gegenseitigkeit beruhte.

„Und vorhin haben S' gesagt, wenn die Kugel einen Fingerbreit mehr nach rechts —"

„Ja, wenn! Bragglehner, das ganze Leben ist doch aus Wenn und Aber zusammengesetzt. Wenn zum Beispiel der Edison 1879 nicht mit seiner Glühbirne gekommen wäre, säßen wir heute noch bei Kerzenlicht."

„So g'scheit bin ich auch", knurrte der Bragglehner und suchte nach einem Vergleich, mit dem er dem Doktor auch einen Trumpf hinhaun könnte. Am besten, er sagte das so: „Und wenn Sie nicht so gesalzene Rechnungen schreiben täten für uns Privatpatienten, dann hätten Sie Ihr Haus auch nicht bau'n können."

Darüber lächelte der Doktor nur, strich eine Salbe auf die unbedeutende Wunde und klebte Leukoplast darüber. Erst, als er damit fertig war, sagte er mit biederer Freundlichkeit:

„Und wenn Sie damals bei der Gemeindewahl nicht durchgefallen wären, dann säßen Sie heute auf dem Bürgermeistersessel."

Der Bragglehner stand auf und rieb sich wieder seinen Bart.

„Dann sähe heute in der Gemeinde wahrscheinlich manches besser aus. Sie haben mich ganz gewiß nicht gewählt?"

„Da haben Sie recht."

Der Bragglehner knöpfte seine Joppe zu und griff in die hintere Hosentasche nach seinem Geldbeutel.

„Was macht jetzt die Kleinigkeit?"

„Ich schicke Ihnen die Rechnung zu."

Der Bragglehner ging zur Türe und konnte es nicht verhindern, daß sie ihm vom Doktor höflich geöffnet wurde. Draußen im Wartezimmer griff er nach seinem Hut und setzte ihn vorsichtig über den Leukoplaststreifen. Dann hob er den Kopf.

„Mehr wie zehn Mark darf das nicht kosten, Herr Doktor Niederhuber. Ich hab gehört, daß man ungebührlich hohe Rechnungen bei eurer Ärztekammer nachprüfen lassen kann."

„Was Sie nicht alles so hören", lachte der Doktor und öffnete seinem letzten Patienten die Haustüre. Ein feines Glöcklein bimmelte dabei.

„Gute Nacht, Bragglehner. Fallen Sie nicht. Beim Gartentürl vorne ist eine Stufe. — Geizkragen, elender!" Das letztere sagte er leiser, mehr für sich.

Die Warnung war nicht ganz umsonst, denn inzwischen war die Nacht hereingebrochen. Eine Nacht mit vielen Sternen, die in klarer Schönheit über den Bergen funkelten. Der Bragglehner hatte sich schnell an die Dunkelheit gewöhnt und fand seinen Schimmel, den er am Gartenzaun angebunden hatte, mit leichter Mühe.

„Quacksalber, windiger", brummte er gegen das Haus hin, in dem gerade im Wartezimmer das Licht erlosch.

Er fuhr beim Metzgerwirt vorbei, dessen Gaststube er seit jener verunglückten Bürgermeisterwahl nicht mehr betreten hatte. Beim Postwirt waren die Vorhänge noch nicht zugezogen. Er hielt den Schimmel an, bückte sich ein wenig und sah durchs große Fenster hinein zum Ofentisch, an dem Leute saßen. Bei denen könnte es vielleicht schon Wirkung haben, wenn er ihnen mit der nötigen Ausschmückung erzählte, wann und wie in des Herrgotts schönster Frühe auf ihn geschossen worden war. Aber dann erkannte er auch den Pfarrer Weiler darunter, mit dem er nicht gut stand, und daneben saß der Hallander, dem er erst vor einem halben Jahr in einem Prozeß ein Wegrecht abgestritten hatte.

Recht mißmutig schaute der Bragglehner eine Weile zu dem flimmernden Reigenspiel der Sterne hinauf und kam sich mit einemmal recht verlassen und unverstanden vor. Niemand hatte ihm Mitleid bezeugt. So überließ er dem Schimmel die Zügel und wartete darauf, ob er nun links nach Gschwend hinauf traben würde, oder nach rechts, wo es zur Ortschaft Tal ging. Dort war eigentlich seit zwei Jahren seine Stammwirtschaft, das „Gasthaus zum Bären", das wegen seiner guten Küche und sonstiger Vorzüge weithin bekannt war.

Weithin bekannt war auch das Fräulein Ulrike, die dort die Gäste bediente. Der Schimmel des Bragglehner erhielt von ihr immer Zuckerstückchen auf der flachen Hand hingehalten, zum Trost, weil er in der Stallung immer so lange auf seinen Herrn hatte warten müssen.

An dieser Ulrike, die aus Heidelberg über München nach hier verschlagen worden war, war alles so aufreizend und erregend, daß es dem hünenhaften Bauernkerl Sixtus März schmeichelte, offensichtlich von ihr in allem bevorzugt zu werden. Mit ihrer unterkühlten Begehrlichkeit konnte sie den Bragglehner gefügig machen. Diesem eiskalten, mit keinem Hauch von Seele belasteten Mädchen war er nicht gewachsen. Mit ihrer geradezu schamlosen Sinnlichkeit wußte sie seinen Willen zu beugen, bis er sich ihrer Verlockung gefangen gab. Dies hatte ihn bereits einen sündhaft teuren Pelzmantel und auch sonst allerlei gekostet. Bei anderen hätte er dies verwerflich genannt. Er aber machte sich sein Recht selber, und in seiner Großmannssucht hielt er es für angebracht, daß er sich eine Geliebte leistete. Es war ihm eben alles in seiner Holzknechtzeit verlorengegangen, und er bedachte nicht eine Sekunde, daß die frauliche Wärme seiner Bäuerin Margret seiner ungestümen Art viel zuträglicher wäre als die aufregenden Erlebnisse mit dieser rotblonden Ulrike.

Heute war er zu nichts aufgelegt, aber der Damm der Reserviertheit brach sofort, als ihm von Ulrike im ersten Moment, bevor noch nach seinem sonstigen Begehr gefragt wurde, das offene Mitleid kredenzt wurde.

Kaum hatte er an seinem Tischchen, das in einer kleinen Nische stand, Platz genommen, verließ Fräulein Ulrike, sein „Katzerl", wie er sie nannte, ihren Platz neben dem Nähmaschinenvertreter, kam zu ihm, reichte ihm die Hand und machte sogleich erschrockene Augen.

„Was ist denn dir passiert!" Sie starrte auf das Leukoplastpflaster. „Das hast du doch vorigen Samstag noch nicht gehabt."

Er legte die Arme auf den Tisch, verschränkte die Finger ineinander und atmete hörbar auf. Endlich bezeigte ihm jemand Interesse.

„Man hat auf mich geschossen."

„Du kannst einen aber erschrecken. Wer sollte denn auf dich geschossen haben?"

„Wenn ich das wüßte!"

„Ich muß mich jetzt direkt niedersetzen, so ist mir der Schreck in die Glieder gefahren. Nein, ich mag gar nicht daran denken, daß du —"

„Ja, ja, so schnell könnte es gehn. So ganz aus heiterem Himmel könnte man hinüberplumpsen in die andere Welt."

„Sag so was nicht, Sixtus! Es kann doch nicht deine Absicht sein, mir das Herz schwer zu machen."

Da war er wieder, dieser dunkle, schmeichlerische Ton, der einen verrückt machen konnte.

„Ich bin ja noch da, wie du siehst."

„Ja, Gott sei Dank! Was darf ich dir denn jetzt bringen?"

„Ja, was soll ich trinken?" Er zuckte mit den Schultern.

„Am besten wäre auf so einen Schrecken Sekt", riet sie ihm, schon deswegen, weil sie ihn selber gerne trank.

Der Sekt wurde ihm stets in einem steinernen Bierkrügl gebracht, weil doch niemand sehen sollte, daß er, der Bauer, das Getränk der oberen Zehntausend bevorzugte.

Auch was er zu essen hatte, redete ihm Ulrike ein. Am besten wäre wohl ein geschnetzeltes Kalbfleisch oder Rindsrouladen, ein bißchen scharf in der Soße.

Er aber wollte heute von Schärfe nichts wissen, war schon zufrieden, daß sie sich so oft zu ihm setzte, wie es ihr Dienst erlaubte. Während er dann das geschnetzelte Kalbfleisch aß, kam sie auch wieder zu ihm, trank aus seinem Krügl einen herzhaften Schluck — denn schließlich hatte sie auch für einen guten Umsatz zu sorgen — und kam immer wieder auf das drohende Unheil zu sprechen, das über ihm geschwebt habe. Sie hatte den Kopf in die Hände gestützt und schaute ihn an.

„Was dann aus mir geworden wäre, daran hast du wohl kaum gedacht", schnurrte sie.

„Zum Denken kommt man da nicht mehr viel", antwortete er, legte Messer und Gabel weg, warf einen huschenden Blick zum Ofentisch und streichelte schnell ihre Hand. „Du wärst wahrscheinlich ohne mich auch ganz gut ausgekommen, was?"

In ihren Augen blitzte es wieder verführerisch.

„Wie du das sagst. Ich glaub, du vergißt mitunter, wieviel du mir bedeutest."

„Ja, weil ich der Bragglehner bin, von dem du weißt —"

„Daß er manchmal recht hart sein kann."

Er begann wieder zu essen und fragte nebenbei: „Wer ist denn der dort drüben, bei dem du vorhin gesessen bist?"

„Eifersüchtig?"

„Nicht die Spur. Katzerl, Katzerl, bilde dir nur nicht zuviel ein. Ich hab gesehn, daß er dir was gezeigt hat."

„Prospekte waren es. Prospekte für Nähmaschinen. Ganz wunderbare Maschinen. Elektrisch und versenkbar. So was hab ich mir immer schon gewünscht."

Der Bragglehner hörte aber heute schlecht und bezahlte gegen seine sonstige Gewohnheit recht bald.

„Soll ich die hintere Haustüre offen lassen, Sixtus?" lockte sie.

„Warum?" fragte er und spürte zum ersten Mal Widerwillen aufsteigen gegen ihre Aufdringlichkeit, und er hätte am liebsten noch hinzugefügt: ‚Geh doch 'naus und kühl deine Hitzen am Eisschrank ab!' Das sagte er aber dann doch nicht, verlangte vielmehr zu bezahlen. Dann ging er.

Weil der Hausknecht nirgends zu sehen war, holte er den Schimmel selber aus dem Stall und spannte ihn vor das Wägelchen. Gerade als er aufsteigen wollte, hörte er ihre Schritte. Ulrike reichte dem Schimmel seine Zuckerstückchen hin und sagte dabei: „Wenn auch dein

Herrle heut schlechter Laune ist, du sollst wenigstens dein Zuckerl kriegen." Hernach drehte sie sich um, streckte sich ein wenig und legte ihren Arm um den Hals des Bragglehners.

Er aber war heute wirklich zu nichts aufgelegt. Das hätte sie doch längst merken müssen, und nur widerwillig beugte er seinen Nacken zu ihrem lockenden Mund nieder. Bewußt tat er auch das nicht, denn sein Kopf war heute mit anderem vollgepfropft. Mit solchen Gedanken belastet, konnte er nicht den Schwung aufbringen, den sie sonst gewohnt war.

Weil sie dann doch endlich merkte, daß heute von ihm nichts zu erschmeicheln war, ging sie den Weg andersherum und fragte ihn direkt: „Wie ist es nun mit der Nähmaschine? Ich möchte dann schon die versenkbare."

„Dann kauf sie dir doch."

„Ich möchte sie aber von dir geschenkt haben zu meinem Geburtstag, am Mittwoch nächster Woche."

Er hatte ihren Arm ziemlich schroff von seinem Hals genommen, setzte seinen Fuß auf das Trittbrett des Gefährts, drehte sich dann doch nochmals um. Hier mußte endlich einmal etwas Klares und Eindeutiges gesagt werden. Die nahm sich sonst zuviel heraus.

„Merk dir, ich laß mich zu nichts zwingen!"

„Wie du meinst. Der Herr ist heut schlechter Laune, will mir scheinen. Dann merke aber auch du dir, daß ich nicht so mit mir reden lasse."

„Wie meinst du denn das?"

Sie zuckte mit den Schultern. Gertenschlank stand sie vor ihm, das Mondlicht flimmerte auf ihrem Haar, hinter ihren halbgeöffneten Lippen blitzten schneeweiß die Zähne.

„Ich könnte", sagte sie langsam und jedes Wort betonend, „jawohl, ich könnte an einem meiner freien Tage einmal nach Gschwend kommen und deiner Frau einiges erzählen."

„Ach, so meinst du es?" Der Bragglehner nahm seinen Fuß vom Trittbrett zurück, legte die Zügel von der rechten in die linke Hand und gab diesem frechen Frauenzimmer plötzlich eine Ohrfeige.

„So, jetzt kannst nach Gschwend kommen, wenn du noch Lust hast dazu. Schau dir das an! Erpressen will die mich! Da bleibt dir aber der Schnabl sauber. Und jetzt geh mir aus dem Weg, sonst wisch ich dir auf die andere Seite auch noch eine."

Dann stieg er auf und fuhr in die Nacht hinaus.

Eigentlich hätte er ja, wie es Vorschrift war, die Laternen links und rechts am Kutschbock anzünden müssen. Aber der Mond war inzwischen so hoch gestiegen, daß er, wenn er auch nicht mehr ganz voll war, die Straße und das Land ringsum weit erhellte. Nur als das Gefährt in das kleine Wäldchen einbog, war es für ein paar Minuten stockdunkel ringsum. Und da fuhr dem Bragglehner ein Gedanke mit heißem Schreck durchs Gehirn. Wie, wenn jemand jetzt aus dem Dunkel über ihn herfallen würde, um das zu vollenden, was ihm in der Frühe mißlungen war? Aber da war das Wäldchen auch schon durchfahren, die Wiese und die Straße davor glänzten wieder hell und tröstend, und auf Rufnähe lag schon das Dorf Zirnstein, in dem nur mehr ein paar Lichter brannten.

Als der Schimmel stehenbleiben wollte, ließ der Bragglehner ihn gewähren, hängte die Zügel an den Bremsgriff und saß nun auf dem Kutschbock wie ein müder Kutscher, der auf seine Herrschaft zu warten hat. Ganz still war es ringsum, nur der Nachtwind rauschte leise in den Fichtenzweigen, und unweit hörte man das nimmermüde Plätschern der Zirn. Ganz eigentümliche Gedanken bewegten den Mann, gerade als ob er eine Rechnung aufmachen wolle über sein Leben. Und mit hartnäckiger Aufdringlichkeit stellte sich ihm die Frage, ob er sein Leben nicht doch etwas verkehrt gelebt habe. So ganz von ungefähr konnte doch dieser dreißigste Juni mit all seinen Ereignissen nicht über ihn hereingebrochen sein. Es hatte sich etwas entladen; das Schicksal hatte ziemlich hart und brutal bei ihm angeklopft, so, als wolle es ihm ganz deutlich sagen: ‚Kehr um, Bragglehner, sonst reißt es dich einmal in einen Abgrund hinein, aus dem du nicht mehr herauskommst!'

Ganz deutlich hörte der Bragglehner die mahnenden Stimmen, obwohl niemand da war. Sie stiegen aus ihm selber herauf und fielen im Echo zurück, pochten und klopften in ihm weiter, so wie sein Herz klopfte, an das die Stimmen rühren wollten. Und dann war es, als springe der Eispanzer auf, der sich bei ihm Herz nannte, und lasse die Stimmen ein, die zur Umkehr rieten oder zur Verwandlung.

Ja, es war ganz etwas Seltsames um diese nächtliche Stunde, die sich als Schlußpunkt hinter einen erregenden Tag setzen wollte. Ringsum war heilige Stille. Macht und Gewalt schienen darin zu versinken. Weit lehnte der Bragglehner den Kopf zurück, als lausche er, was da alles auf ihn eindringen wollte. Das Sternenlicht fiel in seine hellen Augen, der Mond schien auf sein Gesicht und schien alle harten Konturen darinnen zu verwischen.

Die Bilanz, an der der Bragglehner in dieser Nacht

herumrätselte, schien hart und schonungslos. Was war denn sein Leben eigentlich? Dieses Fremdsein unter Frau und Kindern? Diese schreckliche Verlorenheit auf den krummen Wegen, die er eingeschlagen hatte? War er denn mit seinem Haß und seiner Macht nicht doch recht einsam geworden?

Ein paarmal nickte er schwer vor sich hin, als wolle er sich das alles bestätigen. Dann blickte er zu den Fichtenwipfeln auf, über die der Mond einen silbernen Schleier gelegt hatte. Ein Nachtvogel schrie, ganz kurz nur, als sei er aufgeschreckt worden. Dann war es wieder still; nur die raunenden, mahnenden Stimmen waren noch um den einsamen Mann auf dem Gefährt. Sie wollten ihn auch nicht mehr verlassen auf dem ganzen Weg, den der Schimmel nun in einem scharfen Trab nahm, bis zu der steilen Kehre hin, wo das Sträßlein nach Gschwend hinauf abzweigte.

*

In goldner Schönheit zog ein neuer Tag herauf. Die Frühnebel flatterten davon, und von den Wiesen kam in schweren Wellen der Duft des Heues, das gestern noch Gras gewesen war. Vom Wald herunter hörte man einen Kuckuck, und es war wie der Ruf einer Zauberin, die die Menschen verlocken wollte zu einer kleinen Seligkeit.

Beim Bragglehner war bereits alles auf, bis auf den Bauern selber, der sich nie vor neun Uhr sehen ließ, wenn er spät heimgekommen war. Dann pfiff er von seiner Jagdstube aus nach dem Frühstück.

Andreas war bereits drunten im Anger und mähte Gras für die paar Hauskühe, die von der Alm daheimgeblieben waren. Florian spannte gerade die Pferde vor den kleinen Leiterwagen, um das Gras zu holen. Bevor er wegfuhr, rief er noch durchs Stallfenster der Magdalena zu, die dort gerade molk: „Wenn grad was wär, schrei mir, ich bin dann sofort da."

Das hörte auch die Mutter, die in der Küche am Herd stand und ein paarmal tief seufzte. Die Angst vor diesem Tag saß ihr im Nacken, denn wie sie den Mann kannte, nahm er nicht ohne weiteres hin, was gestern alles geschehen war. Das schrie nach Rache und Vergeltung bei ihm.

Am Tisch in der Küche saß die kleine Verona und schrieb ihre Hausaufgabe in ein blaues Heft. Auf einmal ging die Tür auf, und der Bragglehner kam herein. Er war bereits fertig angezogen und griff an seine Joppentaschen, als suche er dort etwas. Der Leukoplaststreifen leuchtete grell auf seiner Stirne. Ängstlich schaute die Frau ihn an, und die Verona lispelte scheu:

„Gut'n Morgen, Herr Vater."

Darauf gab er seit Jahren keine Antwort, und darum war es der Bragglehnerin, als falle sie aus allen Wolken, denn ganz klar und ohne den gefürchteten Unterton antwortete der Bragglehner heute:

„Gut'n Morgen."

Dann ging er zum Tisch hin und sah der Verona über die Schulter ins Heft.

„Was schreibst denn du da?"

„Meine Hausaufgab'."

„Muß das um fünf Uhr in der Früh sein?"

„Sie hat ja gestern im Heu mithelfen müssen", antwortete die Mutter und zog den Hafen mit Milch vom Feuer.

Der Bragglehner hob mit rascher Bewegung den Kopf.

„Hab das vielleicht ich angeschafft?" fragte er streng.

Die Frau schwieg. Was hätte sie auch sagen sollen? Man kann die Kinder nicht früh genug an die Arbeit hinschubsen, war eine seiner Redensarten immer gewesen. Aber das wollte er jetzt nicht gelten lassen und sprach bereits weiter:

„In Zukunft machst du deine Aufgab', wenn du von der Schule heimkommst. Ein bissl schöner schreiben dürftest wohl auch. Nicht einfach so hinfuseln. Soll das vielleicht ein ‚W' sein? Das schaut ja grad aus wie eine Kuh, wenn s' groß tragend ist."

Die Bragglehnerin mußte sich jetzt einfach auf den Hocker niedersetzen, der neben dem Herd stand. Das konnte und durfte doch nicht wahr sein! Wann hatte der Bragglehner sich jemals um die Schulaufgaben seiner Kinder gekümmert? Wann war er zum letzten Mal um so eine frühe Stunde in der Küche gestanden?

Der gelb-weiß gefleckte Kater, der auf dem Fensterbrett gelegen hatte, erhob sich langsam, schob zuerst den Buckel hoch auf und schüttelte sich dann, als könne auch er das alles nicht begreifen.

Der Bragglehner hatte sich jetzt vom Tisch abgewandt, griff wieder an seine Joppentaschen, so daß es schon bald aussah wie eine Verlegenheitsgeste. Dann sah er die Bäuerin an. Jawohl, er schaute sie tatsächlich an, ohne den harten Glanz in seinen Augen.

„Das Dirndl soll in Zukunft liegenbleiben bis um sieben Uhr. Um fünf Uhr in der Früh Hausaufgabe machen, das möcht ich nimmer sehn. Im übrigen — ich geh jetzt Forellen fischen."

„Magst nicht zuerst frühstücken?"

„Ich geh Forellen fischen, hab ich g'sagt!" Da war schon wieder die auffliegende Gereiztheit, die er aber gleich wieder niederzwang. „Ich hoff', daß ich was erwisch, dann mag ich zu Mittag ein paar Forellen blau."

Ein Griff mit den Fingern der rechten Hand in seinen Bart, dann ging er hinaus.

„Weidmannsheil!" rief Verona ihm nach. Daraufhin öffnete sich die Tür nochmals, der Bragglehner streckte seinen Kopf herein und berichtigte: „Das heißt Petriheil!"

Die Frau saß noch immer wie angewurzelt auf dem Hocker. Sie war nicht fähig, sich zu rühren. Zu unerwartet war das alles über sie hereingebrochen, und sie wußte sich das Ganze auch gar nicht zu deuten. Was war denn über den Mann nur gekommen! War eine Kruste aufgebrochen, durch deren Öffnung sich zaghaft das Verlorene hervorwagte? Oder war es so, daß seine finstere, irregegangene Seele wieder heimkehren wollte in die Wärme und Geborgenheit längstvergangener Jahre?

Mochte es nun sein, wie es wollte, die Bragglehnerin faltete die Hände und betete leise, daß es so bleiben möge, wie es soeben gewesen war. Wieder ein bißchen freier atmen zu dürfen, ohne Bedrücktheit und ohne Angst! Schon der Kinder wegen erbetete sie dies und auch um ihretwegen. Denn sie war noch nicht vom Alter gebeugt, wollte sich gerne wieder aufrichten wie ein Baum, an dem der Sturm lange Jahre gezerrt hatte. Und während sie betete, liefen ihr die Tränen über die mageren Wangen in die Mundwinkel hinein. Auf einmal war dann etwas Weiches in ihrem Schoß. Die Verona kniete vor ihr, schmiegte sich ganz eng an sie und bettelte: „Wein' doch nicht, Mutter. Das tut mir so weh."

Die Bragglehnerin wischte sich mit der Schürze über die Augen und hob den Kopf. Sie sah durchs Küchenfenster den Mann durch den Obstgarten davongehen, die Angelrute über der einen, die Holzbutten am Riemen über der anderen Schulter. Beim Nußbaum drunten machte er eine scharfe Wendung nach links. Offenbar wollte er es vermeiden, seinen beiden Söhnen zu begegnen, die weiter drüben Gras wendeten.

„Nicht weinen", bettelte Verona wieder, und die Mutter schüttelte den Kopf.

„Nein, ich wein' nicht mehr. Und — vielleicht lernen wir jetzt alle wieder das Lachen."

Hernach, als sie dann alle bei der Milchsuppe zusammensaßen und die Bragglehnerin mit leiser Stimme erzählte, was wie ein Wunder in der Morgenstunde gewesen war, hörten die andern drei nur stumm zu und konnten es ebensowenig fassen wie die Mutter. Bis Florian wie aus tiefem Sinnen heraus sagte: „Vielleicht hat das gestern erst sein müssen, damit Einsicht über ihn kommt."

„Warten wir's ab, ob er so bleibt", wagte Andreas zu zweifeln. „Vielleicht ist er am Mittag schon wieder anders. Braucht bloß keine Forellen zu erwischen."

„Ich weiß nicht", meinte die Mutter, „ich hab so ein Gefühl, als wenn es jetzt anders werden würde." Und dann mußte sie auf einmal lachen, weil sie bereits so fest daran glaubte, obwohl ihr doch nur ein ganz winzig kleines Zipfelchen von Güte gezeigt worden war.

Immerhin, die Mutter hatte lachen können. Hatten die Kinder das überhaupt schon einmal gesehn? Auf alle Fälle, es wirkte ansteckend. Es war gerade so, als ob frische Luft zum Fenster hereinwehe, unter der es sich leichter atmete. Der Tag hatte auf einmal ein ganz anderes Gesicht. Die Lerchen stoben trillernd am Fenster vorbei und schraubten sich in den glasklaren Himmel hinauf. Der alte Regulator, der neben dem Küchenkasten hing, schlug die Zeit, und es war, als hätten die Töne einen silbernen Klang.

Mit ganz neuem Schwung fuhren die zwei Buben und die Magdalena zur großen Breite hinauf, während die Mutter die Milchkanne für den Lehrer füllte, die Verona mitzunehmen hatte.

Was doch ein einziges gutes Wort für Wirkungen haben konnte! Es war so, als wäre der liebe Gott vorübergegangen, und sein blauer Mantelsaum hätte den Giebel des Bragglehnerhofes gestreift.

So gegen zehn Uhr kam der Bragglehner zurück und hatte sieben Forellen gefangen. Er stellte die Holzbutte, die halb mit Wasser gefüllt war, auf den Küchentisch.

„Hast was erwischt?" wagte die Bragglehnerin zu fragen, weniger aus Neugierde, vielmehr war sie gespannt, ob und was er ihr antworten würde.

Schweigend griff der Bragglehner ins Wasser, zog eine Forelle heraus und hielt sie zwischen Daumen und Zeigefinger unter den Kiemen fest.

„Schau her, wie die schön geringelt ist. Ein Prachtexemplar. Ich schätze sie auf vier Pfund. Die kannst du für dich braten." Dann zog er sein Messer und schlug mit dem Knauf die Forelle auf den Kopf. „Für mich machst zwei blau. Die andern werf ich derweil draußen in den Brunnen."

Und wieder meinte die Bragglehnerin, sie müsse sich niedersetzen auf den Hocker, weil das einfach auf einmal zuviel war. Das hätte sie in ihren kühnsten Träumen nicht erwartet, wenn sie solche je gehabt hätte;

aber sie hatte immer nur schwere, zermürbende Träume. Umsonst wartete sie auf die Schwere in den Kniekehlen, die ihr so oft in der Angst zu schaffen gemacht hatte. Es war gerade, als verspüre sie ein innerliches Erwachen, ein langsames Aufwachen aus einem bösen Alptraum. Unwillkürlich reckte sie sich in den Schultern, ein heller Schein flog über ihr Gesicht, in ihre Augen kam etwas wie ein froher Glanz. Ihr Gemüt wurde weich, und ihre Seele war in diesem Augenblick bereit, dem Mann alles zu verzeihen, was er ihr jemals angetan hatte.

Und um den Hof lag ein wundersamer Friede, als hätte auch er etwas von der Wandlung abbekommen. Der große schweigende Sommertag schwebte über die Dächer, Wiesen und Felder hin und berührte mit seinem Glanz auch die Herzen.

Wenn es nur so bliebe! Das Herz der Bragglehnerin wollte noch nicht so ganz frei werden von den leisen Ängsten. Sie befürchtete immer einen Rückfall des Mannes in seine dunkle Verworrenheit, die niemand begreifen konnte und mit der sich ein Psychiater hätte beschäftigen müssen. Aber es war nicht zu übersehen: sie hatte sich aufgerichtet, ihr Gang war wieder schwebender, der Nacken nicht mehr so gebeugt, der Blick der Augen nicht mehr verschleiert von Tränen, selbst ihre Stimme klang nicht mehr so leise. Ein gewaltiger Klumpen war noch ein paar Tage in ihrem Hals; der löste sich erst, als der Mann, nachdem er den ganzen Tag im Heu geschuftet hatte, sie beinahe freundlich fragte: „Es geht wohl nicht, daß du mir eine saure Leber machst?"

„Warum soll das nicht gehen? Verona, lauf schnell zum Metzger hinunter und hol ein halb Pfund Leber."

„Was willst denn mit einem halben Pfund?" fragte er. „Wenn schon saure Leber, dann für alle. Und vielleicht geröstete Kartoffeln dazu?"

Er blieb sogar in der Küche eine Weile sitzen und las die Zeitung, schüttelte manchmal mißbilligend den Kopf, als könne er nicht mit dem einverstanden sein, was sich da Politik nannte.

„Ich weiß nicht, ich weiß nicht", brummte er vor sich hin.

„Was meinst, Bragglehner?" fragte die Frau gewohnheitsmäßig, weil sie ihn doch nicht Sixtus oder Mann nennen durfte. Heute aber zog er die Brauen zusammen, als denke er über etwas scharf nach, so wie er die ganzen Tage scharf nachgedacht hatte. Wahrscheinlich war es ihm noch zu früh, schon vollständig herunterzusteigen vom Schemel seiner Macht. Das Herabsteigen fiel ihm sowieso schon schwer genug und konnte nicht innerhalb weniger Tage bewerkstelligt sein.

Das Aufsteigen zur Macht war verhältnismäßig schnell gegangen, und im Namen der Macht hatte er jahrelang diktatorisch seinen Hof und seine Familie regiert. Das Absteigen mußte Stufe um Stufe erfolgen, damit er seinen Nimbus nicht mit einem Schlag verlor. Immerhin war er schon so weit, daß er bemerkte: Die Frau da hinten im Herdwinkel hatte eine klare Frage gestellt, auch wenn sie ihn Bragglehner genannt hatte.

Bis zum Wochenende ging alles glatt. Das Heu war eingebracht worden, und am Samstagmittag sagte der Bragglehner:

„Ich geh für ein paar Tag in die Jagdhütte 'nauf. Richt mir meinen Rucksack zusammen." Sonst hatte er einfach den Rucksack in die Küche geworfen und nichts gesagt.

„Wieviel Flaschen Rotwein?" fragte die Frau.

„Rotwein?" Er schaute, als verstehe er sie nicht ganz. Dann schüttelte er den Kopf. „Keinen. Ich hab ganz vortreffliches Quellwasser droben."

Sie packte ihm Brot, Rauchfleisch, eine Cervelatwurst, Eier und Mehl in den Rucksack. Er kam noch mit ein paar kleinen Schachteln Munition, die er in die Seitentaschen des Rucksackes schob. Dann griff er nach seinem Gewehr und dem Fernglas.

„Einer von den Buben soll am Montag früh zur Jagdhütte kommen mit dem Fuhrwerk. Ich will ein paar Böcke schießen. Die soll er dann zum Metzgerwirt bringen. Die Innereien nimmst aber 'raus. Ja, das wär jetzt alles. Den Buben hab ich die Arbeit schon angeschafft." Er schulterte die blitzblanke Doppelflinte. Unter der Türe fiel ihm noch ein: „Jetzt hätt' ich es bald vergessen: Da könnt ich eine Nähmaschine kaufen, eine versenkbare, versteht sich."

Die Bragglehnerin hielt den Atem an. Das konnte doch nicht wahr sein! Sie wußte nichts darauf zu sagen, trat nur unter die Küchentür und schaute ihm nach, wie er mit schwerem Schritt durch den Flur ging und vom Hof aus noch zurückrief:

„Weidmannsdank!"

Da wußte sie, daß er tatsächlich auf ihr „Weidmannsheil!" gewartet hatte.

Er ging bereits mit seinen langsamen, aber weit gesetzten Schritten über die Viehweide hinauf. Da rief sie ihm noch nach:

„Wie lang bleibst denn?"

„Genau kann ich's nicht sagen. Kommt drauf an, was alles wechselt. Vielleicht drei, vier Tag'."

Die Bragglehnerin lehnte sich gegen den Türstock

und sah dem Mann nach, der immer kleiner und kleiner wurde, bis er droben unter den Fichten verschwand.

Nun war Frau Margret März, die Bragglehnerbäuerin, fast sicher, daß es keinen Rückfall ins Elend mehr geben werde. Die dunkle Türe hatte sich geöffnet, eine Hand streckte sich ihr versöhnend entgegen, und sie war die letzte, die diese Hand nicht freudvoll ergreifen würde.

*

Müde, blaue Tage lagen über dem Wald und der Landschaft. Es war Herbst geworden. Zuerst leuchteten im bunten Mischwald unterhalb der Jagdhütte des Bragglehners die Ahornbäume auf und standen wie goldene Fackeln zwischen dem düsteren Grün der Tannen. Dann stiegen nach der ersten Reifnacht die roten Opferflammen des wilden Kirschbaumes auf. Auch die Buchen und Eichen wurden mitgerissen. Ein Rausch der Farben brodelte über den grünen Tannenwipfeln. Langsam, fast mit Wehmut, verwandelte sich der Wald und das Land ringsum. Die Berge erschienen ganz hellblau und waren durchsichtig wie Glas. Die höchsten Spitzen trugen schon Schneekappen. Auf den Hochalmen war es still geworden, und dort, wo sie das Vieh noch heroben hatten, klangen die Glocken stiller, feierlicher. Des Nachts hörte man überhaupt nichts mehr. Die Tiere konnten wegen des Reifs nicht mehr im Freien bleiben und wurden immer erst gegen neun Uhr, wenn die Sonne schon wieder Kraft genug hatte, aus dem Stall gelassen.

Früh schon fielen die Abende ins Land. Ein kurzes, loderndes Glühen über den Berggipfeln, ein schnelles

Abendrot, als glühe der Himmel aus, dann begann die Dämmerung alles zu verschlucken.

An so einem Abend saß der Bragglehner auf der Bank vor seiner Jagdhütte und spähte zwischen den Stämmen hindurch auf den Fahrweg. Die weißen Hemdärmel flatterten ein wenig im Abendwind, und er dachte gerade daran, in die Hütte zu gehn, um sich einen Janker zu holen, als er aus der Tiefe des Hohlweges leichtes Rädergerassel vernahm. Etwa zehn Minuten später tauchte Florian mit dem hohen, zweirädrigen Almkarren auf, vor den er einen der Braunen gespannt hatte. Auf der kleinen Ladefläche saß mit angezogenen Beinen die Magdalena.

Vor der Hütte angekommen, sprang Magdalena herunter und griff nach dem Henkelkorb, aus dem der Hals einer Weinflasche herausragte.

„Ein bißl spät seid's dran", meinte der Bragglehner und öffnete die Türe zur Jagdhütte.

„Wir sind etwas später vom Kartoffelacker heimgekommen", antwortete Florian, schirrte den Braunen aus und führte ihn in den Schuppen, der hinter dem Jagdhaus angebaut war.

Mittlerweile kramte in der Hütte drinnen Magdalena den Korb aus. Die Mutter hatte allerlei Leckerbissen eingepackt, unter anderem einige schön abgelagerte Stücke Rindfleisch für einen Rostbraten, eine Gänseleberpastete und einen Wecken Weißbrot. Dazu eine Flasche Gumpoldskirchner Spätlese. Das alles breitete das Mädchen auf dem Tisch aus und fragte: „Was soll ich jetzt kochen, Vater?"

Der Bragglehner schob die Unterlippe ein wenig vor, hob die Schultern und ließ sie wieder sinken.

„Ich weiß nicht, ich hab zu nichts einen rechten Appetit. Am liebsten wär mir ein rescher Schmarrn, aber es ist keine Milch da."

Früher hätte er geschrien, warum keine Milch da sei, und wahrscheinlich hätte es dafür sogar Prügel gesetzt. Heute aber war es nur eine ganz ruhige Feststellung. Er war eben nicht mehr der, der er noch vor ein paar Monaten gewesen war. Er war ein Mann, über den ein mächtiger Sturm weggegangen war, und der nun irgendwie geläutert, ruhig geworden war. Und wenn ihn mitunter sein ererbter Jähzorn anspringen wollte, brüllte er wohl noch einen Moment los, hatte sich aber sogleich wieder in der Gewalt.

„Der Vater möcht' einen Schmarrn, aber es ist keine Milch da", sagte Magdalena zum eintretenden Florian. „Was ist denn in der Näh' für eine Alm noch offen, Vater?"

„Nur mehr die Kreuz-Alm."

Florian hatte schon das Türl vom Küchenschrank geöffnet und die Milchkanne herausgenommen.

„Wieviel?"

„Zwei Liter", sagte die Magdalena.

Es war warm eingeheizt in der Hütte. Die Ofenplatte glühte, und das Wasser, das in einem großen Topf daraufstand, dampfte.

„Da hat es aber eine Hitz herinnen", stellte Magdalena fest.

„Meinst?" fragte der Bragglehner. „Wie kommt das? Mich tät am liebsten frieren."

„Soll ich dir vielleicht einen Glühwein machen, Vater?"

„Später vielleicht. Was ist drunten los?"

Die Magdalena setzte sich zu ihm auf das breite Sofa und berichtete, was es zu berichten gab. Kartoffeln gab es in rauhen Mengen heuer. Auch das Obst war reichlich ausgefallen. Achtzig Zentner Äpfel habe Florian ins Lagerhaus gebracht, und dreißig Zentner hätten sie eingemostet. Die Laura habe Zwillinge bekommen, zwei liebe Kälberl, mit einem schwarzen Fleck auf der Stirn. Die Mutter habe gemeint, die solle man aufstellen.

„Ja, natürlich, aufstellen", nickte der Bragglehner. „Und tu nachschürn, daß das Feuer nicht ausgeht."

„Fühlst dich nicht recht wohl, Vater?"

„Ich weiß nicht. Muß mich ein bißl erkältet haben. Heut früh hab ich bloß meinen leichten Leinenjanker angehabt, wie ich auf dem Hochstand gesessen bin. Und der Wind hat doch ganz schön von Osten her geblasen. Wie ich aber den Hirsch hab auftauchen sehn, mit einem Geweih, wie ich noch gar keins daheim hab, da war alles vergessen. Und beinah' hätt ich auch vergessen, daß ich den Hirsch dem Florian versprochen hab. Hoffentlich trifft er ihn morgen früh."

„Und der Florian kann schon ein paar Nächt nimmer richtig schlafen, vor lauter Jagdfieber."

Der Bragglehner nickte, ein flüchtiges Lächeln huschte um seine Mundwinkel.

„Ich weiß, wie das ist. Bloß hab ich in seinem Alter nicht schießen dürfen. Das heißt, ich hätt' nicht schießen dürfen. Aber bei mir daheim, da sind die Hirsch im Winter am Stubenfenster vorbeigezogen."

Er blinzelte ein wenig und knöpfte den Wolljanker über der Brust zu, obwohl die Ofenplatte glühte.

Währenddessen war Florian in der Almhütte drunten angekommen und hatte auf der Schwelle betroffen eingehalten. Am Herd stand ein großgewachsenes, bildschönes Mädchen und stocherte in einer Pfanne herum.

Sie trug wohl bäuerliche Kleidung, aber ihr Gesicht war etwas blaß und ihre Hände schmal und gut gepflegt. Ihr blondes Haar mußte ein tüchtiger Friseur unter den Händen gehabt haben.

Jetzt lächelte sie, und daran erkannte Florian sie. Sein Staunen aber blieb immer noch gleich groß.

„Beda — du? Mein Gott, bist du gewachsen. Ich hätt' dich bald nimmer erkannt."

Freimütig machte sie ein paar Schritte auf ihn zu und reichte ihm die Hand.

„Das beruht ganz auf Gegenseitigkeit. Im ersten Moment hab ich dich auch nicht mehr erkannt. Ich hab dich ja schon eine Ewigkeit nicht mehr gesehn. Paß auf, wie lang ist jetzt das schon her? Mit vierzehn, gleich nach der Schul, bin ich weggekommen, und jetzt bin ich achtzehn. Sind also vier Jahr. Und dagewesen bin ich bloß immer in meinem Urlaub."

„Und jetzt —" sagte er und schaute sie immer noch an.

„Ja, ich hab noch ein paar Tage Urlaub zugut gehabt. Überstunden, weißt, und Nachtdienst. Viel Nachtdienst. Aber setz dich doch ein bißl nieder, Florian. Soviel ich mich erinnern kann, bist du ein paar Monat jünger als ich."

„Um drei", wußte er noch, und die Erinnerungen an die Schulzeit wurden mit einemmal wieder wach. Er erinnerte sich des Tages, an dem ihnen der Vater verboten hatte, mit der Stubler Beda beisammen zu sein. Bis heute wußte er noch nicht, warum.

„Ich hätte eigentlich bloß ein paar Liter Milch holen sollen", sagte er, stellte die Kanne auf den Tisch und schob sich dahinter auf die Bank.

„Die Mutter ist noch im Stall beim Melken", sagte

Beda. „Es wird nimmer lang dauern. Oder darfst du heut auch noch nicht mit mir reden?"

„Warum nicht? Ach so, jetzt versteh ich dich." Er nickte in der Erinnerung an die vergangene, traurige Zeit. „Bei uns hat sich seit kurzem vieles geändert."

„Das freut mich für dich, Florian. Und die Magdalena, wie geht es der?"

„Die ist auch droben auf der Jagdhütte. Und stell dir vor, Beda, morgen früh darf ich meinen ersten Hirsch schießen."

Die Freude darüber leuchtete aus seinen Augen. Es war aber nicht nur die freudige Erwartung allein. Das Mädchen Beda saß ihm gegenüber und schlug ihren Blick nicht nieder vor dem seinen. Es war eine ganz seltsame Stille um sie beide, der sie sich gefangen gaben, ohne es recht zu wissen.

„Du bist so schön geworden", hauchte Florian, als hätte er Angst, mit einer lauten Stimme die Weihe dieser Stunde zu zerbrechen. Er hörte sein Herz schlagen, ganz wild schlug es auf einmal, und er starrte jetzt auf ihren Mund, auf ihre vollen, schön geschwungenen Lippen und spürte, daß er rot wurde bis unter die Haarwurzeln.

„Wie lang bist du hier?" fragte er dann.

„Bis zum Montag früh."

„Heute ist Freitag. Ich warte auf dich, am Sonntagnachmittag um drei Uhr in dem kleinen Wäldchen, wo es nach Tal geht." Er hatte das hastig herausgesprudelt und doch mit einem bestimmten Klang in der Stimme, daß es sich wie ein Befehl anhörte.

Das Mädchen Beda machte ihre Augen schmal, nur mehr durch einen Spalt heraus sah sie ihn an und schob dabei die Unterlippe ein bißchen vor.

„Gerätst du deinem Vater nach?"
„Wie kommst denn darauf, Beda?"
„Weil du auch so befiehlst."
„Und wenn ich dich bitte, daß du am Sonntagnachmittag kommst?"
„Nein!" sagte sie kurz entschlossen. „Warum denn auch?"

Er ließ den Kopf sinken, betrachtete seine braunen Hände. „Schad", sagte er dann.

In diesem Augenblick kam die Mariann mit zwei Milchkübeln vom Stall herein. Ihre Stirne verfinsterte sich sofort, als sie die beiden am Tisch sitzen sah.

„Was willst denn du da?"

„Zwei Liter Milch", antwortete Florian und deutete auf die Kanne auf dem Tisch.

„Beda, gib sie ihm. Zwei Liter macht vierzig Pfennig."

„Ui, bist du aber grantig", sagte Florian und lächelte jungenhaft dabei. Daraufhin glätteten sich die Falten auf der Stirn der Frau. Es tat ihr bereits leid, den Jungen so barsch behandelt zu haben, diesen armen, geschlagenen Buben, der vor den Pflug gespannt worden war und unter der Macht seines Vaters stand. Im Dorf hatte sich von der merkwürdigen Wandlung des Bragglehners schon einiges herumgesprochen. Aber hier herauf war davon noch nichts gedrungen. Der Bragglehner war seit jenem Morgen, als man ihn angeschossen hatte, nie mehr auf die Alm gekommen. Und das war gut so.

Die Mariann streifte jetzt ihr Kopftuch ab und kam näher an den Tisch heran. Erst in der Helle des Fensterlichtes konnte Florian die Ähnlichkeit der beiden erkennen. Sie hätten Schwestern sein können, so straff und jugendlich sah die Mariann noch aus.

„Wie kommst denn du um diese Zeit da 'rauf?" fragte jetzt die Mariann ganz ruhig und betrachtete den Florian genauer. Nein, seinem Vater sah er nicht ähnlich. Im Gegensatz zu diesem hatte Florian auch blondes Haar.

Florian erzählte, daß er mit seiner Schwester Magdalena beim Vater auf der Jagdhütte drüben sei, und daß er morgen früh seinen ersten Hirsch schießen dürfe.

„Das wundert mich aber", antwortete die Mariann.

„Ja, es gibt in letzter Zeit manches zu wundern", lachte Florian. Sein Lachen klang so unbeschwert, so jungenhaft lustig. „Der Vater hat sich um hundertachtzig Grad gedreht."

„Sooo? Seit wann?"

Florian brauchte nicht lange nachzurechnen. Der Tag würde ihm im ganzen Leben in Erinnerung bleiben.

„Angegangen ist es damals, wie einer — auf ihn geschossen hat."

„Das weiß ich noch. Er kam zu mir, und ich hab ihn verbunden."

„Davon hat er allerdings nichts gesagt."

„Das glaub ich schon", meinte die Mariann und hatte schon wieder die scharfe Falte zwischen den Augen. Dann nahm sie doch die Milchkanne selber und schöpfte auf der Anrichte hinten zwei Liter Milch hinein. Wie zufällig drehte sie dabei einmal den Kopf zum Tisch und bekam plötzlich einen Schrecken, der ihr bis in die Kniekehlen hineinfuhr. Die beiden jungen Menschen saßen stumm da und sahen sich wie selbstvergessen an. Im selben Moment aber lachte die Beda:

„Wenn ich denk', wie wir noch in die Schul gegangen sind, Florian. Einmal hast mich auf deinem Buckel durch den Schnee übers Bergerl 'naufgeschleppt."

„Ich tät dich heut auch noch 'nauftragen", lachte er zurück.

„Stell dir das vor, wenn du mich noch Bucklkraxl tragen tätst!" lachte Beda zurück.

„Ich tät dich auch auf den Händen tragen."

„Glaub ihm nichts", sagte die Mariann und brachte die gefüllte Milchkanne zum Tisch. „Sein Vater hat früher auch so ähnliche Sprüch' gemacht."

„Ich bin ja nicht der Vater", gab Florian zurück, und die Mariann nickte.

„Ja, da hast du recht, Bub. Du hast schon ganz andere Augen wie er."

„Schöne Augen, gell?" kicherte die Beda und schaute ihre Mutter dabei an.

Und wieder ging es wie ein heißes Wehen durch die Mariann. Ihre Gedanken arbeiteten blitzschnell, übersprangen die Jahre, ein Abgrund tat sich auf, eine Tiefe, aus der sie mühsam wieder emporgekommen war. Ein neuer Schreck kam dazu, als Florian fragte:

„Warum? Hast du meinen Vater schon früher gekannt?"

Ein Klumpen saß plötzlich in ihrer Kehle. Aufschreien hätte sie mögen und wußte doch, daß sie sich zusammenreißen mußte.

„Flüchtig", sagte sie, und ihre Stimme hatte jetzt einen gedrosselten Klang. „Da ist deine Milch."

Florian erhob sich und griff in seine Hosentasche, zerrte ein Fünfzigpfennigstück heraus.

„Ist schon recht", sagte er, aber die Mariann wollte das nicht gelten lassen und gab zehn Pfennig heraus.

„Gut' Nacht miteinander", sagte Florian, blinzelte der Beda heimlich zu und zeigte ihr drei Finger der rechten Hand.

Beda schüttelte den Kopf und schloß die Türe hinter ihm. Dann lehnte sie sich gegen die Tür.

„Warum warst du denn so merkwürdig zu ihm, Mutter?" fragte sie.

Marianne hantierte im Hintergrund mit den Milchkübeln und setzte den Separator zusammen.

„Hast du vergessen, was uns der Bragglehner schon alles angetan hat? Hast schon vergessen, daß die Bragglehnerkinder mit euch gar nimmer haben reden dürfen?"

„Das weiß ich. Aber da kann doch der Florian nichts dafür."

„Er ist vom Bragglehner, und das reicht. Man weiß nicht, wie der sich einmal entwickelt. Und überhaupt — Beda, g'hörst du nicht bereits in eine andere Welt?"

„Das hat doch mit ihm nichts zu tun, Mutter."

„Vielleicht nicht. Man weiß ja nicht. Komm her jetzt, und hilf mir ein bißl!"

Bevor Beda helfen ging, nahm sie das funkelnagelneue Fünfzigpfennigstück, steckte es in den Ausschnitt ihres Spenzers und sagte hernach:

„Aber schöne Augen hat er, Mutter, das mußt zugeben. Ehrliche, gute Augen sind es. Da kenn ich mich schon ein bißl aus. Mir kommen doch eine ganze Menge Menschen unter in meinem Beruf."

„Die Augen allein machen's nicht aus. Auf das Herz kommt es an und auf den Charakter."

Die Beda sagte jetzt nichts mehr. Wußte auch gar nichts zu sagen, weil sie mit sich selber über alle Maßen hinaus beschäftigt war. In ihrem Innern war etwas aufgesprungen, es war, als sei sie von etwas Unnennbarem befallen worden. Ihr Herz klopfte auf einmal einen ganz schnellen, fremden Rhythmus. Wie ein Läuten war's, unendlich süß und schön, aber schnell, sehr schnell. Und als sie der Mutter geholfen hatte, die schweren Milchkübel zu leeren, ging sie hinaus. Sie tat, was sie als untrügliches Zeichen für innere Vorgänge zu halten gelernt hatte, sie fühlte den Puls. Wie der jagte, das war wie Hufgepolter zweier Pferde, über die ein Kutscher die Peitsche schwang.

Wie verloren lächelte sie zu den Bergen hinauf, die nur mehr als dunkle Konturen zu sehen waren, über denen aber hell und einsam der Abendstern flimmerte.

*

In der grauen Morgenfrühe kam der Bragglehner aus seiner Kammer heraus, zog scheppernd die Herdringe weg und stellte Wasser auf. Von diesem Lärm erwachten Florian und Magdalena zugleich, die beide droben im Heu geschlafen hatten. Sie kamen die steile Stiege herunter und sahen den Vater im trüben Licht der Petroleumlampe am Tisch sitzen, gekrümmt, die dicke Lodenjoppe eng um die Schultern gezogen.

„Was ist denn, Vater?" fragte Magdalena besorgt. „Frierst du?"

„Und wie." Seine Zähne klapperten aufeinander. „Die ganze Nacht hab ich mich nicht erwärmen können. Ich glaube, daß ich Fieber hab. Schau einmal nach dem Wasser, ob es schon kocht. Tee mit viel Rum, das hilft mir vielleicht."

Florian meinte, eine Welt stürze in ihm zusammen. Ein jahrelanger Traum zerflatterte. Wer weiß, wann der Vater wieder einmal so eine gnädige Stimmung hatte, ihn auf einen Hirsch ansitzen zu lassen.

„Man soll sich halt auf nichts freun", klagte er mit einem Seufzer.

„Was denn, was denn?" Der Bragglehner hob den

Kopf. Sein Gesicht glühte förmlich, die Augen hatten einen glasigen Schimmer. „Glaubst denn du, wegen dem bißl Fieber gehn wir nicht 'naus? Gib mir meine Schuh her, Lena. Und schau, was der Tee macht. Bis wir z'ruckkommen um acht oder halb neun Uhr, richtest eine kräftige Brotzeit her."

Dann nahm er eins der Gewehre von der Wand, klappte es auf, schaute durch die Läufe und warf es Florian zu. Das zweite Gewehr nahm er selber und prüfte es. Seine Hände zitterten dabei.

„Auf alle Fälle", brummte er. „Werd' sowieso einen Fangschuß geben müssen."

Mittlerweile hatte Magdalena den Tee aufgegossen, tat einen großen Schuß Rum hinein, einen Löffel voll Zucker und rührte um.

Florian stieß die Fensterläden auf. Draußen kroch langsam der Morgen hoch. Durch die Fichtenwipfel sah man noch einzelne Sterne blinken. Einmal schlug der Braune draußen im Schuppen gegen die Holzbohlen. Langsam und in kleinen Zügen schlürfte der Bragglehner seinen Tee. Der Schweiß rann ihm über die Stirn. Magdalena suchte im Schrank nach einem Wollschal und meinte, der Vater möge ihn sich doch um den Hals legen.

„Geh, was dir nicht einfällt! Ich bin doch kein altes Weib. Wenn die Sonn steigt, leg ich mich droben auf einen Felsen. Die Sonn zieht das bißl Fieber gleich wieder 'raus." Er schlüpfte in seine Lodenjoppe, griff in eine Zigarrenschachtel und steckte eine Handvoll Patronen ein. „Das Fernglas nimmst du", wandte er sich dem Florian zu. „Und jetzt gehn wir."

Mit langsamen, zügigen Schritten gingen sie dahin. Der Steig war so schmal, daß sie hintereinander gehen mußten. Einmal blieb der Bragglehner stehen und deutete auf einen Felsbrocken.

„Da war es, wo mir einer das Sterben zugedacht hat."

Florian spürte, wie es ihm kalt über den Rücken lief. Er wandte den Kopf, schaute dann in die Richtung der Kreuz-Alm hinunter. Aber es war nichts zu sehen von ihr. Ein Nebelbett lag über der Tiefe. Hier droben aber kam jetzt die Sonne. Jedoch stieg sie nicht in ihrem vollen Strahlenglanz herauf. Sie hatte einen roten Schleier umgehängt. Erst als sie allmählich höher kam, begannen die Bergspitzen wie Silber zu flimmern.

Sie mochten wohl eine Stunde gestiegen sein, als der Alte tief atmend stehenblieb und keuchend sagte:

„Ich krieg kaum Luft. Was ist denn das bloß?"

„Rasten wir", schlug Florian vor. Auf dem steilen Almrosenhang ließen sie sich zu Füßen einer verkrüppelten Zirbe nieder. Kaum hörbar fächelte der Wind um die Almrosenbüsche. Der Bragglehner stellte den Kragen seiner Joppe hoch und kroch fast hinein. Von seiner Stirne rann der Schweiß.

Wie von unsichtbaren Händen wurde jetzt der Nebel emporgehoben. Er zog über den Bergwald herauf, über das Latschenfeld, und hüllte alles in der Höhe ein.

„Hundsnebel, verreckter", schimpfte der Bragglehner. „Wenn der nicht bald abzieht."

Florian hätte am liebsten gebetet, der Nebel möge abziehen. Es wäre gar nicht auszudenken, wenn er nicht zum Schuß käme.

„Ist es noch weit?" fragte er. Der Vater schüttelte den Kopf.

„Gleich da drüben wechselt er, hat er wenigstens allweil gewechselt. Aber bei dem Nebel, da sieht man ja nichts."

Zehn Minuten später aber kam ein kurzer Windstoß und riß die wallenden Schleier entzwei. Wie Fahnentücher flatterten die Fetzen empor und verloren sich. Der Himmel war auf einmal blau, nur von einzelnen weißen Stockwolken durchzogen.

Der Bragglehner richtete sich auf, es machte ihm sichtlich Mühe.

„Nur mehr ein Stückl dort 'nüber", flüsterte er, und Florian folgte ihm bis vor einen breiten Felsvorsprung, auf dem bereits die warme Sonne lag. „Nichts mehr reden jetzt", hauchte er und legte dabei den Finger auf den Mund. Dann gab er Florian eine einzige Patrone, lud auch sein Gewehr und legte es über die Knie. Natürlich würde Florian den Hirsch verfehlen, und dann kam er doch auf diesen Prachthirsch, auf den er schon so lange angesessen war.

Nichts rührte sich. Florian nahm das Fernglas vor die Augen, schaute aber in eine ganz andere Richtung. Die Bergkuppen verwehrten ihm jedoch den Blick zur Kreuz-Alm hinunter.

Was war denn mit ihm überhaupt los? Unablässig mußte er an die Beda denken. Sein Sinn war ganz verstört. Und obwohl sie ‚nein' gesagt hatte, war er felsenfest davon überzeugt, daß sie am Sonntagnachmittag ins Talerhölzl kommen würde. Der warme, zärtliche Glanz in ihren Augen hatte nämlich anders gesprochen als ihr Mund.

Auf einmal fuhr er herum und ließ das Glas sinken. Sein scharfes Ohr hatte ein Geräusch vernommen, ähnlich wie das Brechen von Zweigen. Und dann tauchte als großer, wuchtiger Schatten kaum zwanzig Meter entfernt der Hirsch zwischen den niederen Föhrenbüscheln auf. Ein mächtiger Sechzehnender.

Geschäftig hob der Bragglehner seine Büchse — aber da krachte bereits der Schuß. Der Hall war dumpf und kurz, und mit dem Echo mischte sich Gepolter von Geröll. Mit jagenden Sprüngen flüchtete der Hirsch, nur hin und wieder sah man die Spitzen seines Geweihes über den Latschenbüscheln auftauchen.

Mit verzerrtem Gesicht richtete sich der Bragglehner auf. Aber es war nicht zu erkennen, ob es das Fieber war, das ihn schüttelte, oder die Wut, daß er nicht zum Schuß gekommen. Es war alles so blitzschnell gegangen.

„Dich laß ich gleich wieder einmal auf einen Hirsch ansitzen", knurrte er.

„Ich glaub aber, Vater —"

„Nichts hast getroffen!" Das war wieder der alte Schrei seines Jähzorns. Er warf die Büchse hinter die Achsel. „So ist es, wenn man einen Patzer hinläßt."

Auf einmal war es totenstill ringsum. Nur das leise Rascheln des Windes in den rostbraunen Blättern des Almenrausch war zu vernehmen, so fein, als ob eine Hand über Seide hinstreichelt.

„Ich schau trotzdem nach", sagte Florian und sprang auf den Steig hinunter. Er sah sich gar nicht mehr um, ob der Vater ihm folge, hetzte in riesigen Sprüngen den Hang hinunter und blieb mit einemmal wie vom Schlag gerührt stehen. Neben einem kleinen Rinnsal kristallklaren Quellwassers lag der Hirsch. Sein Hirsch! Hernach wußte er selber nicht, was für ein Gefühl ihn übermannte, und warum er diesen hellen, jauchzenden Schrei in die Lüfte stieß. Dann wurde er ganz still; ergriffen und wie in Demut stand er vor diesem toten König der Wälder. So eine Stunde hatte er in seinem jungen Leben noch nicht erlebt. Und wer weiß, ob er so einen weihevollen Augenblick nochmals erleben durfte.

„Ein Schuß, wie gezirkelt", sagte jemand.

Der Bragglehner stand auf einmal neben ihm. Er hatte einen dürren Ast in der Hand und stocherte damit in der Wunde. Dann hob er die Augen.

„Direkt aufs Blatt." Er schluckte ein paarmal. „Wo hast du das gelernt? Oder war das Zufall?"

Diesmal senkte Florian seinen Blick nicht. Ohne mit der Wimper zu zucken, sah er in die Augen des Vaters, in denen das Mißtrauen funkelte. Der Alte senkte schließlich die Lider, warf dann den dürren Ast zur Seite und zog sein Messer.

„Wenn du schon so gut triffst, wirst das andere auch können."

Dann schlug er den Joppenkragen wieder hoch und stapfte davon. Daß er dem Buben eine Riesenfreude gemacht hätte mit einem grünen Bruch, eingetaucht in den roten Schweiß, das wollte ihm nicht einfallen. Erst als er schon ein Stück weit oben war, schrie er herunter: „Die Innereien bring mit. Drüben im Roiderschlag arbeiten die Holzknechte vom Roiderer. Gib ihnen ein Trinkgeld, sie sollen dir helfen, den Hirsch in die Jagdhütte zu bringen. Ich kann es nicht."

Dies war nicht gelogen. Den Bragglehner schüttelte es vor Fieber. Ein kalter Wind fuhr von den Felsen herunter und legte sich wie Eis auf sein klatschnasses Hemd. Der Schweiß drang ihm sogar durch die dicke Lodenjoppe, und die Schwäche reichte bis über seine Knie hinunter. Kaum daß er die Füße noch voreinanderbrachte, und er brauchte für den Weg zur Hütte doppelt so lange wie sonst. Endlich hatte er sie erreicht, fiel wie ein Block auf die Bank und teilte der Magdalena mit mühsamem Gerassel in der Stimme mit: „Ich glaub, ich krieg Lungenentzündung."

„Dann mußt so schnell wie möglich 'nunter."

„Ja, wenn der Florian z'rückkommt. Schau einmal, wo der Schnaps ist."

Sie schenkte ihm ein großes Glas ein und half ihm aus der Joppe.

„Du lieber Gott, dein Hemd ist ja klatschnaß! Sofort 'runter damit."

So müd und geschlagen war er, daß er sich willenlos aus dem Hemd helfen und auf das Kanapee betten ließ. Mit zwei Wolldecken hüllte sie ihn ein, trotzdem konnte er sich nicht halten. Seine Zähne schlugen aufeinander, den ganzen Körper warf es, und Magdalena bekam es mit der Angst zu tun.

„Hättest doch nicht 'nausgehn sollen, Vater."

„Ja, vielleicht", stöhnte er unter den Wolldecken.

„Hat er ihn wenigstens? — Den Hirsch, mein ich."

„Und wie er ihn hat. So ein Schuß gelingt mir selten."

Dann sprach er nichts mehr, zog sich die Wolldecken über den Kopf und blieb mit rasselndem Atem liegen.

*

In der Nacht vom Samstag auf Sonntag lag der Bragglehner schwer atmend daheim in der Jagdstube in seinem Bett und reagierte kaum auf etwas. Seine Brust hob und senkte sich in gewaltigen Stößen. So, als sei er weidwund geschossen, lag er da und stöhnte nur dann einmal auf, wenn ihm die Bragglehnerin, gemeinsam mit der Magdalena, eiskalte Wickel um die Brust schlug. Jede Stunde. Nach Mitternacht schlief er einmal ein. Selbst zum Umfallen müde, saß Frau Margret neben seinem Bett, schüttelte manchmal den Kopf, als könne sie nicht begreifen, daß dieser Riese jetzt so hilflos in ihre Hände gegeben war. Manchmal nickte sie auf ein paar Minuten ein, dann schreckte sie wieder auf und wischte ihm mit einem feuchten Tuch die dicken Schweißtropfen von der Stirn.

Wie lang so eine Nacht sein konnte! Die Stunden tropften ganz langsam dahin. Der Atem des Mannes war so laut, daß man das Ticken der Uhr gar nicht vernehmen konnte.

Einmal schrak er zusammen und fuhr auf, schaute mit wirren Augen um sich und murmelte etwas, von dem Frau Margret nichts verstehen konnte als:

„Und mitten aufs Blatt..."

„Soll ich um den Doktor schicken, Mann?" Sixtus getraute sie sich immer noch nicht zu sagen, obwohl er in den letzten Monaten wirklich recht verträglich gewesen war. Aber die Schranke war noch nicht endgültig gefallen. Er schlief nach wie vor hier in seiner Jagdstube. Nur an den gemeinsamen Tisch hatte er zurückgefunden. Die Trennung vom Bett hielt er immer noch aufrecht.

„Keinen Doktor", flüsterte er, griff nach dem Tuch in ihren Händen und wischte sich damit über die Mundwinkel und den Bart. „Durst hab ich."

Sie hielt ihm die Tasse mit lauwarmem Tee an die rissigen Lippen und ließ ihn trinken. Erst gegen Morgen zu, als es vor den Fenstern schon grau wurde und die beiden Hähne im Hühnerstall zu krähen anfingen, schlief er fest ein.

Da aber begann auch für die Frau das Tagewerk. Seit das Vieh von den Almen daheim war, hatte sich die Arbeit wieder angehäuft. Und immer, wenn ein paar Kühe gemolken waren, schaute entweder die Magdalena oder die Mutter in die Jagdstube. Er schlief stets noch tief, hatte nur den Mund halb offen und atmete schwer.

„Vielleicht schläft er sich wieder gesund", meinte Magdalena, als sie dann gegen sieben Uhr in der Küche saßen und Kaffee tranken. Auch das war neu. Früher hatte er dagegen gewettert, wenn sie sich einmal an einem Sonntag Kaffee machen wollten.

„Für was ist denn Milch g'nug da?" hatte dann der Bragglehner geschimpft. Er aber hatte darauf bestanden, daß man ihm starken Kaffee servierte. Sogar eine bestimmte Marke mußte das sein.

Das war auch Vergangenheit. Die Schraube des Geizes hatte sich bei ihm stark gelockert. Auch der Ochsenziemer, mit dem er früher so rasch bei der Hand war und der immer neben dem Türstock gehangen hatte, war verschwunden. Er selber hatte ihn weggenommen.

Mit reinem Klang kam das Geläut zum Hochamt aus dem Dorf herauf. Magdalena sollte heute daheimbleiben, aber weil der Vater da vorne in der Jagdstube krank lag und man ihn nicht gut allein lassen konnte, besprachen sie sich darüber, daß auch Florian erst in die Elfuhrmesse gehen solle, wenn die andern zurückkamen.

„Er schläft jetzt", sagte die Bragglehnerin. „Vielleicht schläft er sogar durch, bis ich vom Hochamt zurückkomme. Sollte er aufwachen, dann fragst ihn, was er zu Mittag will. Dort am Ofen steht noch Tee. Er hat ja immerzu Durst. Und für uns weißt ja so, was du kochen mußt."

Auf einmal ging die Türe auf, und der Bragglehner stand da, mit glühenden Wangen, barfuß, in einem langen leinenen Nachthemd. Die Haare hingen ihm wirr ins Gesicht herein. Er stand auf unsicheren Füßen und mußte sich mit einer Hand an den Türstock stützen.

„Durst —" konnte er mit Mühe herausbringen. „Wollt ihr mich verdursten lassen?"

Wie ein Gespenst stand er da, wie einer, der nochmals aus dem Grab zurückgekommen war und nun Schrecken verbreiten wollte.

Wortlos griffen Florian und Magdalena zu und brachten den Fiebernden ins Bett zurück.

„Ich denke, wir sollten doch den Doktor holen, meint ihr nicht, Kinder? Er will es zwar nicht, aber —" Die Bragglehnerin zeigte sich ganz ratlos.

„Auf das kommt es jetzt nicht an, was er will", antwortete Florian, der einmal drauf und dran gewesen war, die Mutter zur Witwe zu machen, sich selbst und seine Geschwister von einem Joch zu befreien. Nun aber, da das Joch abgestreift war, wie bei einem Gaul, der jahrelang unter einem viel zu engen Kummet gegangen, setzte sich Florian mit der gleichen Leidenschaft dafür ein, daß der Doktor geholt und das Leben des Vaters gerettet werden müsse. Er bat nicht darum, sondern sagte dem Fiebernden ohne Umschweife: „Jetzt wird der Doktor geholt, und koste es, was es mag."

Der Bragglehner war schon viel zu schwach, als daß er sich dagegen noch hätte wehren können, obwohl noch unterschwellig die Wut in ihm saß gegen diesen Doktor Niederhuber, der ihm für die letzte Behandlung eines lächerlichen Streifschusses etwa das Vierfache dessen berechnet hatte, was der Bauer erwartet hatte.

„Meinetwegen", gab er dann, jetzt wieder fest ins Bettzeug verpackt, nach. „Können tut er ja nicht viel, außer dick aufschreiben, aber bloß, daß euer Wille erfüllt ist. Es muß ja nicht immer nur der meine gelten."

So nahm Florian sein Fahrrad aus dem Schuppen, fuhr ins Dorf und zog am Doktorhaus die Glocke. Dort erfuhr er dann von der Frau des Arztes, daß der Doktor bereits um fünf Uhr früh ins Joch geholt worden sei zu einer Geburt. Sobald er aber zurückkomme, werde sie ihn nach Gschwend schicken.

*

Um diese Zeit saß Doktor Niederhuber mit dem Pächter des Jochhofes, Josef Greiner, auf der Hausbank. Dieser kleine Hof gehörte dem Bragglehner. Er lag etwa zwölfhundert Meter hoch, und die Fahrstraße hinauf konnte nur bis zur Wallfahrtskapelle Kreuzbründl benützt werden. Dort hatte der Doktor seinen alten Wagen abgestellt und war die restliche Strecke zu Fuß heraufgestiegen.

Man hatte ihn etwas zu früh gerufen. Aber die Hebamme Minna Seidl rief ihn immer zu früh, seit sie ihn ein paarmal zu spät gerufen hatte und das Kind dann totgeboren worden war.

Das Haus dieses Hofes war ganz aus Holz gebaut. Das Holz war schon etwas rissig von der Sonne vieler Sommer, und zuweilen hörte man die Wehenseufzer der Pächtersfrau aus einem der kleinen Fenster zu ebener Erde. Jedesmal wollte der Mann aufstehen und hineinrennen, um der Frau seinen stützenden Arm zu reichen. Aber dann hielt ihn der Doktor zurück: „Bleib nur da, Greiner, die Hebamm' ist ja drinnen."

„Wir hätten gar nicht so früh nach Ihnen schicken sollen", meinte der Pächter.

„Das macht nichts. Lieber zu früh als zu spät. Und es

ist so schön, hier zu sitzen. Das ist noch eine Welt voller Friede ringsum. Und im Grunde genommen ist es ja gleich, ob ich jetzt drei oder vier Stund bei euch da heroben sitz, deswegen kostet es auch nicht mehr."

„Wir sind ja bei der Kasse", sagte der Greiner.

„Ja, eben. Sonst schreib ich halt bei einem andern ein bißl dicker auf."

„Zum Beispiel beim Bragglehner."

Der Doktor lachte, daß es ihn schüttelte.

„Grad bei dem Geizkragen hab ich einen dicken Bleistift. Bloß daß er mir kaum einmal in die Finger kommt. Der Kerl ist so gesund wie er grob ist. Aber da brauch ich dir ja nichts erzähln. Der hat es dir auch schon genug gekocht und hat dir den Pachtzins 'rausgeschunden, wie man eine Laus um den Balg schindet."

„Jetzt nimmer, Herr Doktor. Der Bragglehner ist auf einmal wie umgewandelt, seit sie ihn —"

„Angeschossen haben, meinst?"

„Kann sein, daß es das war. Auf alle Fälle, wie er das letzte Mal da war, war er die gute Stund selber und hat geredet mit mir, als wenn wir uns noch nie in den Haaren gelegen wären. Kein Wort mehr vom Zinszahlen alle Vierteljahr. Ich kann warten bis Neujahr, hat er g'sagt."

Die Hebamme streckte ihr rundes, pausbackiges Gesicht zur Türe heraus:

„Herr Doktor, ich glaub', es ist bald soweit."

„So? Na, dann wollen wir mal schaun."

Inzwischen wetzte der Greiner vor Aufregung hin und her. Als der Doktor dann endlich unter der Türe erschien, sprang der Pächter auf.

„Ist schon alles vorbei", lächelte ihm Niederhuber zu. „Ein kräftiges Mädl übrigens."

Vom Tal herauf läuteten die Glocken zur Elfuhrmesse, als der Doktor vom Jochhof aufbrach und auf einem Feldweg zum Steffenhof hinüberging. Es war dann ein Uhr und genau Essenszeit bei ihm, als er daheim ankam und die Frau ihm sagte, daß man von Gschwend aus schon zweimal hergeschickt habe. Der Bragglehner sei schwer erkrankt.

Auf dem Tisch stand die vom Doktor so geschätzte Omelettsuppe, die Kalbskoteletts und die Salate waren hinten auf der Anrichte, und der Doktor schaute unschlüssig auf diese köstlichen Gaumengenüsse, wußte nicht recht, ob er seine Joppe ausziehen sollte oder nicht. Schließlich griff er entschlossen nach seinem Hut.

„Iß doch zuerst noch", mahnte seine Frau, doch er schüttelte den Kopf.

„Wenn die schon zweimal hergeschickt haben, Mathild, dann muß es sehr schlimm sein. So gut kenn ich den Bragglehner. Der würde sonst nicht nach mir schikken."

Der Motor sprang nur mürrisch an, und dann trieb Doktor Niederhuber sein altes Vehikel, so schnell es eben wollte, die Straße nach Gschwend hinauf.

Die Vorhänge in der Jägerstube waren zugezogen, nur durch einen kleinen Spalt fiel das Licht der Sonne, die schräg über dem Hof stand.

Der Bragglehner hatte eine Stunde geschlafen, nachdem er sich vorher wild umhergeworfen und irr geredet hatte. Sich selber hatte er angeklagt und von der Jagd hatte er gefaselt, bis er dann erschöpft zurückgefallen war. Aber kaum hatte der Doktor die Stube betreten, hob er mühsam die Lider.

„Na, Bragglehner, was machen denn Sie für Geschichten?" begrüßte ihn Niederhuber.

„Ich? Sie machen Geschichten, weil Sie so lang nicht kommen. Grad als ob ich die letzte saftige Rechnung nicht bezahlt hätte."

„Ich hab zu einer Geburt müssen. Ihr Pächter droben am Joch hat das vierte Mädl bekommen."

Für einen Augenblick fiel der Bragglehner in seine frühere Ungeschlachtheit zurück. Es konnte aber auch sein, daß er dem Doktor nur eine weniger schwere Krankheit vorspielen wollte, als er sagte:

„Grad Kinder herstellen — und dann jammern, daß der Zins so hoch ist!"

„Vater ...", mahnte die Bragglehnerin.

„Ja, ja, ist schon recht. Hab's ja nicht so gemeint. Und jetzt schaun's einmal, Doktor, was mich da für ein komischer Wind angeweht hat."

Der Doktor hatte bereits seine Instrumente ausgepackt und begann zu horchen, zu klopfen und zu betasten. Fast fünf Minuten lang befaßte er sich damit, und als er sich aufrichtete, war sein Gesicht ernst.

„Was habt ihr denn bis jetzt getan?" fragte er.

„Kalte Wickel gemacht und Tee gegeben. Lindenblütentee."

„Mit kalten Wickeln geht das jetzt leider nicht mehr. Er muß sofort ins Krankenhaus."

„Waaas?" lallte der Bragglehner. „Krankenhaus? Ausgeschlossen. Sterben kann ich daheim auch."

„Dann muß ich jede Verantwortung ablehnen, Bragglehner. Ich vermute stark, daß Sie nicht nur doppelseitige Lungenentzündung haben, sondern auch eine Rippenfellentzündung. Also seien Sie vernünftig." Er packte seine Instrumente wieder ein. „Ich erledige das sofort. Richten Sie alles zusammen, was er an Wäsche braucht. In einer Stunde kann der Krankenwagen hier sein."

Ratlos und betreten standen alle herum, als der Doktor wieder weggefahren war. Sie konnten die Situation noch nicht recht erfassen, es schien einfach undenkbar zu sein, daß dieser Baum schon ächzte, wie unter dem tiefen Einschnitt einer Säge. Und daß er stürzen könnte. Umsonst hatte der Doktor kein so ernstes Gesicht gemacht. Es war Gefahr für das Leben des Bragglehner, und weil die Gefahr ganz von selber herangekommen war, sah das auf einmal ganz anders aus als damals, da Florian dem Vater ans Leben gewollt hatte. Daß man ihn in einer Stunde zum Krankenwagen hinaustragen und fortfahren würde, das war noch einzusehen. Aber daß er vielleicht in einem schwarzen Wagen, nie mehr atmend, zurückgebracht werden könnte, war so bedrückend, als wehe der kalte Wind des Todes bereits um den Hof.

Schließlich kamen sie überein, daß man den Vater nicht allein lassen solle auf dem weiten Weg bis zur Kreisstadt ins Krankenhaus, und daß ihn jemand dorthin begleite. Es wurde nicht lange beraten, wer das sein sollte, die Mutter bestimmte es einfach:

„Du fahrst mit, Florian. Heim wirst dann schon kommen. Gehst zum Viehhändler Nagl hin und sagst, er soll dich heimfahren. Der hat einen Wagen. Wenn er nicht mag, dann hat der das letzte Stückl Vieh kriegt von uns."

Erstaunt blickte Florian auf. So resolut hatte er die Mutter noch nie erlebt, aber auch noch nicht von jener Fürsorge, mit der sie jetzt das Nötige für den Mann zusammentrug, von dem sie meinte, daß er es brauche. Vor allem warme Decken.

Der Kranke aber lag bereits wieder im Delirium, wälzte sich hin und her und lallte die unmöglichsten Sachen. Endlich kam dann der Krankenwagen. Eilig wurde der Bragglehner auf eine Bahre gebettet, fest zugedeckt und hinausgetragen. Dann wurde er in den Wagen geschoben. Florian durfte sich neben dem Kranken auf einen Stuhl setzen. Die beiden Türen wurden geschlossen, und fünf Minuten darauf sah man nur mehr die Staubwolke, die hinter dem Wagen aufwirbelte.

*

Das kleine Wäldchen zwischen Zirnstein und Tal gehörte der Gemeinde Zirnstein. Der Zirnbach floß mittendurch und bildete die Grenze der beiden Gemeinden. Eine alte Geschichte erzählte davon, daß sich einmal am Weihnachtsabend ein Handwerksbursche auf der Nordseite des Zirnbaches an einer Birke aufgehängt habe. Ein findiger Zirnsteiner aber habe den Erhängten abgeschnitten und durchs Wasser auf die andere Seite hinübergetragen, so daß die Gemeinde Tal für die Beerdigung habe aufkommen müssen.

Es war eigentlich mehr ein Birkenwäldchen, nur vereinzelte Fichten standen darunter. Die Gemeinde hatte dort in letzter Zeit einige Ruhebänke hingestellt, ein paar Wege angelegt und einen wilden Müllabladeplatz einebnen und mit Humus überdecken lassen, denn schließlich mußte für den stetig wachsenden Fremdenverkehr auch etwas getan werden.

Auf einer dieser rotgestrichenen Bänke saß seit einer Viertelstunde das Mädchen Beda Stubler und wartete, obwohl ein Mädchen ihres Aussehens es nicht nötig gehabt hätte, über den Schlag der Turmuhr hinaus noch zu warten, zumal sie es als ganz sicher angenommen hatte, daß der junge Mann namens Florian März schon vorher hätte dasein müssen. Er hätte dasein müssen, wenn sein Herz auch so voll drängender Erwartung gewesen wäre wie das ihre.

Soeben hatte es drei Uhr geschlagen. Die Glockentöne waren in das kleine Wäldchen hereingefallen und hatten ein wenig in den bereits gelb gewordenen Birkenblättern weitergesungen.

Man konnte über den Bach hinweg durch ein paar Baumlücken die Straße erkennen. Es rührte sich nicht viel um diese Stunde. Hin und wieder war ein Radfahrer wahrzunehmen, dann dröhnte ein schweres Motorrad vorbei. Später sah Beda einen Krankenwagen. Sie erkannte ihn an den seitlichen Milchglasscheiben und den roten Kreuzen auf den Türen der Rückseite. Fast lautlos und ziemlich schnell fuhr er dahin.

Dann war wieder Stille ringsum. Ein einsamer Vogel sang ein wehmütiges Lied, als klage er darüber, daß er vergessen hatte, sich dem großen Vogelzug nach Süden anzuschließen. Die Zirn plätscherte geruhsam dahin. Manchmal schnellte eine Forelle an die Oberfläche, als wolle sie sehen, ob dieses Menschenkind noch immer so verlassen auf der Bank saß, wie hinbestellt und nicht abgeholt.

Aber Beda war noch nicht unruhig. Sie gab sich ganz dem Zauber der Stille hin, die ihr so selten zuteil wurde, seit sie ihren Beruf hatte, in dem sie nie so allein war wie jetzt in dieser Stunde. Wie im Märchen kam sie sich vor, alles war voll stillen Leuchtens ringsum, der Ahorn flammte, die Birken loderten in ihrem Gelb, im leisen Windwehen flatterte zuweilen ein Blatt herunter. Dann war es, als schreite ein Engel durch den Wald, leuchtende Fußspuren hinterlassend.

Erst als es halb vier Uhr schlug und die Bäume schon anfingen, ihre Schatten länger wachsen zu lassen, wurde Beda unruhig. Sie fühlte sich beschämt und betrogen. Die Zerstörung eines schönen Glaubens nahm ihren Anfang. Das Mädchen konnte einfach nicht begreifen, wie ein Mensch mit Mund und Augen so eindringlich bitten konnte um ein Treffen, um dann einfach nicht zu kommen. Hatte er um dieses Stelldichein nicht zum Schluß noch schweigend mit den drei Schwurfingern gebetet, gerade, als ob er es beschwören möchte, daß er sie brauche. Und nun schien er alles vergessen zu haben.

Beda stand jetzt auf. Aus Unruhe und Beschämung war Zorn geworden. Mit einer heftigen Bewegung streifte sie eine von den blonden Locken, die immer so eigenwillig hereinfielen, aus der Stirn. Ganz langsam ging sie durch den Wald und wußte vor lauter zorniger Enttäuschung nicht, was sie von diesem, ihrem ersten Stelldichein erwartet hatte. Sie begriff sich selber nicht mehr, daß sie so stumm gehorcht hatte. Es war wie ein Zwang gewesen, und wenn jemand sie daheim angebunden hätte, sie hätte die Stricke zerrissen, nur um in das Taler Wäldchen zu kommen. Sie war so voll brennender Neugierde und Unruhe gewesen, gerade, als sei eine kleine Flamme in ihre Seele gefallen. Das Wunder hatte an ihr Herz geklopft, zuerst ganz leise, wie mit einem silbernen Klöppel, dann immer stärker, bis sie sich selbst offen gestand: Ich bin verliebt in diesen Bragglehner Florian.

Es hatte eine ganze lange Nacht des Wägens und Zweifelns bedurft, ob sie zu diesem Stelldichein hingehen solle. Die Vernunft wollte dagegen sein, das

Herz aber sprach bereits eine andere Sprache. Sie war bereit gewesen, ihre Arme um seinen Hals zu legen, um ihm zu sagen, daß sie sich eine ganze Nacht lang schrecklich nach ihm gesehnt habe. Und nun möge er sich ausruhen an ihrem Herzen, denn er war ja ein geschlagener junger Mensch, unter der harten Macht seines Vaters aufgewachsen. Ein Mensch, der viel Liebe brauchte. Beda wäre bereit gewesen, ihm Liebe zu schenken, viel Liebe, Wärme und das Gefühl, daß er nie mehr einsam zu sein brauche, wenn er ihr vertraue.

Und nun war er nicht gekommen. Vielleicht stand er jetzt da droben am Hof und sah sie, wie sie aus dem Wäldchen kam. Beda merkte, wie ihr brennende Röte bis unter die Haarwurzeln stieg. Rascher schritt sie aus, immer am Ufer der Zirn entlang, bis zu dem kleinen Sägwerk, das heute in sonntäglicher Ruhe dalag. Im Pflanzgarten blühten die bunten Astern, ein paar späte, weiße Schmetterlinge gaukelten um sie her. Die Erde roch nach Thymian, der hier verschwenderisch wuchs. In einem Beet des Pflanzgartens war Endiviensalat zusammengebunden. Ein Apfelbaum hing noch voll schwerer, rotbackiger Äpfel. Beda streckte sich ein wenig und riß einen ab. Dann setzte sie sich auf die Hausbank zu ihrem Vater, der klein und mit gebeugten Schultern dort saß und eine halblange Pfeife rauchte, auf deren Emailkopf eine Königskrone sichtbar war.

„Wo bist denn gewesen?" fragte der Stubler und strich mit dem Mundstück der Pfeife seinen grauen Schnurrbart aus den Mundwinkeln.

„Ach, nur ein bißl im Talerhölzl." Beda streifte ihr dunkles Berchtesgadner Jäckchen ab. Auf ihrer sonst so glatten Stirn waren jetzt ein paar scharfe Falten. Ihr Blick war zu den Bergen hinaufgerichtet, die in durchsichtiger Bläue über dem Wald thronten. Manchmal bewegten sich ihre Lippen, als wollte sie etwas sagen. Gleich darauf schlossen sie sich aber wieder streng. Der Vater hob die verkrüppelte Hand und schlug den Tabaksrauch von ihrem Gesicht weg.

„Laß nur, Vater", lächelte sie müde, „ich riech das gern."

„Ist halt ein billiger Knaster, weißt."

„Ich schick dir ein paar Pakete ganz guten. So arg bräuchtet ihr jetzt doch nicht mehr zu sparen."

„Das müßtest der Mutter sagen. Sie müßt' wahrhaftig nicht mehr jeden Sommer auf die Alm ziehn."

„Hab ich ihr schon gesagt, gestern. Heuer soll es das letzte Mal sein, hat sie mir versprochen. Für uns Kinder, hat sie gesagt, hätte sie es getan. Aber ich bin doch jetzt kein Kind mehr, und der Peter ist auch schon in der Lehre." Sie streckte ihre Hand hinüber und streichelte über den Arm des Vaters. „Bist allweil soviel allein, Vater."

„Nur sonntags ist es ein bißl hart, das Alleinsein. Unter der Woch' hab ich ja meine Arbeit."

„Deiner Lebtag hast dich schwer plagen müssen, Vater."

„Hab's doch gern getan für euch Kinder. Und für die Mutter natürlich auch."

Die zwei Schmetterlinge gaukelten immer noch um die Astern herum. Es wurde jetzt kühler, die Sonne hatte längst nicht mehr die Kraft wie noch vor einem Monat. Hinter dem Sägwerk stiegen leichte Nebel über der Zirn auf, und beim Schrofferbauern trieben sie gerade die Kühe von der Weide herein.

„Am Mittwoch treibt auch die Mutter das Vieh 'runter", sagte der Stubler jetzt. „Dann bin ich nimmer allein. Das war immer meine schönste Zeit, Beda, die Zeit vom Spätherbst bis zum Frühjahr."

Beda antwortete nichts. Sie lehnte den Kopf gegen die Hauswand und schloß die Augen. Die Bilder ihrer Kindheit schwebten vorüber. Viel Armut war da gewesen. Aber sie hatten die Armut ohne jede Bitterkeit getragen. Es war eben unabänderlich, das Leben der Armut, das es geboten hatte, den Nacken zu beugen vor dem reichen Bragglehner. Aber auch mit gebeugtem Nacken hatte der Vater mit ihr und dem kleineren Bruder scherzen können, wenn der Bragglehner wieder fort war. Dieser Vater — Beda begriff das erst viel später — war immer ein herrlicher Vater gewesen, voller Güte und Nachsicht, ein Mann, der seiner schönen, großen Frau in abgöttischer Liebe anhing. Nie war ein hartes oder böses Wort aus seinem Mund gekommen, in seinen Augen spiegelte eine heitere Glückseligkeit, und wenn zuweilen nichts anderes auf dem Tisch stehen konnte als Kartoffeln und Milch, dann hieß eine seiner Lebensweisheiten: „Auch die Armen können einen goldenen Stirnreif tragen..."

Mit den Jahren war es dann auch immer besser geworden. Kaum waren die Kinder aus dem Ärgsten heraus, schüttelte die Mutter irgendeine Bedrücktheit ab, ging im Sommer auf die Alm und half sonntags im Winter zuweilen beim Metzgerwirt in der Küche aus. Es war dann immer Fleisch da und überhaupt ein gutgedeckter Tisch in dem kleinen Häusl am Sägwerk.

Ja, ein bißchen anders war die Mutter immer gewesen als der Vater. In ihren Augen war oft eine strenge Verlorenheit, so als sei sie weit weg mit ihren Gedanken oder als könne sie mit irgend etwas aus ihrer Vergangenheit nicht fertig werden.

Auf einmal wurde Beda durch die Stimme des Vaters aufgeschreckt.

„Beda, du hast doch was?"

Beda fuhr sich mit den Fingerspitzen über die Augen, als erwache sie aus einem Traum.

„Was soll ich denn haben, Vater?"

„Das weiß ich nicht, aber du bist anders zurückgekommen als du fortgegangen bist."

Ein bitteres Lächeln spielte um den Mund des Mädchens. Ihre Stirn war wieder gefurcht.

„Wie nennt man denn das, Vater, wenn man irgendwo hinbestellt wird, und dann kommt derjenige nicht?"

Der Sägmeister klopfte umständlich seine Pfeife am Boden aus, zertrat die paar Glutreste mit dem Fuß. Endlich sagte er:

„Es gibt Menschen, denen ist ein gegebenes Wort nicht mehr wert wie ein Blatt im Wind."

Beda nickte, aber bevor sie etwas sagen konnte, war die Stimme des Vaters wieder da.

„Ein Mädl wie du läßt sich auch nirgends hinbestellen."

Beda zuckte mit den Schultern. Dann stand sie auf.

„Ich werde jetzt meinen Koffer packen. Morgen früh um sechs geht mein Omnibus."

„Wann kommst du wieder?"

„Im günstigen Fall zu Weihnachten. Ich laß bis dahin meine freien Tage zusammenkommen, dann reicht es vielleicht bis über Neujahr. Was möchtest du denn zu Abend essen, Vater?"

„Von Mittag ist noch Fleisch da, Knödl auch. Richt nur was zusammen."

Während des Essens stellte Beda noch verschiedene Fragen, Fragen, die sie noch nie an ihn gestellt hatte und die ihn von einem Staunen ins andere warfen. Aber noch nie war ihm auch so deutlich geworden wie in dieser Stunde, daß die Beda erwachsen geworden war und daß sie mit ihrem scharfen Verstand weit über ihre achtzehn Jahre hinaus war. Vor allem wollte sie wissen, wie es gewesen sei, als er die Mutter kennenlernte, und da mußte der kleine Sägmeister ziemlich weit ausholen. Doch Beda schüttelte den Kopf.

„Nein, Vater, ich will nur wissen, ob es Liebe auf auf den ersten Blick war. Ob es so etwas überhaupt gibt."

„Bei mir schon", gestand er. „Und bei allem, was man sonst dem Bragglehner nachsagen mag, damals war er ein warmer Fürsprecher für mich bei deiner Mutter."

Beda legte Messer und Gabel weg, so sehr überraschte sie diese Mitteilung.

„Hast du Bragglehner gesagt? Der dir das Leben hier in der Sägmühle wahrhaftig nicht leicht gemacht hat."

„Damals war er anders, Beda. Er hat sich erst im Lauf der Jahre zu einem Tyrannen entwickelt."

„Dann ist es also so, daß du ihm in deinem Herzen immer zu Dank verpflichtet warst. Und daß du deshalb soviel Gemeinheiten schweigend geschluckt hast?"

„Vielleicht verstehst du das nicht ganz, Beda."

Sie schüttelte heftig den Kopf.

„Nein, das verstehe ich nicht, Vater. Und — die Mutter — nein, ich versteh das alles nicht."

„Wir haben geheiratet, im Wallfahrtskirchherl zu Birkenstein. Und wie dann du zur Welt gekommen bist und später dein Bruder, da war für mich alles die Seligkeit auf Erden."

Daraufhin war es eine Weile ganz still in der kleinen

Stube, in der alles vor Sauberkeit blitzte. Im Käfig zwischen den beiden Fenstern trillerte ein Kanarienvogel. Eine Angorakatze schlich geduckt über den Boden bis zum Tisch hin, in der sicheren Erwartung, daß ein Fleischbröckerl für sie abfiel.

In diese Stille hinein bekannte die Beda ehrlich:

„Ich hab mich heut mit dem Bragglehner Florian im Taler Hölzl treffen wollen, aber er ist nicht gekommen. Du brauchst nicht zu erschrecken, Vater. Und wenn er mich auf den Knien jetzt betteln würde, ich ginge ihm keinen Schritt mehr entgegen."

Natürlich erschrak der kleine Sägmüller. Er schluckte und bekam heftiges Herzklopfen. Die Beda war jetzt aufgestanden und ordnete mit einer Handbewegung ihr Haar. Wie sie so dastand, so groß, so jung und schön und so voller Stolz, glich sie aufs Haar ihrer Mutter, als sie so alt war wie die Beda jetzt. Aber bevor er ihr das sagen konnte, war Beda hinausgegangen, über die Stiege hinauf in ihre Kammer.

Viel später, als der Vater schon schlief, ging sie nochmals ins Freie. Ruhig leuchteten die Sterne. Sie lehnte am Türstock, und der Mond schien auf ihr Gesicht. Ein Hund bellte drüben im Dorf, und einmal hörte man ein Auto fahren. Das mußte hinter dem Talerwäldchen sein, in dem sie heute vergebens gewartet hatte.

Und plötzlich, ohne daß sie es merkte, rannen ihr die Tränen übers Gesicht, lautlos und voll bittern Geschmacks rannen sie in die Mundwinkel hinein.

*

Es war wohl schon gegen elf Uhr mittags, als drei Ärzte und zwei Schwestern ans Bett zum Sixtus März kamen. Einer hatte eine dicke, dunkle Hornbrille auf, ein kantiges, braunes Gesicht und einen Wust von silbernen Haaren über der hohen Stirn. Dem ganzen Respekt nach, den ihm die andern bewiesen, war er hier in diesem Hause der Chef.

Der Bragglehner war bei Bewußtsein, bloß entsetzlich matt, hörte wohl zu, verstand aber nichts von dem, was der Chef in lateinischen Worten all denen, die um ihn herumstanden, mitzuteilen hatte. Er hörte nur so etwas wie „doppelseitige Lungenentzündung" murmeln, und auch von einer eitrigen „Pleuritis" oder so ähnlich war die Rede. Er fragte sich dabei verwundert, warum man nur für die einfachsten Dinge, selbst in der Kirche, eine lateinische Sprache brauchte.

Die Lippen von Durst und Fieber eingerissen, begriff er, daß er hier gar nichts zu sagen hatte. Hier konnte er gegen nichts aufbegehren, er drehte nur den Kopf zur Seite, als ihm der Chefarzt einfach die Decke wegzog und das Hemd hochhob, so daß er vor aller Augen nackt dalag, auch vor den Augen der beiden Schwestern, die immerhin ganz passable Weibstücke waren, sehr hübsch und adrett. Eine hielt eine Art Tablett in der Hand mit einem Papier drauf, auf das sie all das aufschrieb, was der Chef während der Untersuchung von sich gab. Die Untersuchung dauerte etwa zehn Minuten, dann wurde er wieder zugedeckt. Der Arzt warf einen Blick auf die Fiebertafel am Kopfende des Bettes, auf der auch der Name und der Tag der Einlieferung stand.

„Sixtus März heißen Sie?"

„Beim Bragglehner heißt man's bei mir", antwortete der Bauer. „Und ich hab einen höllischen Durst."

„Tee", wandte sich der Chef an die Schwester. „In kleinen Schlucken." Dann nannte er noch einige Medikamente und gab dem Patienten die Hand. „Von wo sind Sie?"

„Von Zirnstein", hauchte der Bragglehner.

Er hätte, seinem inneren Bedürfnis nach, dem Fragenden allzu gerne noch gesagt, wie groß sein Besitz sei, daß er die eigene Jagd und das Fischrecht auf dreißig Kilometer Länge hin habe, ferner ein Sägewerk und eine Jagdhütte, in die er den Herrn Chefarzt gerne einladen würde, wenn er sich nur Mühe gäbe und er bald herauskomme aus dem schneeweiß gestrichenen Zimmer, in dem als einziger Schmuck nur ein schwarzes Kruzifix hing. Aber er war wirklich zu matt und abgeschlagen, und es mußte schon weit bei ihm fehlen, wenn sie gleich zu fünft an sein Bett angerückt kamen.

Und sie bemühten sich mit aller Sorgfalt um ihn. Vor allem bemühten sie sich um seinen Schlaf; sie strichen ihm die Lippen mit etwas ein, daß sie nicht mehr brannten, er mußte Tabletten schlucken und Tee aus einer Schnabeltasse trinken. Am Abend kam dann der Chefarzt wieder, diesmal waren sie bloß zu dritt, und der Bragglehner wäre sicher erschrocken, wenn er gewußt hätte, daß diese zweite Visite am Abend extra etwas kostete.

Nach der Visite fragte draußen im Gang der Chefarzt die begleitende Schwester: „Wer hat auf dieser Abteilung heute Nachtdienst?"

„Schwester Beda."

„Soll hernach zu mir kommen."

In dem weißen Häubchen und der weißen Tracht hätte man Beda kaum mehr als das Mädchen erkannt, das gestern nachmittag noch vergebens im Talerwäldchen auf einen Mann gewartet hatte. Ihr Gesicht war von zarter Schönheit, unter dem gestärkten Rüschenband leuchtete ihr schönes Blondhaar. Der Chefarzt hatte schon wieder vergessen, weshalb er diese junge Schwester zu sich hatte kommen lassen. Beda mußte ihn erst erinnern.

„Ach ja", entsann er sich. „Sie haben heute Nachtdienst. Der Patient auf Zimmer vierzehn macht mir einige Sorgen. Das Fieber will einfach nicht fallen. Sein Kreislauf streikt zuweilen. Sollten sich in der Nacht Komplikationen einstellen, wecken Sie sofort einen der Ärzte. Ich glaube, Doktor Bleicher hat heute nacht Bereitschaft. Im übrigen, sind Sie nicht aus Zirnstein?"

„Ja, Herr Professor."

„Dieser Patient übrigens auch. März heißt er. Sixtus März."

„Der Bragglehner?" entfuhr es Beda. „Seit wann ist der hier?"

„Gestern nachmittag wurde er eingeliefert. Aber ich habe Sie nicht deswegen allein kommen lassen, Schwester Beda. Es wird mir viel Lobenswertes über Sie berichtet. Sie sind zwar noch sehr jung, aber die Patienten sind alle sehr von Ihnen angetan."

Beda errötete bei diesem Lob. Und der Arzt fuhr fort:

„Also, Schwester Beda, diesen Patienten auf Zimmer vierzehn lege ich Ihnen besonders ans Herz. Seine körperliche Verfassung gibt zu Sorge Anlaß. In diesem mächtigen Körper ist ein gestörter Kreislauf und ein Herz, dem man keine große Belastung mehr auferlegen darf."

Beda war entlassen. Der Nachtdienst für sie begann um acht Uhr. Und keine Sekunde früher ging sie ins Zimmer vierzehn. Zum erstenmal, seit sie ihre Ausbildung hinter sich hatte und hier im Krankenhaus fest angestellt war, hatte sie ein klein wenig Angst. Immer war dieser Bragglehner furchterregend in ihrem jungen Leben gestanden. Zum ersten Mal war er in ihre Hand gegeben, der Bragglehner von Gschwend.

Draußen war es schon dunkle Nacht. Ein rauher Wind strich an den Fenstern vorbei. Der Gang war hell erleuchtet. In einer der Nischen stand der Maurer aus Zimmer zwölf, der vom Gerüst gefallen war. Die Krücken lehnten neben ihm, und er rauchte eine Zigarette, die er schnell in der hohlen Hand verbarg, weil hier nicht geraucht werden sollte. Aber Schwester Beda lächelte nur nachsichtig, sie kannte sich längst aus in den menschlichen Schwächen. Dann betrat sie das Zimmer vierzehn. Dort brannte nur auf dem Nachttischchen ein kleines Licht, grün abgeschirmt. Einen Moment blieb sie doch verblüfft am Bettende stehen. Da lag nämlich nicht mehr der Bragglehner, sondern nur mehr etwas wie eine entfernte Erinnerung an ihn. Ein von Fieber und Krankheit gezeichneter Mensch, willenlos hineingebettet in das makellose Weiß der Krankenhauswäsche.

Er kannte sie nicht, als sie neben ihn trat. Beda nahm seine Hand und fühlte den Puls, wischte ihm den Schweiß von der Stirne und gab ihm die Schnabeltasse. Sie sah, daß seine Lippen rissig waren, und strich mit sachtem Finger etwas Salbe darauf. Sie war das Mitleid selber in ihren Handreichungen. Und wer Mitleid erwies, mußte schön sein.

So wenigstens dachte der Bragglehner, als sie ihm die Kissen und die Bettdecke noch sorglich gerichtet hatte.

„Und jetzt versuchen Sie zu schlafen", sagte sie leise. Ihre Stimme war wie ein Raunen im Ried. Gütig, tröstend und voll kindlicher Heiterkeit. „Der Herr März wird nun ganz brav sein und ganz tief schlafen, bis es wieder tagt."

Dann löschte sie die Nachttischlampe aus und ging leise hinaus. Der Bragglehner lag im völligen Dunkel. Die junge, schmeichelnde Stimme schwebte noch im Raum, der nachzuhorchen er sich Mühe gab. Er mußte und wollte nun gern gehorchen, denn seit er so hilflos hier lag, der Kunst der Ärzte oder dem Schicksal ausgeliefert, war abermals ein Wandel in ihm vorgegangen; er gelobte sich, nie mehr so zu leben, wie er einmal gelebt hatte, so ganz außer der Ordnung, in die er zurückkehren wollte, sofern er hier überhaupt nochmals lebend herauskam.

Die nächsten Tage waren noch sehr schlimm. In seinen Fieberdelirien plapperte er das unmöglichste Zeug, warf einer gewissen Ulrike einen Schlüssel vor die Füße und nannte sie ein hysterisches, berechnendes Frauenzimmer, bat dafür seiner eigenen Frau einiges ab und schrie mit seinem Sohn Florian, der einen Sechserbock weidwund geschossen habe.

„Ein Jäger bist du, daß Gott erbarm", schnaubte er so vor sich hin. „Wenn du einmal die Weiber auch so schlecht visierst, g'hörst der Katz. Und du, Magdalen, leg mir die eiskalten Wickel nimmer so grob auf. Im Krankenhaus ist eine, von der könntest du lernen, wie man mit einem Kranken umgeht. Die hat Hände so weich wie Wachs — in der ihren Händen liegt der Segen Gottes..."

So wirr redete er im Fieber. Und dann lag er stundenlang still, ganz in sich gekehrt. Erst am neunten Tage hatte er die Krisis überwunden, das Fieber fiel, sein klares Bewußtsein kehrte wieder. Zwar spürte er heftige Schmerzen zwischen den Rippen, aber die nahm man ihm fort. Es gab prächtige Mittel. Bloß dieses Punktieren tat scheußlich weh, aber er war voll des Glaubens, daß dies sein müsse, wenn er wieder gesund werden wolle. Das redete ihm Schwester Beda ein, und der glaubte er alles. Vor ihr hatte er auch die Scham verloren, unter der er am meisten gelitten. Wie eine Schmach hatte er es empfunden, daß er hilflos hatte daliegen müssen, in der ganzen Armseligkeit eines Mannes ohne Hülle. Bei dieser Schwester Beda aber bildete er sich ein, sie habe nichts als gesegnete, weiche Hände. Sie sah nichts mit ihren Augen, auch das kleine Muttermal nicht, fünfzehn Zentimeter unter dem linken Schulterblatt. Aber gerade das schien die junge Schwester zu faszinieren, denn sie selber hatte auch so ein erbsengroßes Muttermal, vielleicht nicht genau fünfzehn Zentimeter unter, aber immerhin auch in der Nähe des linken Schulterblattes.

An einem Sonntagnachmittag nun, als der Bragglehner schon über dem Berg war, kam die Bragglehnerin mit ihrer kleinen Tochter und ihrem Sohn Florian.

Beda hatte an diesem Nachmittag dienstfrei und saß mit einigen anderen Schwestern in dem kleinen Aufenthaltsraum beim Kaffeetrinken, als die Leute von Gschwend an der offenstehenden Türe vorbeigingen. Ein heftiger Schreck fuhr durch sie hin. Ihre Hände zitterten, daß sie die Tasse niederstellen mußte. Dann stand sie auf und ging in ihr Zimmer, streifte alles weiße Zeug ab und schlüpfte in einen Mantel.

Draußen herrschte schon Allerheiligenstimmung in der Natur. Kahl standen die Bäume im weiten Krankenhausgarten, die Wege waren übersät mit Laub, von den Ruhebänken waren bereits die hölzernen Sitzflächen und Lehnen abgeschraubt worden.

Den Mantelkragen hochgeschlagen, den Kopf tief gesenkt, die Hände in den Taschen, ging Beda langsam dahin. Das Laub raschelte unter ihren Füßen. Sie glaubte, die Enttäuschung überwunden zu haben, und mußte feststellen, daß ihr Herz wieder genauso rasend pochte, wie damals auf der Alm, als sie Florian nach so langen Jahren begegnet war.

Während sie so dahinging, erinnerte sie sich all der Männer, die schon versucht hatten, ihr Herz zu gewinnen. Immer waren es Patienten gewesen, junge Menschen, denen sie die Schmerzen gelindert, an deren Bett sie gesessen und gewacht hatte. Aber auch ältere waren darunter, dieser fünfunddreißigjährige Betonwerkbesitzer zum Beispiel, der ihr einen ganz ernsthaften Heiratsantrag gemacht hatte. Ein Leben ohne Sorgen hätte sie bei ihm erwartet, eine vornehme Frau hätte sie werden können. Er war am Blinddarm operiert worden, eine harmlose Sache an sich, aber Beda nahm halt jeden Fall ernst, in ihrer Pflege war soviel Erbarmen, daß es für so manchen wie Liebe aussehen mochte, daran sie dann ihre Hoffnungen knüpften. Aber niemals war Bedas Herz dabei unruhig geworden. Nur bei diesem Bragglehner Florian geriet alles in Aufruhr. Doch das hatte so wenig Sinn wie alles andere. Im übrigen war sie der Bauernwelt längst entrückt. Und außerdem: er hatte sie versetzt.

Ach, diese dummen Gedanken! Wie sie verwirrten und peinigten, indessen die Familie des Bragglehner da droben in dem weißen Zimmer um das Bett des Genesenden herumsaß und von ihm in höchsten Tönen das Loblied auf eine junge Schwester namens Beda zu hören bekam. Allein ihr habe er es zu verdanken, daß er jetzt wieder aufrecht im Bett sitzen konnte.

Dann interessierte ihn lebhaft alles von daheim. Es war ohne ihn gegangen. Gut, es war auch vorher oftmals ohne ihn gegangen. Er hatte nur angeschafft. Jetzt aber waren sie auf sich allein gestellt gewesen, und er nickte beifällig, als Florian ihm berichtete, daß Korn und Weizen rechtzeitig gesät wurden, daß die Kartoffelernte besonders reichlich war und die Streu bereits gemäht und unter Dach gebracht worden sei. Mit dem Holzschlagen habe man noch nicht angefangen. Deshalb sei man heute hauptsächlich hergefahren, um von ihm zu erfahren, wo und wieviel geschlagen werden solle.

Das tat ihm ungemein wohl. Man beschloß noch nichts über seinen Kopf hinweg, man fragte ihn um Rat, man hatte ihn noch keineswegs abgeschrieben.

„Am Hardterwald fangt zu schlagen an", sagte er. „Und statt der üblichen hundertfünfzig Meter werden es heuer schon zweihundert sein müssen. Und Papierholz vierhundert Ster. Die werden mir nämlich eine ganz saftige Rechnung schreiben, da herinnen."

Die Bragglehnerin nahm jetzt das Tüchlein von dem strohgeflochtenen Körbchen weg. Der Hals einer Sektflasche wurde sichtbar.

„Ich weiß nicht, ob du den trinken darfst. Dann hab ich dir auch noch einen Gesundheitskuchen mitbracht. Die Magdalen hat ihn gebacken."

„Die Magdalen? So, so. Ja, schön langsam kann ich wieder alles essen. Hast nicht einmal g'sagt, daß die Magdalen einen Wintermantel braucht?"

„Brauchen könnten wir alle was", meinte die Bragglehnerin.

„Dann kauft es. Herrgott, ich kann mich doch nicht um alles kümmern. Freilich kriegst du auch einen Mantel, Verona. Geh ein bißl her zu mir und laß dich anschaun. Bist größer geworden, scheint mir." Er war auf einmal voll hektischer Geschwätzigkeit, so, als wolle er allen sein früheres Verhalten auf einmal abbitten. „Wie schaut es im Stall aus?" fragte er dann weiter.

„Ich hab bis jetzt erst ein Kalbl verkauft", sagte die Frau.

„Und wieviel hab'n wir im ganzen? Die Gretl muß doch längst kälbert haben, die Scheck, die Bläß und die Gundl auch."

„Die Gundl hat Zwilling bracht. Im ganzen haben wir acht Kalbl jetzt."

„Gleich vier davon verkaufen. Bietest sie zuerst dem Metzgerwirt an, aber wenn der Lutz mehr zahlt, gibst sie dem. Und wie ich schon g'sagt hab, Florian, im Hardterwald wird g'schlagen. Vielleicht treibst ein paar Holzknecht auf."

„Wenn wir eine Motorsäg' hätten, wie der Kagerer, dann könnten der Anderl und ich den Einschlag allein machen", schlug Florian vor.

Ruckartig richtete der Bragglehner sich auf.

„Was? Eine Motorsäg' hat der Kagerer? Zu was braucht denn der eine Motorsäg' mit seine paar Tagwerk Wald?"

„Seit vierzehn Tag haben s' beim Kagerer auch ein Auto", sprach Florian hurtig weiter. „Der Loisl hat den Führerschein g'macht."

Der Bragglehner ließ sich wieder in die Kissen zurückfallen und schloß die Augen. Das war zuviel auf einmal. Ausgerechnet der Kagerer, der acht Kinder hatte und fleißig im Wirtshaus saß. Das war eine Enttäuschung für ihn, eine sehr große Enttäuschung sogar.

Er ließ sich's nur nicht anmerken, öffnete die Augen wieder und wechselte das Thema:

„Hier hat man mir gesagt, man soll sich immer so hinlegen, daß die Füße dabei etwas höher sind. Man hat mir überhaupt viel gesagt hier über eine vernünftige Lebensweise. Diese Schwester Beda weiß viel, dabei ist sie noch recht jung, aber schön; ich weiß gar nicht, an wen sie mich erinnert."

Da sagte die Bragglehnerin ahnungslos:

„Die von unserm Sägmeister Stubler, heißt die nicht auch Beda?"

Es war auf einmal so still im Raum, daß man sogar eine einzelne Fliege summen hörte. Verfärben konnte sich der Bragglehner nicht mehr, die Krankenhausluft hatte sein Gesicht sowieso schon so weißgrau gemacht. Nur in seinen Augen, die jetzt tief in den Höhlen lagen, war auf einmal ein Schreck, als habe er soeben ein niederschmetterndes Urteil vernommen.

„Ich geh ein bißl 'nunter in die frische Luft", sagte auf einmal Florian, der am Fenster gestanden und in den Garten hinuntergeschaut hatte. Zuerst trat er noch ans Bett und reichte dem Vater die Hand. „Zu lang wirst ja nicht mehr hierbleiben müssen?"

Der Bragglehner zuckte die Achseln.

„Vierzehn Tag schätz ich schon noch. Aber am liebsten ging ich jetzt gleich auf der Stell' mit euch heim." Er lächelte dabei ein wenig und strich sich mit der linken Hand den Kinnbart, der beinahe im Viereck sein Gesicht umrahmte. Und er dachte dabei an den kleinen, silbernen Kamm, mit dem Schwester Beda jeden Morgen diesen Bart durchkämmt hatte, als gehöre es auch zu ihren Aufgaben, einen Patienten äußerlich auf Glanz zu halten.

Ein Mann wie der Bragglehner — er sah jetzt, wie sich hinter Florian die weiße Türe schloß — konnte eigentlich nicht richtig lächeln, und das, was sich jetzt um die Mundwinkel anzeigte, konnte höchstenfalls eine Bitte an seine Frau und seine jüngste Tochter sein, daß auch sie bald gehen möchten. Er hatte nämlich auf einmal über etwas angestrengt nachzudenken. Gewaltig war das nun über ihn hereingestürzt, und es war ihm, als ob das Schicksal auf einmal aus allen Ecken und in verschiedenen Fratzen ihn zu verhöhnen begonnen hätte.

Nein, das durfte einfach nicht wahr sein. Er hatte dieser Schwester Beda zuviel dargeboten an abgemagertem Körper, an gereimten und ungereimten Worten, die das Fieber erzeugt hatte. Als ihn das Fieber verließ, hatte er ihre Hand lange in der seinen gehalten und ihr gesagt, daß sie ein wundersames Menschenkind sei und darüber hinaus auch noch ein wunderschönes. Die Worte hatten sich ihm aufgedrängt als Dank für ihre tausend Handreichungen und waren ihm ganz aufrichtig und nicht als leere Phrasen von den Lippen gekommen.

Das alles durfte nur dieser Schwester Beda gegolten haben, nicht dem Mädchen Beda aus der Sägmühl, das hier Dienst tat seit Jahren, ohne daß er dies gewußt hatte. Dieser Schlag des Schicksals wäre doch zu hinterhältig. Aber er wußte jetzt, daß er nicht mehr zur Ruhe kommen würde, bis er die Wahrheit erfragt hatte. War es so, wie er jetzt voller Angst meinte, dann mußte ihm der Chefarzt morgen den Entlassungsschein schreiben und ihn zur weiteren Hausbehandlung dem Doktor Niederhuber anvertrauen. Auch wenn er von dem nicht mehr so fürsorglich betreut werden würde, und ihm niemand mehr mit einem kleinen, silbernen Kamm seinen Kinnbart auskämmen würde.

*

Als Beda in ihrem ziellosen Wandern durch den Krankenhauspark an der hinteren Mauer angekommen war und sich umwandte, blieb sie wie angewurzelt stehen und griff unwillkürlich mit ihrer Hand nach dem Herzen.

Hinter einem der großen Buchenstämme trat Florian hervor, schaute sie mit großen Augen an und lächelte.

„Bist du es wirklich, Beda?"

Langsam legte sie den Kopf zurück, ihre Augen wurden ganz eng.

„Geister wandern hier noch nicht durch den Park", antwortete sie. Ihre Stimme klang abwehrend, ganz kalt und unpersönlich.

„Tatsächlich", meinte er. „Jetzt sag mir bloß, wie du hierher kommst."

Ihre Augen blieben immer noch schmal, ihr Mund höhnte weiter:

„Sag nur gleich, du hättest nicht gewußt, daß ich hier die Schwester Beda bin."

„Nein, das hab' ich nicht gewußt", gestand er ehrlich. „Wie du damals aus der Schul' gekommen bist, gleich darauf bist du weg aus Zirnstein und —"

„Und gelohnt hat es sich ja nicht", unterbrach sie ihn, „einer aus der Sägmühl nachzufragen." Sie hob den Kopf, und er sah das zornige Sprühen in ihren Augen. In diesem Augenblick erschien sie ihm schöner denn je. Er wollte ihr das auch sagen, aber noch ehe er dazu kam, redete sie schon weiter, in dieser harten, leicht höhnenden Sprache:

„So eine wie mich kann ja ein Bragglehner auch um drei Uhr in einen Wald bestellen und dann nicht kommen. Aber so was ist mir auch bloß einmal passiert, ein zweites Mal nimmer."

Heiße Röte flammte über seine Stirn. Er machte einen Schritt auf sie zu und wollte ihre Hand fassen. Aber sie verschränkte ihre Hände hinter dem Rücken, als ekle sie sich vor seiner Berührung.

„Beda", stotterte er vor Verlegenheit, „warum denn soviel Bitterkeit? Ich kann doch nichts dafür. Glaubst du, mir war es nicht auch furchtbar, zu denken, daß du an jenem Sonntagnachmittag im Talerwäldchen vielleicht doch auf mich warten könntest? Und ich hab doch mit dem Sanitätsauto mitfahrn müssen."

Die Falten auf ihrer Stirn glätteten sich schlagartig. Um ihre Lippen spielte ein feines Lächeln, und in ihren Augen war jetzt ein stilles Leuchten.

„Ist das wirklich wahr, Florian?"

„Ich lüg dich nicht an, Beda. Ich hab so viel an dich denken müssen, seit ich dich auf der Alm wiedergesehn hab."

Mir ist es nicht anders ergangen, wollte sie sagen, verschluckte es aber und nahm ihre Hände jetzt hinter dem Rücken hervor. Sie streckte ihm die rechte hin.

„Sind wir wieder gut, Florian?"

„Ich war dir doch nie bös, Beda."

„Nie?"

„Nein, du weißt ja", er hob das Kinn zu den Fenstern des Hauses hin. „Er hat es doch bestimmt, daß ich nicht mit dir —"

„Ja, ja, ich weiß schon. Und ich hab auch oft daran denken müssen, als er so hilflos vor mir gelegen ist. — Komm, Florian, gehn wir ein bißchen weg hier." Sie begann wieder, zum Südende des Parkes zu gehen. Er blieb an ihrer Seite, nahm ihren Arm, ohne daß sie sich dagegen noch wehrte.

„Was hast du dir denn gedacht, Beda, als du meinen Vater im Krankenhaus gesehn hast? Der Bragglehner, wirst du gedacht haben, der elende, rüpelhafte Bragglehner."

„Nein, du täuschst dich. Hier zählt nimmer der Name, sondern bloß der leidende Mensch, der Patient. Und was mich wunderte — ausgerechnet der Bragglehner war ein geduldiger Patient."

„Er war seit Monaten schon nimmer so wie früher. — Hat er gewußt, wer du bist?"

„Er hat nicht gefragt, und ich hab keine Veranlassung gehabt, ihm zu sagen, wer ich bin. Im übrigen, Florian, er war sehr schwer krank. Einmal in einer Nacht war es soweit, daß man ihn ins Sauerstoffzelt hat legen müssen. Da haben selbst unsere Ärzte nimmer viel um ihn gegeben."

Florian schwieg und mußte denken, daß er selber schon einmal geglaubt hatte, der Vater wäre tot, erschossen da droben am Latschenfeld. Von seiner Hand. Sonst dachte er eigentlich nie mehr daran.

Ein Beinamputierter humpelte an ihnen vorbei. An seiner Seite ging eine kleine, ärmlich gekleidete Frau. Beide grüßten Schwester Beda mit sichtbarer Hochachtung.

„Ein Holzknecht", sagte Beda, als die beiden vorüber waren. „Ein Baum hat ihn erwischt. Leider konnte man ihm das Bein nicht mehr retten. Siebenundzwanzig Jahre ist er alt."

Dann waren sie an der Südmauer des Parkes. Ein halbes Dutzend alte Eichen standen dort und reckten ihre Kronen über die Mauer, die jeden Einblick herein verwehrte. Hier hingen die Blätter noch zahlreich an den Ästen, flammend gelb und schon ein wenig nach innen gebogen. Der Wind strich über die Mauerkanten hin, und über allem spannte sich ein schwerer, grauer Himmel.

Unter diesem grauen Himmel standen zwei blutjunge Menschenkinder. Der Körper des Mädchens war schlank und biegsam wie eine Weidenrute, der des Burschen schlaksig, mit schmalen Schultern. Mit hängenden Armen stand er da und sann darüber nach, wie sich ein passendes Wort finden ließe, dem Mädchen zu sagen, daß er sie lieb habe, daß er sie eigentlich immer schon gern gehabt habe, jetzt nur ganz anders, so als habe er nun erst entdeckt, was Schönheit war.

Und weil er eben noch ganz und gar ungeübt war, wenn es um Weibliches ging, stieß er es schnell und wie in Angst heraus: „Beda, ich hab dich narrisch gern. Laß es mich nicht entgelten, daß ich ein Bragglehner bin." Er nahm ihre Hand und legte sie an sein Herz. „Fühl doch bloß, Beda, wie schnell es klopft."

Beda war nahe daran, auch ihn fühlen zu lassen, wie rasend das ihre klopfte. Sie spürte seine Verlegenheit, seine Hilflosigkeit und die kleine Angst, die in seinem Herzen mitklopfte. Und dann — auf einmal — legte sie ihre schlanken Arme um seinen Hals und barg ihren Kopf an seine Schulter. Zwar begriff sie, daß sie das, was sie jetzt sagen mußte, Aug in Aug hätte sagen müssen. Aber dazu war auch sie noch nicht erfahren genug, sie konnte nur an seinem Hals flüstern:

„Ach, Florian, wenn du wüßtest!"

Diese schlichten Worte waren wie ein Seufzer für das Unausgesprochene, aber sie waren auch Bestätigung und Ergebnis ihres ganzen Fühlens. Nein, es gab keinen Zweifel mehr, er konnte sie nun nach echter Mannesart küssen, damit andeutend, daß er sie verstanden habe. Mit ein paar Fingern hob er ihr Kinn hoch und sah ihr in die Augen. Sie schimmerten in einem unirdisch schönen Licht. Ihr Mund stand halb offen, lächelte ihm ermunternd zu. Da küßte er sie. Ihre Arme lagen immer noch ganz fest um seinen Hals, als wolle sie ihn nie mehr loslassen. Auf alle Fälle war der Bann gebrochen, und Beda konnte jetzt ihre Zweifel geradeheraus äußern.

„Was wird dein Vater sagen, Florian?"

„Ich hab aufgehört, ihn zu fürchten, Beda."

„Dann kommt es oder käme es eigentlich nur auf uns zwei an", sinnierte sie und strich dabei mit ihren Lippen sacht über seine Schläfen hin. „Vielmehr auf dich käme es an, Florian. Meinst du, daß du mich in einer Woche wieder vergessen hast?"

„Hast du eine Ahnung!"

Er hatte jetzt seinen Arm um ihre Schultern gelegt und versuchte ihr zu erklären, daß er bisher noch keinem Mädchen nahe gewesen sei.

„Darum hab ich nicht gefragt und werde dich auch nie danach fragen, Florian. Ich muß nur wissen, ob ich mich auf dich verlassen kann. Noch weiß ich ja nicht, wie es wird. Das braucht seine Zeit, Florian. Eins weiß ich aber heut' schon genau: Wenn ich mich einmal ganz in dich verloren habe, wird es nie mehr einen andern Mann für mich geben."

Von fern kam ein schwaches Glockenzeichen, aber im großen Krankenhaustrakt schrillte die Glocke ziemlich laut durch alle Gänge und alarmierte die Besucher, daß die Zeit nun um sei und die Kranken wieder allein gelassen werden müßten.

So war es denn auch kein Wunder, daß Florian seine Mutter erspähte, die vorn beim Eingangstor stand und nach ihm Ausschau hielt.

„Komm", sagte er und nahm Beda bei der Hand. Und dann, als er mit ihr vor seiner Mutter stand: „Schau her, Mutter, kennst sie? Das ist die Stubler Beda."

Die Bragglehnerin hielt den Kopf ein wenig schief, dann reichte sie Beda die Hand.

„Ich hab mir's fast gedacht. Der Bragglehner lobt dich in den höchsten Tönen."

„Dabei weiß er noch gar nicht, daß ich auch von Zirnstein bin."

„Hast es ihm denn nicht gesagt?" fragte die Bragglehnerin verständnislos.

„Absichtlich nicht", erklärte Beda. „Er wäre vielleicht manchmal in Verlegenheit gekommen."

Die Bragglehnerin verstand das zwar nicht, aber sie nickte. Dann schaute sie Florian an, der immer noch Bedas Hand in der seinen hielt.

„Wann geht unser Omnibus?"

„Genau um halb sechs, vorm Gasthaus zum Kronprinz am Stadtplatz", wußte Beda und begleitete die Bragglehners bis zur großen Eingangspforte.

„Wann kommst du wieder nach Zirnstein?" fragte Florian.

„Vor Weihnachten kaum."

Beda blickte ihnen nach, wie sie über die Straße gingen. Florian drehte sich ein paar Mal um. Beda hob ihre Hand und ließ sie auch nicht sinken, als sich die Bragglehnerin nochmals umwandte, um dann die kleine

Verona bei der Hand zu fassen und schneller zu gehn, als es sonst ihre Art war.

Der Pförtner schloß jetzt die großen Eisentore. Die Besuchszeit war um, und langsam ging Schwester Beda ins Haus zurück.

Die Bragglehnerin aber sagte zu ihrem Sohn Florian, als sie bereits auf den großen, gelben Kasten, der sich stolz Linienbus nannte, zugingen: „Daß du der ihre Hand allweil gehalten hast?"

„Warum?" lachte Florian. „Wir waren doch als Kinder schon einmal unzertrennlich, bis es der Vater verboten hat."

„Das schon. Aber jetzt seid ihr ja keine Kinder mehr", antwortete die Mutter. Dann setzte sie resolut den Fuß auf das Trittbrett des Omnibusses und sagte: „Dreimal nach Zirnstein."

*

Immer wenn Besuchstag war, wurde hernach von den Bettlägerigen die Klingel nach dem Pflegepersonal am häufigsten betätigt. Es gab dabei gewisse Läuter, die von der Klingel so unaufhörlich Gebrauch machten, daß sie mit irgendeiner der Schwestern in Streit kamen. Besuch am Krankenlager war nicht für jeden Patienten Erholung, sondern bedeutete in manchen Fällen sogar viel Aufregung.

Der Bragglehner hatte sich vorgenommen, nur in dringendster Not auf den Klingelknopf zu drücken, hatte sich auch immer daran gehalten, und darum wunderte man sich heut, daß am großen Schaltkasten dauernd die Nummer vierzehn aufleuchtete.

Beda hatte an diesem Abend um sieben Uhr auf einer

anderen Station Dienst. Deshalb kam Schwester Barbara, eine ältere Person, die eine große Brosche am Hals trug, und fragte nach seinem Begehr.

„Nein, die andere will ich, die Schwester Beda", verlangte er.

„Das wird schlecht gehn", erklärte ihm Schwester Barbara, die bei weitem nicht die große Geduld hatte wie Schwester Beda.

„Was heißt: schlecht gehn. Entweder es geht, oder es geht nicht. Also sagen Sie Beda — Schwester Beda", verbesserte er sich, „daß sie zu mir kommen soll."

Als Beda dann schließlich bei ihm eintrat, saß der Bragglehner aufrecht im Bett. Er sah ihr mit einem Blick entgegen, der sie irgendwie verwirrte und unsicher machte. Er schaute sie an, so wie man ein Bild betrachtet, und dabei war ihm, als sei dieses Bild aus seinem Rahmen herausgestiegen und gehe auf ihn zu, nicht in der weißen Schwesterntracht, sondern in einem knielangen Trachtenrock, mit einem lila Samtmieder darüber und einer weißen Leinenbluse darunter, die am Hals weit offen stand. Und mit einemmal wußte er es ganz unbeirrbar: Die junge Mariann stand wieder vor ihm, die Vergangenheit war aufgestanden.

„Brauchen Sie etwas, Herr März?" fragte Beda, und ihre Stimme war, wie immer, ruhig, ausgeglichen, mit dem leisen Unterton von Trost.

„Nein, ich brauche nichts. Ich will von dir nur wissen, wo du daheim bist."

„In Zirnstein", lächelte Beda.

„Warum hast du mir das nie gesagt?"

„Sie haben mich nie gefragt, Herr März."

Unwillig schlug er mit der Hand auf die Bettdecke.

„Laß doch dieses ewige Herr März. Der Bragglehner bin ich. Und du — bist du nicht —?"

„Doch, vom Säger Stubler."

Der Bragglehner ließ sich in die Kissen zurückfallen. Erst nach einer Weile fragte er: „Wann komm ich hier 'raus?"

„Das entscheidet der Chefarzt. Vielleicht Ende dieser Woche."

„Das werde ich entscheiden", trotzte er. „Wenn er morgen kommt, werd' ich's ihm sagen, daß ich da 'raus will."

„Warum eigentlich jetzt auf einmal?"

„Warum? Warum? Ich lieg jetzt lang g'nug hier, meinst du nicht?"

„Mit so einer Krankheit sind schon manche ein Vierteljahr hiergewesen."

Beda griff nach seiner Hand und fühlte den Puls.

„Viel zu schnell", stellte sie fest. „Hat Sie der Besuch heute aufgeregt?"

„Mich? Mich aufgeregt? Mich regt überhaupt nichts mehr auf." Er schaute sie wieder an, und dabei wurde ihm ganz eigentümlich ums Herz. Wie ihre Mutter vor vielen Jahren sieht sie aus, dachte er und fragte überflüssigerweise: „Wie alt bist jetzt?"

„Achtzehn."

Stimmt genau, rechnete er rasch nach und wollte gerade sagen, daß er sich ihrer noch als Schulmädchen erinnere, als ihm Beda mit lächelnder Miene vorhielt:

„Vor acht Jahren ungefähr war es, da ist dem Bragglehner plötzlich eingefallen, daß ich mit seinen Kindern nimmer zusammensein darf."

„So? Das weiß ich gar nicht mehr", wich er aus.

„Doch, ich weiß es noch genau. An einem Sonntagnachmittag war es im Winter, da bin ich mit dem Florian und der Magdalena mit den Skiern vom Fuchsbichl 'runtergefahren. Du bist im Hof gestanden und hast geschrien, ich soll deine Kinder nicht allweil zum Faulenzen verziehn, ich soll mich zum Teufel schern und nie mehr blicken lassen auf Gschwend."

Unruhig fingerte er am Kinnbart herum.

„Und das trägst mir heut noch nach?"

Beda schüttelte den Kopf und sagte alles in einem leichten Ton, dem jeder Vorwurf ferne lag. „Nein, Bragglehner. Aus dem Alter, in dem einen so was noch weh tut, bin ich längst heraus. Ich hab keine Angst mehr vor dir, weiß aber noch, wie wir jedesmal alle gezittert haben, wenn du auf die Sägmühl zugekommen bist, weil wir gewußt haben, jetzt wird er den Vater wieder fertig machen. Auszusetzen hast du ja immer was gehabt."

Der Bragglehner verzog den Mund, als hätte er in eine bittere Mandel gebissen. Und doch war ihm etwas wohler, weil sie, vielleicht auch unbewußt, jetzt das Du an ihn verschenkte. Ein wenig kläglich fragte er: „Mußt mir das ausgerechnet jetzt alles sagen? Wo du doch weißt, daß ich mich nicht aufregen soll."

Mit einem hellen Lachen antwortete ihm Beda:

„Grad vorhin hast g'sagt, daß dich überhaupt nichts mehr aufregt."

„Na ja, wenn du mir den Spiegel so deutlich vors Gesicht hältst! Es schaun mich nicht grad die besten Bilder daraus an. — Komm, setz dich einmal her zu mir und laß dir sagen, daß ich viel Zeit gehabt hab in den ganzen Wochen, über mich nachzudenken. Manches versteh ich, vieles nicht mehr. Ich muß doch ein rechter

Grobian gewesen sein, der seine Macht ausspielen und andere Menschen hat drangsalieren wollen."

„Mit der Macht war es schon nimmer recht weit her, bei vierzig Grad Fieber. Da warst du genau so hilflos wie hundert andere vor dir auch, wenn sie so dagelegen sind."

Lange schien er über ihre Worte nachzudenken, bis er abrupt fragte:

„Ich hab wohl viel dummes Zeug geredet im Fieber?" Ängstliche Erwartung war auf einmal in seinem Blick und drängend die Wiederholung seiner Frage: „Was hab ich denn alles g'sagt?"

„Das weiß ich nimmer."

„Doch, du weißt es. Du willst es mir bloß nicht sagen."

„Ich darf es nicht sagen, Bragglehner."

„Ach so ist das. Ihr seid wohl verpflichtet worden, daß ihr schweigen müßt."

„Genau so ist es, Bragglehner."

„Es ist also da herinnen nicht viel anders wie draußen. Ihr werdet auch zum Lügen verpflichtet."

„Das ist doch absurd, Bragglehner."

„Na, vielleicht nicht? Ihr müßt doch einem Kranken, der schon am Abkratzen ist, noch vorlügen, daß er schon wieder gesund werden wird."

„Das ist doch ganz was anders. Um der Barmherzigkeit willen verschweigt man so einem Schwerkranken den Sachverhalt. Und vor allem, man gibt die Hoffnung nicht auf. Es sind schon Fälle passiert hier, wo die Ärzte jede Hoffnung aufgegeben haben, daß man geglaubt hat, der Kranke steht die Nacht nicht mehr durch. Und am andern Tag war er wie verwandelt und ist wieder genesen. Manchmal mutet es wie ein Wunder an."

„Mit den Wundern hörst mir jetzt auf. Die Konstitution macht's aus, und wenn der Kern noch g'sund ist. Sag mir lieber einmal, wie du auf den Gedanken gekommen bist, Krankenschwester zu werden."

Beda schaute zuerst auf ihre Armbanduhr. Eigentlich müßte jetzt jeden Augenblick das Nachtessen aufgetragen werden. Aber ihr Werdegang in diesem Haus war ja schließlich schnell erzählt. Ein Jahr Schwesternhilfe in der Küche bei Kartoffelschälen und Helfen am großen Herd bei wenig Lohn. Dann mehrere Kurse in Krankenpflege und so weiter. Eins käme zum andern, vieles gäbe sich von selbst, und im nächsten Jahr sei sie daran, als Operationsschwester ausgebildet zu werden.

„Hoffentlich bei gutem Lohn", warf der Bragglehner ein.

„Ich bin zufrieden", sagte Beda und stand auf.

„Kommst heut nochmal?" fragte er, in dem Bedürfnis, noch mehr zu erfahren von ihr.

Sie schüttelte den Kopf.

„Erst in der übernächsten Woche hab ich diese Station wieder. Zur Zeit bin ich auf Station drei, bei den Wöchnerinnen. Gute Nacht, Bragglehner."

„Gute Nacht — Beda."

Zum erstenmal nannte er sie Beda, nicht Schwester Beda.

„Schlaf gut", lächelte sie zurück, dann schloß sich hinter ihr die Tür.

Es wurde keine gute Nacht für ihn. Zumindest fand er nicht den Schlaf, den Beda ihm gewünscht hatte, denn als von der nahen Klosterkirche die zwölf Schläge der Mitternachtsstunde über die hohe Mauer herüberhallten, lag er immer noch hellwach in den Kissen.

Als die Nachtschwester kam, die mit der großen Brosche, stellte er sich schlafend und ertrug geduldig den Schein der Taschenlampe über seinem Gesicht, ohne seine Gedanken dabei abzuschalten.

Noch niemals hatte ihn das Erinnern so stark überkommen wie in dieser Nacht. Die Bilder stürzten auf ihn ein, und er hatte endlich den Mut gefunden, ihnen nicht mehr auszuweichen. Er betrachtete alles von der Warte des Genesenden aus, der bereit war, ein neues Leben zu beginnen. Das alte Leben war versunken, so wie Steine im Meer versinken, und er grübelte ernsthaft der Frage nach, woher er einmal das Böse empfangen hatte.

Der Bragglehner erinnerte sich daran, daß ihn seine Mutter niemals geküßt und daß sein Vater viel getrunken hatte. Beide hatte er früh verloren und war von fremden Menschen herumgestoßen worden. Die Armut war ihm vertraut gewesen wie der Wind auf den Feldern. Viel Dunkles und Ungereimtes war über seiner Kindheit und Jugend, und er war sicherlich geformt worden von dem Wunsch, einmal über all denen stehen zu dürfen, deren Hand immer schwer auf ihm gelegen hatte. In seinem Haß auf die Reichen und Begüterten tat er alles, um sich selbst über sie zu erheben. Er stellte dem Wild nach, verkaufte das Wildbret und kam langsam zu Geld. Immer höher wollte er hinauf, Macht wollte er gewinnen und die ungeheure Einsamkeit seiner Jugend vergessen.

Als er dann Liebe geschenkt bekam, konnte er nicht viel wiederschenken, weil er selber nie welche empfangen hatte. Ein Mädl war ihm nicht mehr als eine Blume am Weg, an der man sich eine Weile freute und sie dann wegwarf. Am Wegrand lagen sie, enttäuscht und verbittert, die Mariann zum Beispiel und manch andere, zuletzt auch seine eigene Frau. Er hatte nicht erkannt, daß es die Güte des Schicksals war, die ihm diese reiche Bauerntochter in den Weg geführt hatte. Er heiratete sie nicht aus Liebe, sondern als Mittel zum Zweck. Sie sollte ihm auf den Weg zum Gipfel verhelfen, dann stieß er sie zurück in die Fron eines harten Bauernlebens. Im Rausch seiner Macht wollte er alles beherrschen und sich unterordnen. Das war ihm gelungen, bis ihn der Donner eines Schusses in grauer Morgenfrühe darüber belehrte, daß sein Leben eben auch nur an einem Faden hing, wie jedes Menschen Leben. Dazu war dann dieses Krankenlager noch gekommen, und daß es hier eine Schwester Beda gab, die seinem Herzen nahegekommen war, ohne daß sie sich sonderlich darum bemüht hätte. Diese Beda, deren Anblick er einmal nicht mehr hatte ertragen können, die er dann von seinem Hof gejagt und so behandelt hatte, als stünde er überhaupt in keiner Beziehung zu ihr, obwohl er sechzehn Jahre heimlich und ein bißchen schäbig für sie Alimente bezahlt hatte.

Mit diesem Punkt quälte er sich in dieser Nacht am meisten ab. Natürlich durfte sie auch in Zukunft nicht erfahren, daß er ihr Vater war. Ganz heiß strömte es bei diesem Gedanken durch seinen Körper, und allmählich wuchs ihm die Erkenntnis zu, daß sich alles Unrecht auf Erden einmal rächt.

Gutmachen? Alles gutmachen, was er im Bösen getan hatte! In dieser Nacht nahm sich der Bragglehner so vieles vor, was er tun wollte und wahrscheinlich doch nie tun konnte, weil ja kein Mensch so stark ist, die

Geheimnisse der Vergangenheit schonungslos vor aller Welt aufzudecken. Er konnte doch nicht ins Sägwerk gehn und sagen: „Mein lieber Sägmeister — nichts gegen dich, aber was deine Tochter Beda betrifft, so ist das etwas anders, als du meinst. Da bist du ein bißchen hinters Licht geführt worden. Schau sie doch genau an, schau dich an und dann mich..."

Nein, nein, das alles mußte im Dunkel bleiben. Man hatte ja schließlich auf seinen Ruf zu achten. Über das letztere mußte der Bragglehner unwillkürlich lächeln. Jetzt auf einmal wollte er etwas auf seinen Ruf geben. „Ach ja", seufzte er tief. „Da brockt man sich eine Suppe ein, und nun muß man sie auslöffeln —"

Wie er sie auslöffeln würde, darüber konnte er sich nicht klar werden. Jedenfalls war etwas Neues in sein Leben gekommen, etwas sehr Schönes sogar. Sie hatte sich an sein Herz geschmiegt, die junge, freundliche Schwester Beda, seine Tochter Beda. Sie hatte ihm übers Haar gestrichen, und wenn sie ihn gewaschen hatte, dann war sie immer so dicht über ihm gestanden, daß er die Adern an ihrem Hals leise klopfen sah. Und manchmal hatte er gemeint, die Mariann beuge sich über ihn. Jetzt wußte er, warum er dies gemeint hatte.

Über diesem letzten Gedanken schlief er endlich ein. Aber gleich bei der Morgenvisite sagte er dem Chefarzt, daß er jetzt heimgehen werde. Der Chefarzt ließ sich das Krankenblatt reichen, das eine Schwester mitführte, sah den Bragglehner lange an und nickte dann:

„Wenn Sie meinen? Am Mittwoch hätte ich Sie sowieso entlassen. Nur sollten Sie sich in der ersten Zeit noch ein wenig schonen."

Ein paarmal war er ja schon im Krankenhauspark spazierengegangen, so daß ihm jetzt die Beine gar nicht mehr so arg zitterten, als er zum ersten Mal nach langen Wochen in seinem viel zu weit gewordenen Trachtenanzug über die Straße ins Städtchen ging.

Als erstes besuchte er die Klosterbräustuben, ließ sich drei Weißwürste bringen und einen Schoppen Rotwein. Dabei konnte er sich nicht erinnern, daß es ihm jemals so gut geschmeckt hätte.

Hernach schlenderte er langsam durch die engen Gassen, blieb da und dort stehen und erstand dann für jeden von den Seinen daheim eine Kleinigkeit als Mitbringsel, woran er früher nie gedacht hätte. Zum Schluß stand er lange vor einem Laden, in dem Skiausrüstungen ausgestellt waren.

Im Laden bediente unter anderem ein junges Mädchen. Das sah der Bragglehner lange von oben bis unten an, bis er dann entschlossen sagte:

„Ich brauch einen Anorak, eine Skihose und Schuh' dazu. Alles in Ihrer Größe. Und was kosten noch ein Paar Skier?"

Mit keiner Wimper zuckte er, als ihm der ziemlich hohe Preis genannt wurde, ließ sich alles einpacken und ging damit ins Krankenhaus zurück. Im Aufnahmeraum verlangte er dann die Rechnung. Aber man sagte ihm, daß die geschickt würde.

„Aha, ihr traut euch den hohen Preis gar nicht zu sagen", frotzelte er mit humorvoller Trockenheit. „Habt ihr Angst, es könnt' mich vor Schreck nochmal auf ein paar Wochen ins Bett werfen? Also gut, dann schickt sie mir. Pressiert aber gar nicht. Und jetzt möcht' ich noch die Schwester Beda sprechen."

Beda kam auf das Zimmer, als er gerade seinen Koffer packte. Erstaunt betrachtete sie seine Geschäftigkeit, mit der er die paar Sachen in den kleinen Koffer legte und ihn dann schloß.

„Was ist denn, Bragglehner?"

„Heim geh ich jetzt."

„Ja, aber —"

„Er hat es mir erlaubt." Dann deutete er auf das Bett hin. „Was dort liegt, gehört dir. Wenn dir die Skier nicht passen, kannst du sie umtauschen."

In kindlicher Freude schlug Beda die Hände zusammen.

„Nein, Bragglehner, das darf doch nicht wahr sein?"

„Warum nicht? Ich glaub nicht, daß es übertrieben ist, wenn ich sage, daß du zum großen Teil mitgeholfen hast, mir mein Leben zu retten." Er setzte sich halb aufs Fensterbrett. „Teufl, Teufl, wenn ich beim Sparifankerl hätt anklopfen müssen! Denn in den Himmel hätten sie so einen wie mich doch nicht eing'lassen."

„Jetzt glaub ich aber, der Bragglehner übertreibt."

„Nein, nein, ich weiß schon selber, was ich für ein Türkl war. Aber bevor ich jetzt geh, Beda, muß ich dir noch was sag'n. Ob du es glaubst oder nicht, noch nie ist in meinem Leben jemand so gut gewesen zu mir wie du."

Seine Stimme schwanke ein wenig, und wenn Beda genau hingesehen hätte, weiß Gott, in seinen Augen war ein feuchter Schimmer.

„Du hast es vielleicht bloß nie gemerkt, Bragglehner, wenn jemand gut zu dir hat sein wollen."

Wie verloren schaute er sie eine Weile an. Dann nickte er.

„Das kann auch sein. Ja, ja, ganz g'wiß wird es so sein."

„Natürlich wird es so gewesen sein", meinte Beda,

ging auf ihn zu, griff in ihre Schürzentasche nach dem kleinen, silbernen Kamm und kämmte ihm seinen Kinnbart, wie sie es so viele Male schon getan hatte. Dann richtete sie ihm die schiefsitzende Krawatte und nahm noch ein weißes Fädchen von seinem Ärmel. Sie mußte offenbar diese kleinen Dinge noch tun, bevor sie sagen konnte:

„Ich sag halt vielmals Vergelt's Gott, Bragglehner, für die Sachen dort."

„Ja, ja, ist schon recht", wehrte er ab. „Gib mir jetzt zum Abschied noch die Hand, Beda, und — vergiß, daß du mich nackt gesehen hast."

Da neigte sich die Beda ein bißchen nach vorne, küßte ihn auf beide Wangen und hielt dann ganz still, als der Bragglehner seine mächtigen Arme um ihre überschlanke Taille legte und sein Gesicht in ihren Hals grub. So wollte er eine Weile bleiben, wenigstens, solange seine Schultern zuckten, und bis die Tränen, die ihm jetzt ungehemmt flossen, im Kinnbart vertrocknet waren. „Ach, du Dirndl, du", stöhnte er dabei. Dann riß er sich von ihr los, griff nach seinem Koffer und rannte zur Tür.

„Bragglehner", rief sie hinter ihm her und war in diesem Augenblick bereit, ihm zu sagen, daß ihr Herz überfloß in Liebe zu seinem Sohn Florian. Wer weiß, wann es wieder so eine Gelegenheit geben würde. Das Herz des Mannes lag in diesem Augenblick wie eine geöffnete Schale da, aufnahmebereit vielleicht für jede Bitte und für jedes Geständnis. Aber da wandte er sich um und bat sie:

„Sag auch das niemand, Mädchen — daß du die einzige bist, die den Bragglehner hat weinen sehn. Und wenn du wieder nach Zirnstein kommst, besuch uns!"

Dann schloß sich die Tür hinter ihm, und er ging so schnell durch den teppichbelegten Gang und die Stiege hinunter, als hätte er Angst, er würde nochmal zurückgerufen.

Auf dem Stadtplatz hielt er Ausschau, wann der nächste Omnibus nach Zirnstein fuhr. Bis um halb sechs Uhr dauerte es ihm zu lange, und so nahm er ein Taxi.

Auf Gschwend staunte die Bragglehnerin nicht wenig, als um die Mittagszeit ein Taxi vorfuhr.

Sie stach gerade die letzten Schmalznudeln aus der Pfanne, als sie sah, wie ihr Mann in die Hosentasche langte, den Taxifahrer entlohnte und dann nach seinem Koffer griff.

Ihr erster Gedanke war: „Ist der mager geworden!" Dann war sie der Meinung, sein erster Weg sei in die Jägerstube. Aber er stellte den Koffer im Flur ab und kam geradewegs in die Küche. Unter der Tür blieb er stehen, lehnte sich mit der einen Hand an den Türstock und sah seine Bäuerin etwas verlegen an. Das war nicht mehr der Bragglehner von einst, ein angeschlagener Mann stand dort, einer, der das Heimkommen nach einem langen Krankenlager ganz bewußt genoß.

„Bist du schon da?" wollte die Frau sagen, bedachte aber rechtzeitig, daß er so gefragt in seiner Empfindlichkeit verletzt sein könnte. So stellte sie die Frage anders:

„Haben sie dich doch schon 'rauslassen — Mann?"

„Ich hab ihnen ganz einfach g'sagt, daß ich geh." Er stemmte sich vom Türbalken weg und lächelte ein bißchen. „Grüß dich, Margret."

„Grüß dich — Sixtus." Wer hätte das geglaubt! Die alten Zeiten kamen wieder.

„Ah, Schmalznudln gibt's." Er griff nach einer und

setzte sich auf das Bankerl neben den Herd. „Hab ich schon lang nimmer gegessen."

„Aber ich mach dir gern was anders. Kalbsschnitzl hätt ich draußen. Die sind gleich fertig."

„Ah was! Warum denn extra noch Mühe machen." Herzhaft biß er in die Schmalznudel und erzählte nebenbei: „Stell dir vor, wie ich heut früh dem Chefarzt g'sagt hab, daß ich heimgeh, da hat er mich zuerst angeschaut und hat g'sagt: Wenn Sie meinen. — Kannst dir vorstellen, wie schnell ich mein Zeugl z'sammpackt hab. Keine Stund' hätt' ich mehr dortbleiben mögen. ,Wenn Sie meinen', hat er g'sagt. Und da draus hab ich g'folgert, daß ich g'sund bin."

„Gott sei Dank", sagte sie und reichte ihm ein Küchenhandtuch, daß er sich daran die fettigen Hände abwische. „Wenn wir das gewußt hätten, dann hättest auch gestern schon mit uns heimfahrn können."

„Gestern war der Chefarzt nicht da. Und ohne dem seine Einwilligung darf man nicht 'raus. Aber jetzt bin ich da." Er stand auf und zog seine Weste vom Leib, die er längst nicht mehr ausfüllte. „Da schau her, wie mager ich geworden bin."

„Das füttern wir schon wieder hin", meinte Frau Margret und lächelte ihn dabei an. Er sollte sich am Heimkommen nur freun. Nur wußte er damit noch nichts anzufangen. Er schaute seine Frau nur an und schaute wieder weg. Nichts als Verlegenheit war der ganze Mann und richtete dann seine Augen doch wieder zwangsläufig auf die Frau am Herd. Man konnte einfach nicht vorbeischauen an ihr, mußte sich höchstens wundern über ihre Veränderung. Eine neue Margret März stand da im schmalen Ausschnitt des Fensterlichtes. Nicht mehr ängstlich, gebeugt und mit verstörtem Gesicht stand sie da, sondern gelockert, mit einem zufriedenen Ausdruck, mit Augen, in denen ein froher Schimmer war. Nichts mehr war bedrückt und verhärmt an ihr, und die weiße Strähne in ihrem Haar nahm sich jetzt so aus, als gehöre sie zu diesem Gesicht. Fast wollte ihn Scham überkommen, daß er diese Frau einmal so erniedrigt und gedemütigt hatte, und daß er auch an der weißen Strähne in ihrem Haar die Schuld trug. Beinahe war er versucht, den Arm um ihre Schultern zu legen, vielleicht würde sie diese Geste als schweigende Abbitte hinnehmen. Aber in diesem Augenblick sagte die Bragglehnerin:

„Du, ich hab nachgefragt, diese Schwester Beda im Krankenhaus, die du über den Schell'nkönig gelobt hast, ist tatsächlich die Beda von der Sägmühle hinten."

„Ja, das weiß ich. Aber auch erst seit gestern. Hab ihr viel zu verdanken, dem Dirndl."

„Hast ihr doch ein Trinkgeld gegeben?"

„Nein, Geld nicht. Ein Paar Skischuh hab ich ihr gekauft."

„Geh, wie kommst denn bloß auf die Idee!"

„Weil sie sich's gewünscht hat. Frag mich doch bitte nicht aus wie einen Schulbuben."

„Nein, nein, Sixtus, so war es nicht gemeint. Du kannst das doch halten, wie du willst. Ich vergönn es dem Mädl von Herzen. Übrigens — sie ist bildschön. Ich glaub, daß auch ihre Mutter einmal so ausg'schaut haben muß."

Der Bragglehner spürte, wie es ihm ganz heiß aufstieg, und er wunderte sich, wie er es fertigbrachte zu sagen: „So genau hab ich sie nicht angeschaut."

Zum Glück fuhren die Buben in diesem Augenblick mit dem Traktor in den Hof.

Um allen weiteren Fragen über sein unerwartetes Heimkommen zu entgehen, packte der Bragglehner jetzt seine Mitbringsel aus. Für die Frau und die zwei Töchter je ein seidenes Schultertuch, für die zwei Buben jeweils ein Taschenmesser. Es war nichts Überwältigendes, aber es war großartig im Hinblick darauf, daß es von einem Mann geschenkt wurde, der vor einem halben Jahr noch wie ein Berserker im Hof gewütet hatte. Dann saß er, so, als sei das nie anders gewesen, mit den Seinen am Tisch, und schon dieses Dasitzen allein, und daß er mit ihnen die Schmalznudeln aus der großen Schüssel fischte und das Apfelmus dazu löffelte, war für alle wie ein warmer Regen nach einer langen Zeit der Dürre. Weil er herzeigte, daß er zu ihnen gehörte, wollten sie alles vergessen und vergeben. Das spätgeschenkte Glück bewegte ihre Herzen. Nur für die kleine Verona war die Last des unverhofften Glücks zu schwer. Sie warf auf einmal den Löffel weg und begann bitterlich zu weinen.

„Aber, aber", stotterte der Bragglehner. „Was hat denn meine kleine Verona?"

Vom Schluchzen geschüttelt, stotterte das Mädl: „Es is halt so schön — daß der Vater unter uns sitzt."

Der Bragglehner senkte für einen Moment den Kopf. Ein Gefühl der Rührung war ihm immer fremd gewesen, und er mußte sich jetzt gewaltsam beherrschen, es nicht zu zeigen.

„Wir haben für dich auch eine Überraschung", verkündete die Magdalena, weil sie die etwas peinliche Situation überbrücken wollte.

„Du weißt ja noch gar nicht, ob es ihm g'fällt", meinte die Mutter.

„Da bin ich aber neugierig", sagte der Bragglehner und nahm sich nochmal eine Schmalznudel heraus.

Die Überraschung bestand darin, daß sie seine Jagdstube frisch geweißelt hatten. Die Tischgarnitur war weiter ans Fenster gerückt, und den Boden bedeckte ein neuer Fleckerlteppich. Blitzblank funkelten die Gewehre hinter dem Glasschrank. Darauf war der Blick des Bragglehners besonders gerichtet. Erst hernach entdeckte er in der andern Ecke den gepolsterten Lehnstuhl, auf dem ein gesticktes Kissen lag mit dem sinnigen Spruch: „Mei' Ruah möcht i ham."

Das Bett stand nicht mehr da. Aber er sagte nichts, furchte nur nachdenklich die Brauen.

„Die Kinder haben es 'nausgeschafft", erklärte die Bäuerin zaghaft.

„So so, die Kinder? Die haben wohl geglaubt, ich komm nimmer?"

„So darfst es nicht auffassen, Sixtus."

Sixtus sagte sie, und er nannte sie Margret. Dann ließ er sich mit einem tiefen Seufzer in den neuen Lehnstuhl fallen, legte sich das Sofakissen über die Knie und lächelte.

„Jetzt möcht ich aber wirklich auf ein Stünderl mei Ruah ham."

*

Eine kleine Weile lebten sie noch in der Angst, es könnte nicht so bleiben, wie es jetzt war, und fürchteten, die Schatten könnten sich wieder über den Hof senken. Das Glück des Friedens war über die Menschen von Gschwend gekommen. Aber Glück war zerbrechlich wie Porzellan, und wer weiß, wie es in einer Woche oder in einem Monat schon wieder sein könnte.

Doch nichts geschah, was darauf hindeutete, der Bragglehner könnte wieder aufgescheucht werden aus seiner Friedlichkeit. Er ging mit seinen Söhnen in den Wald. Die Arbeit mit der Motorsäge war ja jetzt ein Kinderspiel, und was daran noch schwer geblieben war, das nahmen ihm die Buben ab.

„Laß das nur, Vater", konnte Florian sagen. „Wir machen das schon."

Oder Andreas ließ sich einfallen: „Zieh deine Joppe an, wenn du dich hinsetzt zum Rasten. Wir haben nimmer Sommer."

Ja, so war das geworden. Die Buben arbeiteten mit einer Lust wie noch nie. Sie fanden die Arbeit nicht mehr als Last, sondern gaben sich ihr mit fröhlicher Bereitschaft hin. Am Samstag aber öffnete der Bragglehner am Abend die kleine, eiserne Kassette und zählte den Buben ihr Wochengeld hin, gar nicht schlecht berechnet. Andreas schwärmte bereits von einem Motorrad, das er sich im Frühjahr kaufen könne, und Florian wollte den Führerschein für ein Auto machen.

An den Wochenabenden spielte der Bragglehner mit seinen Söhnen Karten und konnte sich diebisch freuen, wenn er gewann. Nur samstags ging er noch nach Zirnstein zum Metzgerwirt, gab in der Küche Zettel und Rucksack ab, daß man ihm das Fleisch für die ganze Woche hineinrichte, und setzte sich dann an den Stammtisch. Es ging zwar langsam, aber allmählich spürte er, daß ihm wieder Achtung und Respekt entgegengebracht wurde. Man schätzte und suchte seinen bäuerlichen Rat. Er war von einem ungeheuren Schwung erfüllt, und es war gerade, als ob er schnell alles nachholen wollte, was er einmal versäumt hatte. Nichts entging ihm, und alles faßte er mit raschem Verstand an. Mit vollem Herzen gab er sich der Aufwärtsentwicklung in der Landwirtschaft hin und nannte sie die „Revolution auf dem Acker".

Nur nach Tal war er nie mehr gefahren. Es schreckte ihn auch nicht sonderlich, als an einem nebelverhangenen Novembertag, auf hohen Stöckerlschuhen, in ihren Pelzmantel gehüllt, Fräulein Ulrike nach Gschwend kam. Sie wollte ihm in Erinnerung bringen, daß die Zeit doch für ihn auch schön gewesen sein müsse, als er noch zweimal in der Woche nach Tal ins Gasthaus „Zum Bären" gekommen war.

Der Bragglehner trat gerade aus der Haustüre und knöpfte die dicke Überjoppe zu. Um den Hals trug er einen wollenen Schal, und in der Hand hielt er ein Paar wollene Fäustlinge, die auf der Innenseite mit einem dicken Leinenfleck besetzt waren. Nur die Augenbrauen schob er für einen Moment eng zusammen, als verspüre er einen körperlichen Schmerz. Dann war es vorüber.

Lächelnd kam Ulrike auf ihn zu, aufreizender denn je. Sie wollte ihm die Hand geben, aber in dem Moment schlüpfte er in seine Fäustlinge.

Sie tat so, als merkte sie diese Brüskierung nicht, und sagte in leicht klagendem Ton: „Von fremden Leuten muß ich erfahren, daß du schwer krank gewesen bist. Warum hab ich denn das nicht wissen dürfen? Hast du dein Katzerl schon ganz vergessen?"

Der Bragglehner spreizte die Nasenflügel, schaute sie kurz an und holte tief Atem.

„Es hat sich ausgekatzerlt. Was willst denn überhaupt?"

„Zunächst wollte ich dich wieder einmal sehn. Und

wenn ich gewußt hätte, daß du im Krankenhaus liegst, ich hätte dich auf alle Fälle besucht."

„Ja, du hättest mir grad noch gefehlt, und ein Loch im Kopf."

In diesem Augenblick wußte Ulrike, daß sie ausgespielt hatte. Es half nicht viel, daß sie jetzt den Mantel aufknöpfte, damit er die Straffheit ihres Körpers sehen solle. Sie stellte dabei den linken Fuß ein bißchen vor und stemmte die eine Hand in die Hüfte. Die Augen machte sie ganz schmal — den Schlangenblick nannte er das bei sich — und gab ihm jetzt ziemlich deutlich zu wissen: „Hab ich dir nicht einmal gesagt, daß ich eventuell nach Gschwend kommen werde, um deiner Frau einiges zu erzählen?"

„Ach sooo?" machte er langgedehnt. „Du willst mir einen Schrecken einjagen!" Er zog den einen Handschuh aus, besann sich aber und schlüpfte wieder hinein. Einmal hatte er dieser Person schon eine Ohrfeige gegeben, jetzt wollte er sich die Hände nicht mehr an ihr schmutzig machen und sagte ihr das auch. „Bitte, geh doch 'rein zu ihr! Ich hab mir angewöhnt, für meine Fehler gradzustehn und — auch für meine Irrtümer. Und ein Irrtum war das mit dir. Heut frag ich mich, wie ich einmal auf deine schöne Larve hab 'reinfallen können. So — und jetzt tu, was du nicht lassen kannst. Geh mir aus dem Weg, bevor mir die Hand doch noch ausrutscht."

Weil sie nicht sofort zurücktrat, schob er sie mit dem Ellbogen beiseite und ging zur Tennbrücke hin, wo der Traktor stand, mit dem er in den Wald hinauffahren wollte. Im Vorübergehen sah er seine Bäuerin hinter dem Küchenfenster stehn und nahm sich vor, ihr die Wahrheit zu sagen, wenn sie ihn fragte. Vielleicht nicht die ganze Wahrheit, aber doch soviel, daß er ein paar schwache Stunden gehabt hatte.

Ulrike ging aber nicht ins Haus, sondern wieder talwärts. Ihr Gang allein war schon eine Herausforderung. Der Bragglehner ließ jetzt den Motor anspringen und fuhr aus dem Hof, ohne dem Katzerl noch lange nachzublicken, das im Nebel verschwand.

Frau Margret aber fragte nichts. Sie fragte absichtlich nicht, sie wollte nichts Störendes mehr hineinfließen lassen in ihre Ehe. Seit er aus dem Krankenhaus heimgekommen war, gehörte er wieder ihr. Dieses Bewußtsein wollte sie nicht mehr aufs Spiel setzen mit Fragen, wer denn diese attraktive Person gewesen sei. Was sie gehört hatte, genügte, und außerdem hatte sie um diese schwachen Stunden, wie er es nannte, gewußt. Jetzt war es vorbei. Das hatte sie deutlich hören können, und was einmal begraben war, sollte man nicht wieder ausgraben.

*

Dann kam der Winter. Zwei Tage lang schneite es ununterbrochen. Das weiße Bahrtuch breitete sich still und schweigend über die Natur, in der jetzt alles ein bißchen gedämpft klang, selbst die Glocken, wenn sie in der schwarzen Morgenfrühe zum Engelamt riefen.

Der Bragglehner trat die erste Spur in diesen Schnee, von seinem Hof weg über die Viehweide zum Waldrand hinauf. Er wollte ein paar Fuchseisen auslegen. Fuchsbälge standen zwar nicht gut im Preis, aber man konnte sie gerben und einen Pelz daraus machen lassen, so einen, wie ihn die Metzgerwirtin an Allerheiligen getragen hatte. Warum sollten die Bragglehnerin und ihre Tochter Magdalena keinen haben?

Die Fallen waren gestellt. Das stinkende Fleisch darin roch man auf zwanzig Meter hin. Die Hände in den Taschen seiner pelzgefütterten Joppe vergraben, stand der Bragglehner unter den hohen Tannen, als warte er darauf, daß sich ein Fuchs anschleiche. Aber vor der Dämmerung kam doch keiner von den schlauen Kerlen, auch wenn sie die Witterung in der Nase hatten.

Zu schneien hatte es aufgehört. Der Wind kam nadelscharf von Osten, und man sah es förmlich, wie die lockere Schneedecke zu erstarren begann. Unter dem Schutz der Bäume spürte der Bragglehner die Kälte vorerst noch nicht so stark. Und wieder, wie in letzter Zeit so oft schon, kam er ins Grübeln und dachte mit Staunen über seine Verwandlung nach, die niemand — er wußte es wohl — so recht begreifen konnte. Begriff er sie denn selber? Je eindringlicher er aber darüber nachdachte, seine Gedanken landeten immer wieder bei jenem Morgen, als er neben dem Latschenfeld gelegen und ihm das Blut von der Stirne getropft war. Dort war etwas Entscheidendes geschehn, dort mußte die Wurzel liegen. Dort war der Vorhang jäh zerrissen. Die Jahre seiner Verdunklung hatten damals geendet und hatten ihn wie aus einer Verklammerung zurückgeführt in ein normales Leben.

Je länger er so stand, desto mehr spürte er jetzt doch die beißende Kälte des Windes, obwohl er warm angezogen war. Durch die pelzgefütterten Stiefel fraß sie sich bis zu den Zehen hinein. Schließlich begann er langsam zu gehen. Er stapfte am Rande des Waldes hin, der ja sein Wald war, bis zu jener Kuppe, von der aus man in einer Mulde drunten das Sägwerk liegen sah. Es war kein großes Sägwerk, dort konnte nur auf zwei Gattern geschnitten werden, und es wäre eigentlich zu überlegen, ob man es nicht modernisieren und vergrößern sollte.

Wie ein Spielzeug lag es da drunten, tief verschneit und verträumt. Kerzengerade stieg der Rauch aus dem Kamin. Wie feines Singen hörte sich das Geräusch der Sägblätter an.

Der Bragglehner bedachte, daß er schon sehr lange Zeit nicht mehr dort unten gewesen war. Im Frühjahr mußte es das letzte Mal gewesen sein, und er konnte sich noch erinnern, daß er damals seinen Sägmeister zusammengeschrien hatte wie einen Schulbuben, ohne besonderen Grund.

Jungfräulich weiß und rein lag die Schneedecke bis hinunter zur Zirn, die das Sägewerk trieb. In diese weiße Unberührtheit zog der Bragglehner seine Spur. Fast magnetisch zog es ihn jetzt dort hinunter, obwohl er sich bei der Mariann keinen freundlichen Empfang erwartete.

Zuerst ging er in die Säghalle. Es lief nur ein Gatter, und es war ein ziemlich dicker Stamm, dem die Sägblätter das Fleisch zerschnitten. Der Sägmeister aber hatte sich gerade in das kleine Stüberl zurückgezogen, hatte seine Handschuhe neben den Sägmehlofen gehängt, dessen Rohr ganz einfach zum Fenster hinausgeleitet war. Da saß er, der Alois Stubler, ein kleiner, von der Last der Arbeit gebeugter Mann, dem der Schnurrbart ein bißchen zerzaust über die Mundwinkel hing. Er hatte ein Sägblatt über den Knien liegen und wollte gerade anfangen es zu feilen, als die Tür aufging und der Bragglehner eintrat.

„Grüß dich, Alois!"

Alois Stubler brachte kaum den Mund zu vor Staunen. Wann hatte ihn der Bragglehner in den letzten Jahren noch mit dem Vornamen angeredet?

„Der Herr kommt, bei so viel Schnee", sagte er eingeschüchtert. „Das Sägblatt hab ich gerade feilen wollen."

„Dann laß dich nur nicht 'rausbringen, Alois." Der Bragglehner setzte sich auf die Holzkiste, die unweit des Sägmehlofens stand, und der Sägmüller Alois Stubler wartete mit der ihm in Jahren eingedrillten Unterwürfigkeit auf die Vorwürfe seines Herrn. Nach dessen Version war nämlich nicht seine altmodische Säge daran schuld, daß so wenig Aufträge eingingen, sondern der Sägmeister, der es eben nicht verstand, die Kunden richtig zu bedienen. Wider Erwarten war er aber heute weniger ängstlich, denn er wußte ja seine Frau, die Mariann, im Nebenhäusl drüben. Und die war mit dem Bragglehner immer noch fertig geworden. Zu seinem Erstaunen sagte der Bragglehner ganz gemütlich:

„Jetzt bin ich lang nimmer dagewesen, gell?"

„Ich hab g'hört, daß der Herr krank gewesen ist."

„Laß doch das blöde Herr", sagte der Bragglehner mürrisch. „Ja, ich bin lang krank gewesen. Schwer sogar. Hab schon g'meint, der Totengräber haut mir die Schaufel 'nauf. Übrigens, was ich aus den Kontoeingängen g'sehn hab, du hast ganz schön zu schneiden gehabt in den letzten Monaten."

„Es wird mehr gebaut jetzt und — wenn wir besser eingerichtet wären, wir könnten da und dort mit Bauholz einsteigen."

„Daran hab ich auch schon gedacht. Aber dann wirst du es halt allein hier nimmer machen können. Brauchst dann mindestens noch zwei oder drei Mann dazu. Das g'hört vorher alles richtig auskalkuliert. Ich werd' nochmal schlafen drüber." Der Bragglehner streckte die Beine behaglich von sich, öffnete seine Pelzjoppe und nahm eine Zigarre aus seiner Westentasche. „Kreuzteifi, ist schon wieder zerdrückt. Da — schneid sie auf, und tu sie in deine Pfeif."

Zum ersten Mal in all den Jahren schenkte der Bragglehner seinem Sägmeister eine Zigarre und wollte gerade noch leutselig erzählen, daß ihn die Beda aufopfernd gepflegt habe. Aber da hatte er plötzlich einen Klumpen im Schlund. Über soviel Frivolität verfügte er einfach nicht mehr. Statt dessen erzählte er: „Fuchseisen hab ich ein paar aufgestellt. Und weil ich schon einmal auf dem Weg war, hab ich mir denkt, ich muß doch wieder einmal nachschauen bei euch. Warum läuft eigentlich das zweite Gatter nicht?"

„Da ist gestern der Treibriemen abgerissen."

„So, so, aha."

„Ich hab ihn aber schon zum Sattler 'bracht. Morgen krieg ich ihn wieder."

„Dann schneidest zirka dreißig Balken 'raus, achtzehn auf vierundzwanzig, für 'n Metzgerwirt. Der braucht einen neuen Dachstuhl auf sein Schlachthaus, hat er mir am Samstag g'sagt." Nichts als Güte und Wohlwollen war der Bragglehner geworden. Jetzt stand er auf und knöpfte seine Pelzjoppe wieder zu. „Ist sie drüben?"

„Die Mariann? Ja, sie ist schon drüb'n."

„Dann schau ich noch ein bißl 'nüber. Hat sie jetzt noch nicht g'nug mit der Almzieherei?"

„Heuer war es das letzte Mal."

„Das mein ich auch. Ihr habt doch so auch zu leben. Und wenn's grad wär, mit mir kann man ja reden. Ab

Neujahr eine kleine Aufbesserung. Also, b'hüt dich, Alois."

Der Sägmüller blieb noch eine Weile auf seiner Bank sitzen, als sei er dort angewachsen. Er begriff die Welt auf einmal nicht mehr, und am allerwenigsten den Bragglehner. Was mochte mit diesem Menschen bloß geschehen sein?

Das Häusl, das zum Sägwerk gehörte, war nicht groß. Es führte noch eine Stiege von außen in das obere Stockwerk hinauf. Dicke Eisblumen hatten sich an den Fenstern bereits gebildet. Nur zu ebener Erde waren zwei Fenster frei, das war die Wohnstube, in die einzutreten der Bragglehner auf einmal eine merkwürdige Hemmung hatte.

Während er sich vor der Tür umständlich die Stiefel vom Schnee säuberte, fiel ihm ein, daß er die Mariann seit jenem Sommermorgen nicht mehr gesehen hatte. Viel war in dieser Zeit geschehen in der Welt und vor allem mit ihm. Zaghaft klopfte er an die Stubentüre, hörte das „Herein" und lächelte vor sich hin. So zahm war er geworden, daß er anklopfte.

Wohlige Wärme herrschte in dem kleinen, aber blitzsauberen Raum. Auf der Ofenplatte lagen ein paar Äpfel zum Braten und verströmten einen herrlichen Duft. Das lederne Kanapee war mit einer karierten Wolldecke bedeckt. Der Tisch, um den eine Bank lief, trug ein weißes Leinentuch. Auf ihm stand eine Vase mit Papierblumen, wie sie beim Almabtrieb benützt wurden. An den Fenstern hingen rotkarierte Vorhänge. Der Küchenkasten war himmelblau gestrichen mit Rosenmustern an den Türen. In einer Stellage neben dem Herd glänzte etwas Kupfergeschirr. Alles war hier auf Gemütlichkeit und Wärme abgestimmt. Aber nicht der Ofen verbreitete diese Wärme und Behaglichkeit, sondern die Frau, die am Tisch saß und ein Nähkörbchen vor sich stehen hatte.

Kühl und gelassen ruhte ihr Blick auf dem Bragglehner, gerade als ob sie sich an seiner Verlegenheit weiden möchte.

„Da ist's aber schön warm herinnen bei dir", sagte er und rieb sich die Hände, obwohl ihn nicht fror.

„Nimm Platz", sagte sie und fädelte einen Faden in die Nadel. Dabei kniff sie die Augen schmal zusammen und sagte nebenbei: „Ich hab gehört, du warst krank?"

„Auf den Tod krank." Er setzte sich ihr gegenüber auf einen Stuhl. Sie hatte nun eingefädelt und heftete einen Fleck auf eine blaue Monteurbluse. Dann sagte sie mit einem Ton, als ob sie sich darüber freue:

„Ja, ja, es kommt auch über die Reichen einmal, was?"

„Das hat mit dem gar nichts zu tun", widersprach er, streifte seine Pelzjacke ab und hängte sie über die Stuhllehne. „Ich darf doch?"

„Es ist ja dein Haus, in dem du machen kannst, was du willst."

Der Bragglehner machte eine wegwerfende Handbewegung.

„Kannst denn du gar nicht anders mit mir reden als patzig?"

Ganz kurz blickte sie von ihrer Arbeit auf. „Dich hat es aber ganz schön z'ammgerissen", stellte sie fest, und ihre Stimme war jetzt etwas versöhnlicher.

„Gute dreißig Pfund hab ich verloren. Und mir ist auch gar nicht drum, daß ich die wieder aufhol. Es schnauft sich leichter, wenn der Speck weg ist." Er machte eine kleine Pause und verfolgte das Spiel ihrer

Hände, die geschickt die Nadel führten. „Wirst es ja schon wissen, daß mich die Beda gepflegt hat?"

„Ja, Bragglehner, das hat sie uns geschrieben. Auch von der Skiausrüstung hat sie uns geschrieben."

„Das war doch selbstverständlich. Sie hat Arbeit g'nug g'habt mit mir. Was im Fieber war, weiß ich zwar nicht, aber im großen ganzen glaub ich, daß ich ein recht geduldiger Patient war."

Er wußte selber nicht warum, aber er hätte dies nur zu gerne bestätigt gehabt. Die Mariann jedoch sagte:

„Darüber hat sie nichts geschrieben."

Der Duft der Bratäpfel schwebte appetitanregend durch den Raum. Die Mariann stand auf und drehte sie mit einem spitzen Holzstäbchen um.

„Du wirst mir doch nicht einen anbieten?" fragte er und lächelte dazu. Wortlos nahm die Mariann einen Teller aus dem Küchenschrank, legte zwei schon durchgebratene Äpfel darauf und stellte sie vor ihn hin.

„Wie lang ist jetzt das schon her, daß wir uns nimmer gesehn hab'n?" fragte er, während er sich vorsichtig an einen der Äpfel machte, die noch glühend heiß waren.

„Seit dem Morgen, wo sie dich angeschossen haben."

„Schau nur grad, wie die Zeit vergeht. Seitdem hat sich viel geändert."

„Vor allem du, hab ich mir sagen lassen. Deine Bäuerin lebt förmlich auf jetzt. Ich hab sie kürzlich einmal nach dem Hochamt getroffen und war baß erstaunt, wie gut sie jetzt ausschaut."

„No ja, einmal muß ja der Mensch g'scheit werden. Wie ein Irrsinniger hab ich meine schönsten Jahr durchlebt."

„Jetzt hast es g'sagt, Bragglehner. So wie du es getrieben hast, hättest du tatsächlich in ein Irrenhaus gehört."

Er wurde blaß. Gnadenlos und unvergänglich schien ihre Abneigung gegen ihn zu sein. Und er verstand es sogar, senkte den Kopf und sagte:

„Ich hätte viel gutzumachen, ich weiß schon. Aber was hilft der ganze gute Wille, wenn andere nicht vergessen wollen."

Der Fleck war nun aufgenäht. Marianne legte den Kittel auf die Bank neben sich und schloß den Deckel des Nähkörbchens.

„Es ist schauderhaft, was der Bub zusammenreißt."

„Ich hab g'hört, er lernt Mechaniker."

„Ja, beim Kuller. Und jede Woche bringt er einen Haufen dreckige Wäsch heim. Aber man tut's ja gern, wenn man weiß, daß die Kinder gut geraten sind. Und das sind sie. Vielleicht mußt du mir, was die Beda betrifft, sogar recht geben."

Er nickte lebhaft. „Die hat sich 'rausgemacht. Stell dir vor, da hat sie mich die ganze Zeit gepflegt, bis ich draufgekommen bin, daß es deine Beda ist."

„Die meine allein?"

Er verzog den Mund und schob den leeren Teller zurück.

„Das kann ich dir nie beschreiben, wie mir zumut war, als ich's gewußt hab." Er schüttelte wie über sich selber den Kopf. „Die ganzen Jahr' waren wie weggewischt, und ich hab g'meint, du wärst es, die sich über mich beugt. Genau so hast du damals ausgesehn. Dein Fleisch und Blut ist es, hab ich mir denkt."

„Das hast du dir bloß zu spät gedacht, Bragglehner. Jetzt können wir es nimmer ändern. Jetzt müssen wir schon weiterleben mit der Lüg'. Mit der Lüg' vor uns selber, vorm Herrgott und vor allem vor der Beda. Auch wegen meinem Mann, dem guten, braven Alois, müssen wir schweigen."

„Das weiß ich. Bloß hab ich mir denkt, ich könnt' auf andere Weise manches gutmachen."

„Wie denn? Ich wär schon zufrieden, wenn du so bleiben tätst, wie du jetzt bist."

„Ich muß rein wie verhext gewesen sein", grübelte er nach. „Heut' versteh ich mich selber nimmer."

Die Mariann spürte, wie sich die harte Schale um ihr Herz lockerte, und flüchtig streifte sie die Erinnerung an die kurze Zeit, in der sie geglaubt hatte, alles Glück der Welt sei in ihr Leben gefallen. Aber die Jahre hatten dann doch vieles vergessen lassen. Vor allem war sie dankbar, daß sie einen Mann gefunden hatte, dem sie alles bedeutete.

Es waren immerhin gern gelebte Jahre gewesen an der Seite dieses guten, zuverlässigen Kameraden. Sie hatten miteinander gehungert und gespart. Aber nun waren die Kinder groß geworden. Die Beda stand bereits fest auf eigenen Füßen; ein Jahr noch, dann hatte der Bub auch seine Lehrzeit beendet. Es lag eine schöne, geruhsame Zeit vor ihr, zumal sie nicht mehr auf die Alm ziehen würde.

„Ich hab mir halt denkt —", wollte der Bragglehner wieder beginnen, aber sie unterbrach ihn, und diesmal lachte sie dazu:

„Daß du auf einmal so viel denkst, Bragglehner? Du hättest früher denken sollen."

„Das wollt ich ja grad sagen, daß ich doch einiges nachholen könnt', gutmachen, sozusagen. Ich hab nicht recht gehandelt an dir und an der Beda auch nicht. Ich hab gemeint, wenn ich dir zwanzig Mark geb, das ist genug. Heut' weiß ich, daß man mit zwanzig Mark im Monat kein Kind aufziehn kann. Und so hab ich halt gedacht, wenn ich für die Beda ein Konto anlegen tät und —"

„Was weiter?"

„Sie bräucht es ja nicht wissen, daß es von mir kommt. Ich hab so an die zehntausend Mark gedacht."

„Das liegt ganz bei dir. Ich hab nie was verlangt von dir und werd' es auch jetzt nicht tun. Aber wenn du für die Beda was tun willst — — Sie soll es leichter haben als ich. Und wenn sie einmal heiratet, so käm sie dann nicht mit so leeren Händen in die Ehe, wie ich einmal."

„Heiraten? Ja, natürlich wird sie einmal heiraten. Wer weiß, vielleicht hat sie schon einen im Sinn."

„Das glaub ich nicht."

„So wie die gewachsen ist! Sie ist direkt eine Schönheit geworden. Und ein Gemüt hat s' — wie ein Engel war sie zu mir."

Die Mariann stand jetzt auf und nahm auch die übrigen Äpfel von der Herdplatte. Sie schürte im Ofen und überlegte dabei, wie sie die gute Laune des Bragglehners ausnützen könnte. Wer weiß, wie lange sie anhielt und ob er nicht wieder von Dämonen erfaßt wurde. Ihr ganzes Sinnen und Trachten und Sparen war doch nur auf ihre Kinder ausgerichtet, und zuweilen hatte sie ganz verwegene Träume. Sie lehnte sich gegen den Küchenkasten, faltete die Hände über dem Schürzenbund und sagte dann langsam und jedes Wort überlegend:

„Ein Grundstück für ein eigenes Häusl, mit einer Werkstatt dran, daß sich der Bub einmal selbständig machen könnt..."

„An den Buben hab ich eigentlich weniger gedacht",

meinte er. „Der geht mich ja nichts an. Aber für die Beda — meinetwegen, an einem Grundstück soll's mir nicht liegen. Die Hauptsache ist, daß es unter uns zwei bleibt. Kennst ja die Menschen. Die könnten dann gleich falsche Schlüsse ziehn."

Ein spöttisches Lächeln umzog ihren immer noch schönen Mund.

„Natürlich, auf deinen Ruf warst du in dieser Hinsicht allweil schon bedacht, wenn du ihn auch andrerseits leichtfertig verspielt hast."

„Schön langsam krieg ich ihn zurück", meinte er.

„Ja, schön langsam. Man kann es da und dort hören. Und jetzt will ich ganz ehrlich sein, Bragglehner. Ich freu mich darüber. Für deine Frau und deine Kinder freu ich mich."

„Sie ist eine gute Haut, die Margret. Aufgepapperlt hat sie mich nach der schweren Krankheit, wie ein kleines Kind." Jetzt stand er auf und griff nach seiner Joppe.

„Wenn wieder Schußzeit ist, bring ich euch einmal einen Rehschlegl oder einen Hasen. Vorausgesetzt, es ist dir recht, wenn ich komm."

„Ich hab dir doch schon g'sagt, daß es dein Haus ist, in dem du ein- und ausgehn kannst, wie du willst. Im übrigen gehörten die Fensterläden da draußen gerichtet. Die hängen schon ganz windschief."

„Hab ich g'sehn, ja. Wird gerichtet. Ganz neue schaff ich an beim Schreiner. Hast sonst noch was auf dem Herzen?"

Sie schüttelte den Kopf. Es war nicht ihre Art, übers Maß hinaus zu fordern, und sie war froh, daß die Spannung sich gelockert hatte. Hauptsächlich für ihren Mann war sie froh.

„Aber ich hätt' noch was auf dem Herzen", sagte er und trat ganz nah zu ihr hin.

„Und das wär?"

„Daß du mir die Hand gibst. Das Gutseinwollen soll man nicht ausschlagen, Mariann."

Sie spürte, wie es heiß in ihr aufstieg, eine ganz warme Welle strömte zu ihrem Herzen. Um ihren Mund zuckte es verräterisch, aber gewaltsam drängte sie die Tränen zurück. Dann streckte sie ihm plötzlich ihre Hand entgegen. Sie brachte es einfach nicht fertig, ihn noch länger zu demütigen.

Hastig umschloß er ihre Hand und gestand ehrlich: „Jetzt ist mir ein Stein vom Herzen, Mariann. Es lebt sich schlecht, wenn man weiß, daß man gehaßt wird. Und wie ich schon g'sagt hab, für's Dirndl werd ich mir schon noch was einfallen lassen."

Sie begleitete ihn bis vor die Tür. Die Dämmerung fiel gerade ein. Eiskalt pfiff der Wind von Osten her. Über der Rampe des Sägwerks schaukelte eine Glühbirne, die nur am Draht hing. Eine Nebelwolke stieg von der Zirn auf und zog über die Gebäude hin.

Kaum ein Dutzend Schritte war der Bragglehner gegangen, dann verhüllten ihn bereits die Nebelschwaden.

*

Am ersten Weihnachtsfeiertag gegen halb drei Uhr kam Beda in ihrer neuen Skiausrüstung nach Gschwend. Sie kam nicht von unten herauf, sondern über die Viehweide herunter. Die Bragglehners sahen sie erst, als durch ihren scharfen Stemmbogen der Schnee vor den Stubenfenstern aufwirbelte.

„Na, na, wer ist denn das?" wunderte sich der

Bragglehner und stand auf. Florian sagte gar nichts. Er war der einzige, der gewußt hatte, daß Beda am Abend vorher mit dem letzten Omnibus noch angekommen war. Sein Herz klopfte wild.

Der Bragglehner schlüpfte in seinen Wolljanker und ging hinaus. Jetzt wußte er bereits, wer da draußen stand. Die blaue Keilhose, der rote Anorak, die weiße Pudelmütze, das alles war ihm bekannt, er hatte es in den Händen gehabt und dabei erwogen, ob wohl alles gut genug wäre für die Beda. Zu diesem Zeitpunkt war sie für ihn schon nicht mehr die Schwester Beda, sondern eben die Beda — seine Beda.

In seinen Augen lag der Glanz der Freude, als er unter die Haustüre trat und das Mädl vor sich sah, der die Kälte ein wunderschönes Rot auf die Wangen gezaubert hatte.

„Da bin ich jetzt", lächelte Beda. „Weil man mir doch gesagt hat, wenn ich wieder einmal nach Zirnstein komme, dann soll ich —"

„Ja, natürlich", schmunzelte der Bragglehner und konnte sich gar nicht sattsehen an ihrer schlanken Gestalt, die in diesem Dreß ganz anders aussah als in der strengen Schwesterntracht. „Komm nur 'rein, Beda. Wir trinken grad Kaffee."

Die Beda schnallte ihre Skier ab und lehnte sie an die Hauswand. Dann griff sie nach der ausgestreckten Hand des Bragglehner.

„Wie schaut es mit der Gesundheit aus, Bragglehner?"

„Ganz gut, Dirndl." Er lachte ein bißchen. „Ganz fremd kommst mir heut vor in dem Aufzug. Aber es steht dir gut." Er öffnete die Stubentüre weit und ließ die Beda voraus eintreten. „Da schaut her, wen ich euch bring."

Allgemeines herzliches Begrüßen. Kurz und flammend blickten sich Florian und Beda an. Doch so sehr konnten sie sich beherrschen, daß niemand es merkte.

Die Magdalena breitete eine weiße Leinendecke über den Tisch und nahm das bessere Kaffeegeschirr aus dem Schrank. Weihnachtsgebäck und ein duftender Marmorkuchen wurden aufgetragen, der Kaffee roch stark und würzig. Die Bragglehnerin holte eigens Rahm aus dem Keller; denn Beda war ja nicht mehr die kleine Beda aus der Sägmühle, sondern eine Persönlichkeit — es war die Schwester Beda, von der der Vater so viel erzählt und die ihm, nach seiner festen Überzeugung, das Leben gerettet hatte.

Beda mußte bewundern, was auf Gschwend alles unter den Christbaum gelegt worden war, der in der Ecke stand. Es war eine feierliche, festliche Stunde, die der Bragglehner mit einer eigentümlichen Schwermut erlebte. Bei aller Freude war ihm wehmütig ums Herz, daß dieses bildschöne Mädchen inmitten seiner anderen Kinder auch sein Fleisch und Blut war, ohne daß sie es jemals erfahren durfte.

In der allgemeinen Freude merkte auch niemand, wie selbstvergessen Florian und Beda sich in die Augen sahen, wenn auch nur für Sekunden. „Weil du nur da bist", sagte sein stummer Blick. Und: „Ich liebe dich", gestanden ihm ihre Augen. Und in beider Herzen drängte die Frage: „Wie machen wir's bloß, daß wir allein sein können?"

Und dabei war es dann so leicht; denn als Kaffee getrunken war, fragte Beda wie selbstverständlich: „Wer von euch fährt jetzt mit mir zum Fuchsbichl hinauf?"

Andreas konnte wegen seines Fußes sowieso nicht skifahren, Magdalena beherrschte es nur halbwegs. Blieb also nur Florian, der sich beinahe zu auffällig anbot. Aber da sagte die Bragglehnerin:

„Fahr nur mit, Magdalena, sonst lernst es nie richtig."

Der Bragglehner aber zog seine Uhr und meinte:

„Ob ich dann noch da bin, weiß ich nicht, weil ich mich um fünf Uhr mit dem Pfarrer und dem Lärcheder zu einem Tarock zusammenbestellt hab' beim Metzgerwirt. Das macht aber nichts. Wie lang hast denn Urlaub, Beda?"

„Vierzehn Tage — dann lange nicht mehr."

„Dann wirst wohl noch ein paar Mal 'raufkommen zu uns. Jetzt ist es ja mit der Arbeit nicht so schlimm."

Florian hatte bereits seinen Anorak an, die Skimütze auf und die wollenen Fäustlinge in der einen Hand. Magdalena zog sich noch um. Da sagte der Bragglehner, wie von einer Sorge bedrängt:

„Wenn es grad später werden sollt und ihr in die Nacht hineinkämt, dann bring die Beda heim, Florian. Und du, Beda, komm wieder, wann und so oft es dich freut."

„Gern, wenn ich darf."

Dann stand der Bragglehner am Fenster und sah den jungen Menschen nach, wie sie über die Viehweide hinaufzogen in Richtung Fuchsbichl. Das war ein sanfter Bergrücken für Anfänger. Dort wimmelte es bereits von Skifahrern und Rodlern, und bis dorthin hielt auch Magdalena tapfer mit. Die perfekten Fahrer gingen weiter hinauf zum Ringhorn. So blieb denn Magdalena am Fuchsbichl hängen, wedelte recht brav auf den kleinen Hügeln herum und hatte die andern zwei bald aus den Augen verloren.

Immer höher und höher zog Florian seine Spur, dichtauf folgte ihm Beda. Sie fragte nicht, wohin er sie führe. Zum Ringhorn aber auf keinen Fall, eher in die andere Richtung, hinüber zum Lärchenköpfl.

Immer weiter blieben die Stimmen zurück, immer größer und stiller wurde die weiße Einsamkeit ringsum. Erst als sie oben angelangt waren, stieß Florian die Stecken in den Schnee und wartete, bis auch Beda herangekommen war. Dann streckte er wortlos die Hände nach ihr aus. Mit einem glücklichen Lachen, und heftig atmend von dieser Gewalttour, flog sie an seine Brust, und ihre Arme umschlangen seinen Hals.

„Ach, Florian — du — Florian —"

Seine Lippen verschlossen ihren Mund. Sie konnte ihm nicht sagen, wie sehr ihr Herz nach dieser Stunde des Alleinseins gezittert hatte. Tausendmal hatte sie diese Stunde herbeigesehnt, in hundert Briefen wollte sie ihm das schreiben. Aber sie war über den Anfang nie hinausgekommen. Dann war sie erschrocken über die glühenden Anreden: „Mein heißgeliebter Florian." Oder: „Mein Innigstgelieber —". Jeden der Briefe hatte sie wieder zerrissen. Wie hätten es auch jemals Worte ausdrücken können, was in ihr brannte. Nur ihre Küsse konnten es ihn ahnen lassen, ihr zitterndes Anschmiegen mußte ihm sagen, was alles in ihrem Blut träumte.

Nicht anders erging es ihm. Wie ein Verdurstender gab er sich ihren Zärtlichkeiten hin, von denen ihm in seinem Leben so bitter wenig geschenkt worden waren. Worte fand er nicht. Sie waren beide in jenen verzauberten Zustand geraten, in dem man seinen Empfindungen keinen Namen zu geben vermag, aus Angst, es konnte etwas Köstliches zerbrechen.

Der Himmel wölbte sich blau und kalt über ihnen. Die einsame Wetterföhre, neben der sie standen, hatten Rauhreif und Schnee in ein bräutliches Gewand gehüllt. Von der Sonne getroffen glitzerte das Gipfelkreuz auf der Kranzlerplatte, als wäre es mit lauter Kristallen beschlagen, wie Spielzeug lag drunten in der Tiefe das Dorf mit der Kirche und dem Gottesacker. Alles war wie im Märchen, bis ein Vogelruf sie jäh aus ihrer Verzauberung riß. Weil nämlich die Wirklichkeit viel rauher war als das Märchen, drängte sich Beda zwangsläufig die Frage auf:

„Und was wird nun werden aus uns beiden, Florian?"

„Genau das, Beda, was wir aus uns und unserer Lieb' machen."

„Aber dein Vater? Was wird er dazu sagen?"

Der Bragglehner stand immer noch drohend über allem, weil seine Wandlung noch nicht begreiflich war.

Florian atmete ein paar Mal tief durch. Sein Blick ging über ihre Stirn hinweg.

„Das ist mir gleich. Du oder keine."

Das war wie im Trotz gesagt, und doch so bestimmt, daß über sein Wollen kein Zweifel aufkommen konnte. Und als sei er mit seinen Gedanken darüber längst zum Abschluß gekommen, schaute er jetzt zu dem flimmernden Gipfelkreuz hinauf und sagte:

„Auf jedem Gipfel bin ich schon gewesen, bloß auf der Hochkogelplatte noch nicht."

„Und so wie ich dich von früher noch kenne, mußt du da noch hinauf."

„Ja, da muß ich unbedingt noch 'nauf."

„Ach, du Kindskopf, du", lachte Beda und zog sein Gesicht zu sich her, daß sie ihn küssen konnte. „Du lieber, großer Bub du. Du wirst es wahrscheinlich nie begreifen, wie gern ich dich hab."

„Glaub das nicht. Lieb' ist für mich wie ein Gottesgeschenk, weil ich in meinem Leben so wenig gehabt hab. Weißt du, Beda, daß ich mir in letzter Zeit oft gewünscht hab, ich möcht auch so krank sein, daß ich ins Krankenhaus muß? Dann müßtest du mich pflegen und wärst immer um mich."

Beda umschloß sein Gesicht mit beiden Händen, hielt es ein wenig von sich ab, wie um ihn besser betrachten zu können. Dann schüttelte sie den Kopf.

„So was soll man sich nicht wünschen, Florian. Wenn wir einmal heiraten, sind wir sowieso für ein ganzes Leben beisammen. Oder meinst du, bloß so eine kleine Liebelei, und dann wieder Beda ade?"

Erschrocken starrte er sie an, betroffen von der Direktheit ihrer Rede.

„Wie du das sagst", meinte er. „Ich weiß nicht — aber ich möcht dich nie mehr verlieren, Beda."

„Ich dich auch nicht", lachte sie. „Bleiben wir jetzt hier stehen, bis wir anfrieren und erstarrt sind wie Lots Weib, oder —?"

„Natürlich nicht", sagte er und griff nach den Stökken, schaute den Steilhang hinunter und fragte: „Traust du dich?"

Statt zu antworten, hatte sie bereits vom Stand aus eine Drehung gemacht, fegte in Schußfahrt davon und zog herrliche Bogen. Manchmal wandte sie den Kopf zurück und lachte hellauf. Florian holte sie ein, stäubte eine Fontäne Schnee in ihr Gesicht, bis sie kurz darauf das gleiche tat. Wie übermütige Kinder tollten sie durch die weiße Märchenpracht. Unten angekommen, wischte eins dem andern den Schnee aus dem Gesicht, und was übrig blieb um die Augen- und Mundwinkel herum, das küßten sie einander weg.

Längst hatten sie Magdalena vergessen. Sie fuhren über Hügel hinauf und wieder herunter, zogen ihre Spuren durch die wunschverlorene Einsamkeit und ließen sich von der Dämmerung verschlingen, die an diesem hochheiligen Weihnachtstag um fünf Uhr schon kam.

„Weißt du überhaupt, wo wir sind?" fragte Beda während einer kurzen Rast vor einem kleinen Blockhaus, dessen Fenster und Tür mit breiten Eisenbändern einbruchsfest verschlossen waren.

„Im Paradies", lachte er und stieß mit dem Skistekken gegen die Türe. „Aber man läßt uns nicht ein."

„Warum nicht?" fragte Beda zurück. „Solange wir keine Sünde tun?"

Betroffen schaute er in ihr Gesicht, das in den Konturen gar nicht mehr recht zu erkennen war, so schnell und schwarz war jetzt die Nacht hereingebrochen. Sie sprach mitunter so sonderbare Worte, wie am Nachmittag schon einmal, als sie gemeint hatte: „Schön ist die Welt, wenn die Menschen ein fröhliches Herz haben." Ja, ja, ihre Gedanken gingen manchmal einen großen Bogen und trafen dann doch das Rechte, auch wenn er es manchmal nicht ganz verstand.

Für ein paar Minuten wußte er selber nicht, wo sie waren, bis ihm Umriß und Lage des Blockhauses zum Bewußtsein brachte, daß es einem Maschinenfabrikanten aus Stuttgart gehörte, der hier mit seiner Familie den Sommerurlaub verbrachte.

„Komm jetzt", sagte er und faßte nach Bedas Hand.

Und so, Hand in Hand, zogen sie nebeneinander den Hügel hinauf. Einmal blieben sie stehen, und Beda deutete zu dem Stern empor, der einsam hoch droben aufgesprungen war wie eine Rosenknospe nach einem warmen Regen. Er flimmerte noch ein wenig, so als streiche ein Wind unter ihm hin und wolle ihn wieder auslöschen. Dann aber brannte er ganz ruhig und feierlich wie eine Laterne, die den beiden Menschen da unten im Schnee zu leuchten hatte.

Als sie schließlich auf der Kuppe angekommen waren, sahen sie weit drüben auf dem andern Hang ein Licht. Es strahlte wie eine Lampe des Trostes weit in den Schnee hinaus, und Florian wußte, daß es das Licht vom Jochberg war, der seit acht Jahren an das Ehepaar Greiner verpachtet war.

*

Erst zu später Stunde kamen Florian und Beda in der Sägmühle an. Sie hatten auf dem Joch droben heißen Punsch vorgesetzt bekommen und waren heiter und beschwingt bis in den letzten Winkel ihres Herzens hinein.

„Ich hab' ein bißl viel getrunken", versuchte Beda ihren drängenden Wunsch nach Zärtlichkeiten zu erklären. Damit wollte sie auch alles begründen, was sie gesagt hatte. Vor allem hatten es ihr die vier Kinder des Jochhofpächters Greiner angetan.

„So blondschopfig und lieb wünsch ich sie mir auch einmal, meine Kinder", sagte sie. „Nur, es müßten nicht vier Mädl hintereinander sein, sondern immer dazwischen ein Bub."

„Ist schon recht", pflichtete Florian ihr bei, als hätte

nur er allein das zu bestimmen. „Zwei Mädl also und zwei Buben."

Sie standen noch etwas abseits von der Sägmühle. Gottes ordnende Hand spannte das Gitterwerk der Sterne über dem schlafenden Land. Kein Laut ringsum, nur der Zirnbach plätscherte nimmermüd über das stillstehende Schaufelrad. Dunkel und verschwiegen lagen die Gebäude da. Am Wohnhäusl waren die Fensterläden dicht geschlossen, weil sie neu waren. Nicht der kleinste Lichtschimmer fiel heraus. Wie in schläfriger Müdigkeit lehnte Beda ihren Kopf an Florians Schulter.

„Ach, Florian, ich glaub, ich hab ein bißl zuviel getrunken."

„Das macht nichts. Dafür hab ich dich doch lachen hören wie noch nie."

„Du brauchst aber nicht zu glauben, Florian, daß ich nicht weiß, was ich sage. Ich weiß bloß nicht mehr, wie oft wir uns heute geküßt haben. Sonst weiß ich alles, was du gesagt hast, und du mußt es schon glauben, wenn ich sag', daß ich dich bis in alle Ewigkeit verdamme, wenn du jemals zu einer andern gingst."

Er blieb ganz ruhig und sachlich, obwohl er beglückt war bis in die letzte Faser seines Herzens.

„Für mich wird es nie eine andere geben, Beda. Du oder keine."

Er riß sie wieder an sich, und seine Küsse trafen ihre Lippen. Seit ihm der Pächter vom Joch heute gesagt hatte, daß in zwei Jahren die Pachtzeit ablaufe und er sich dann ein kleines Gütl im Unterland draußen kaufen werde, war Florian von einer herrlichen Idee erfaßt worden, die ihn nicht mehr losließ.

„Zwei Jahr müßtest halt noch warten können, Beda", meinte er. „Dann gehn wir zwei aufs Joch, denn auf Gschwend wird der Vater das Heft noch lang nicht aus der Hand geben. Da oben aber, Beda, da wird unsre Welt sein. Da kann er nichts dagegen haben, da oben sind wir ihm nicht im Weg. Und wenn er uns den Hof auch bloß pachtweise geben tät."

„Zwei Jahre meinst du? Das ist nicht lang und — wir sind ja beide noch so jung", lachte Beda. „Wenn es dein Vater nur überhaupt gutheißt."

„Er muß einfach. Aber wir reden allweil von meinem Vater. Mehr Angst hab ich vor deiner Mutter."

„Also, da mußt du dir wirklich nichts denken, Florian. Ich weiß, daß sie nur mein Bestes will. Und was mich betrifft, ich folge dir überall hin, und wenn es in eine Oase in der Wüste wäre." Sie schüttelte den Kopf. „Wie kommst du bloß darauf, daß du vor meiner Mutter Angst hast?"

„Ich weiß nicht. Sie ist immer so streng und unnahbar."

„Das bildest du dir nur ein, Florian. Wenn du meinst — ich sag es ihr heute noch, daß wir zwei —"

„Nein, bitte nicht", wehrte er erschrocken ab. „Laß es doch noch unser Geheimnis sein, Beda."

„Wenn sie es aber trotzdem merkt? Ich kann mich nicht so verstellen, Florian."

Darauf wußte er keine Antwort. Sie lehnte nah an ihm, er spürte die Wärme ihres Körpers, spürte ihren Atem und fühlte an ihrem Hals die kleine Ader klopfen. Und alles, was er in dieser Minute empfand, was wie ein Strom durch seinen Körper flutete, gab er ihr mit einem leisen Seufzer zu wissen.

„Es müßt halt jetzt Sommer sein, Beda."

Sie nahm ihren Kopf zurück, versuchte, in seine Augen zu sehn. „Warum meinst du das, Florian?"

„So halt", wich er aus.

„Warum hast du nicht den Mut, wirklich zu sagen, was du denkst? Dann sag ich es dir, Florian. Wenn Sommer wäre, dann lägen wir vielleicht jetzt hoch droben in einem Almrosenfeld, die Sterne wären über uns, und wir würden uns nicht mehr ängstlich dem großen Wunder verschließen. Vielleicht würden wir uns sagen: Diese Nacht oder überhaupt nie."

Vom Dorf her schlug es jetzt die zehnte Nachtstunde, und Beda sagte nun schon zum dritten Mal: „Jetzt muß ich aber hineingehn." Und zum dritten Mal stellte sie auch die Frage: „Kommst du nicht mit?"

„Nein, Beda, heut nimmer. Wann sehn wir uns wieder?"

„Morgen? Ich fahr dann gleich nach dem Fuchsbichl. Und jetzt muß ich wirklich gehn, weil ich anfang', an die Füß zu frieren."

Bis fast zur Haustüre begleitete er sie, kniete vor ihr nieder, öffnete ihre Skibindungen, lehnte die Skier an die Hauswand und reichte ihr beide Hände.

„Gute Nacht, Beda. Bis morgen dann."

„Gute Nacht, lieber Florian." Sie streckte sich und küßte ihn nochmals. Lautlos glitt er dann in die Nacht hinein.

Beda mußte an den Fensterladen klopfen, weil die Haustüre zugesperrt war. Der Vater öffnete. Beda zog im Gang die schweren Skischuhe aus und betrat die Stube.

Die Mutter saß im Herdwinkel und schälte gerade eine Orange. Ihre Stirne war gefurcht, und härter, als sie es vielleicht wollte, sagte sie:

„Du brauchst ja gleich gar nimmer heimkommen. Schau auf die Uhr."

„Ich weiß, zehn Uhr hat es gerade geschlagen", antwortete Beda mit jener Unbekümmertheit in der Stimme, die zu sagen schien: Ich bin doch schließlich schon erwachsen.

Die Mutter aber verstand das anders und bohrte weiter: „Bei der Nacht kann man doch nicht mehr skifahren."

„Doch, doch. Wunderbar sogar." Beda angelte ihre Hausschuhe unter dem Kanapee hervor und schlüpfte hinein. Dann setzte sie sich neben den Vater. „Wo steckt der Peter?"

„Der ist schon vor einer Stunde ins Bett", antwortete die Mutter. „Bloß du gehst nicht heim. Da kriegt man doch schließlich Angst."

„Ach geh, Mutter", lachte Beda. „War doch der Florian bei mir."

„Der Bragglehnerbub?"

„Der Florian, ja."

Ganz eng wurden die Augen der Mariann, dann schloß sie sie für Sekunden und lehnte den Kopf zurück an die Mauer.

„Ich hab dir's ja gleich g'sagt", meinte der Stubler. „Um die Beda brauchen wir nicht Angst haben. Und wenn der Florian bei ihr war, erst recht nicht." Der Stubler tätschelte den Arm der schönen, großen Tochter. Er war so stolz auf sie und glücklich, sie auf einige Tage daheim zu wissen.

Die Mariann aber hatte die Augen wieder geöffnet, schob eine Scheibe der Apfelsine in den Mund und sagte hernach mit düsterer Stimme:

„Ich weiß nicht, ob man vor den Bragglehnern nicht

Angst haben muß. Hast du nicht jedesmal gezittert, wenn der Bragglehner gekommen ist?"

„Ja, aber der Florian ist doch nicht der Alte, und der Alte ist nimmer so, wie er war. Und unser Bub, der Peter, versteht sich doch mit dem Florian auch so gut."

„In letzter Zeit, ja", antwortete die Mariann, „der Peter ist auch nicht die Beda."

Hier meinte nun Beda bereits ein entscheidendes Wort sagen zu müssen, aber sie dachte an Florians Bitte: ‚Laß es noch unser Geheimnis sein!' Nie sollte es ihr einfallen, diese Bitte zu mißachten. Darin wurde sie jetzt noch bestärkt, als die Mutter sagte:

„Mir ist es lieber, wenn ich möglichst wenig von den Bragglehners hör. Sei still, ich weiß schon, was du sagen willst. Der Florian ist nicht der alte Bragglehner. Mag sein, noch nicht. Ich aber sag dir: Der Apfel fällt nicht weit vom Stamm. Und woher willst du wissen, daß nicht hintergründig auch in ihm das wilde Blut kreist und daß nicht auch er einmal seine Kinder vor den Pflug spannt?"

Die Beda war blaß geworden. Die Worte der Mutter wirkten wie ein ferner Blitz. Ganz still war es in der Stube geworden, so als ob sie auf den Donner warteten, der unweigerlich folgen müsse. Man hörte die Scheite im Ofen knistern, und der Rauch aus Stublers Pfeife zog unter der Decke hin und umschleierte den Christbaum in der Ecke. In diese Stille hinein sagte die Beda:

„Das hättest du jetzt nicht sagen dürfen, Mutter. Du kennst doch den Florian gar nicht richtig."

„Aber ich kenn den Alten. Es ist mir — uns allen — von dem schon soviel angetan worden, daß, ich meine — ihr habt bloß vergessen..."

Die Mariann verhaspelte sich mit ihren Worten, fand

kein rechtes Ende für ihre anklagenden Sätze, wurde unsicher unter dem großen, staunenden Blick der Beda, die ihr Gesicht und den Klang ihrer Stimme verhärtete:

„Da hab ich mich so gefreut auf meinen kurzen Urlaub, und du verdirbst ihn mir."

Die Mutter strich sich mit zitternder Hand über die Stirne. Ihr Gesicht entspannte sich, die Stimme wurde ruhiger:

„Nein, ich will dir keinen Tag verderben, Kind. Ich will nur, daß nichts Böses über dich kommt und daß du dein Herz nicht verlierst."

‚Hab ich doch schon verloren', hätte Beda am liebsten ausgerufen, aber nun begriff sie Florians Bitte noch mehr und wußte, daß sie von ihrem wunderbaren Geheimnis den Schleier noch nicht lüften durfte.

„Hast du überhaupt schon was gegessen?" fragte die Mutter jetzt in einem völlig anderen Ton.

„Gegessen und getrunken", antwortete Beda und erzählte nun alles, oder so ziemlich alles von diesem gesegneten Nachmittag, von den rasenden Abfahrten, von der Einkehr auf dem Joch, wie sie dort mit Gebäck und Punsch bewirtet worden waren, und was die Pächtersleute für allerliebste Kinder hätten. Nur vom Bragglehnerhof erzählte sie absichtlich nichts mehr, nichts davon, wie herzlich man sie aufgenommen hatte, und daß der Bragglehner selber es gewesen war, der Florian den Auftrag gab, sie nicht allein zu lassen, falls sie in die Nacht hineinkämen.

Die Mariann war die ganze Zeit über mit einem teilnahmslosen Gesicht dagesessen. Nur der Vater freute sich an Bedas Erzählung und hörte ihr begeistert zu. Was hatte das Mädl denn sonst schon von ihrem Leben? Strengen Dienst und Pflichterfüllung über das vorgeschriebene Maß der Stunden hinaus. Also sollte sie sich doch ihres kurzen Urlaubs freuen!

Die Mariann zündete jetzt den Christbaum an. Im Licht der Kerzen erschien ihr Gesicht schön, aber streng. Unter dem Baum lag noch ein Teil der Geschenke. Die Schlafzimmertür stand weit offen, daß etwas Wärme aus der Stube hinausziehen konnte.

„Ich will mich jetzt schlafen legen", sagte Beda und langte auf den Küchenkasten nach der Stablampe.

„Magst nicht herunten bleiben?" fragte die Mutter. „Ich richte dir ein Bett dort aufs Kanapee hin."

Beda schüttelte den Kopf. Sie hatte keine Angst vor der Kälte da oben im Dachstüberl, in dem die Fenster vereist waren und Rauhreif an den Wänden hing. Sie wollte jetzt nur allein sein, mit sich und ihren aufgewühlten Gedanken. Zum Vater neigte sie sich nieder und küßte ihn auf die Wangen. Er hielt sie ein wenig fest und lächelte beglückt in ihre Augen.

„Schlaf recht gut, Kindl, und laß dir was Schön's träumen."

Die Mutter stand steil und aufrecht neben dem Lichterbaum. Als Beda sie auf die Wangen küßte, schlang sie plötzlich einen Arm um ihre Schultern und zog ihren Kopf gegen ihre Brust. Es war wie eine Reflexbewegung, kurz und heftig, und in ihren Augen schimmerte ein merkwürdiger Glanz.

„Ja, laß dir was Schönes träumen, Beda, und — vergiß, was ich vorhin g'sagt hab."

„Ist schon vergessen", lächelte Beda, und an diesem wehen Lächeln war zu erkennen, daß sie es nicht vergessen hatte.

Es war immer noch so wie in ihrer Kindheit. Sie mußte außen über die vereiste Stiege gehn, um in ihre

Dachkammer zu kommen. Die Stablampe half ihr dabei, keine der Stufen zu verfehlen. Die Tür knarrte, als sei sie schon halb eingefroren. Erst in dem schmalen Flur konnte sie Licht anknipsen. Sie hörte die kurzen, dünnen Schnarchtöne des Bruders durch die Ritzen der einen Tür und hatte plötzlich das Bedürfnis, bei ihm einzutreten. Mit Peter könnte sie vielleicht über Florian sprechen. Die beiden waren in letzter Zeit öfter beisammen gewesen. Aber dann ließ sie es doch sein und betrat ihr Stübchen, in dem seit ihrer Kinderzeit noch nichts verändert worden war. Der kleine, pausbackige Schutzengel hing noch über dem Bett, ein paar grellgemalte Landschaftsbilder, das Weihwasserkesselchen neben der Tür, dessen Inhalt eingefroren war, und in der Ecke stand noch ihr roter Puppenwagen mit der einäugigen Puppe.

Es war zu kalt, um noch lange zu verweilen. Ihre Zähne klapperten, bis sich die Hüllen des Bettzeugs zu erwärmen begannen.

Auch drunten war jetzt das Licht erloschen. Gegen ihre sonstige Gewohnheit ließ die Mariann das Buch unberührt auf dem Nachtkastl liegen. Heute hatte sie sofort das Licht ausgedreht. Dunkel war es in der Kammer, und nur durch die Ritzen der Tür kam noch der beizende Geruch der ausgelöschten Christbaumkerzen.

Nach einer langen Zeit fragte der Stubler zum andern Bett hinüber:

„Du schlafst doch noch nicht, Mariann?"

Die Bettstatt knarrte unter dem Gewicht ihres Körpers, den sie herumwarf.

„Mir geht die G'schicht mit dem Florian und der Beda nicht aus dem Sinn", gestand sie.

„Ah geh", sagte der Stubler, war auf einmal hellwach und stützte sich auf den Ellbogen. „Wirst dir deswegen doch keine Sorgen machen, Mariann. Die Zeit ist da, und die Liab fragt nicht, wohin sie fliegen soll, bleibt hängen an den Händen, die sich ihr entgegenstrecken und sie halten wollen. Und paß auf, Mariann —", der kleine, sonst immer so hilflose Mann geriet förmlich in Eifer — „der Florian, wenn er sie gern hat, unsere Beda..."

„Nein, nie", stöhnte die Mariann. „Einen Bragglehner nie", flüsterte sie hinterher. Ihr Herz flatterte vor Angst, und wie gemartert starrten ihre Augen in das Dunkel.

„Darfst nicht so hart sein, Mariann", sprach der Mann erregt weiter. „Ich weiß schon, du denkst an den alten Bragglehner. Aber hat er sich nicht gewandelt? Ist er nicht die Güt' selber geworden? Und schau, was das für ein Glück wäre, unsere Beda die reichste Bäuerin im ganzen Tal. Und —"

„Hör auf", schrie die Frau. „Ich kann das nicht hören. Das — verstehst du nicht."

„No ja, sag ich halt nichts mehr", gab der Stubler kleinlaut nach und ließ sich in die Kissen zurückfallen. „Man wird doch auch seine Träum' haben dürfen."

„Ja, einen Traum, der nie Wirklichkeit werden kann", antwortete die Mariann und suchte im Dunkel nach des Mannes Hand und nach einem tröstenden Wort: „Hab es nicht so gemeint, Alisi. Muß man nicht daran denken? Hat die Beda umsonst die harte Lehrzeit mitmachen müssen, um dann schließlich doch nichts anders zu werden als eine Bäuerin? Die Beda hat ihre Zukunft noch vor sich, glaub mir's. Was wär sie denn schon auf dem Bragglehnerhof? Der Alte gibt das Heft doch nicht aus der Hand, so lang er noch schnaufen kann."

Der Stubler sagte nun nichts mehr. Er hatte dieser Frau niemals dagegen geredet. Ihr Wille hatte immer so hoch über dem seinen gestanden, und er hatte stets nur unter der Gnade gelebt, daß sie seinem kleinen Leben Gefährtin geworden war. Gott allein wußte, welch gute Gefährtin. Alles hatte sie mit ihm geteilt, die Geborgenheit in diesem kleinen Haus, die Liebe zu den beiden Kindern, die Kälte und zuweilen auch den Hunger und die grausamen Launen des Bragglehners. Gerade dem gegenüber war sie oft wie ein Fels in der Brandung gewesen und hatte sich schützend vor ihren Mann gestellt, hatte Härte mit noch größerer Härte, ja, zuweilen mit Hohn zurückgegeben, so daß der Stubler manchmal um seine Stellung gefürchtet hatte. Ihre Hand war stets behütend über ihm gelegen, so wie auch jetzt, da sie seine Hand hielt, bis er beruhigt einschlief.

Dabei wäre es eigentlich nötig gewesen, daß er, der Stubler, in dieser Nacht die Hand seiner stolzen Frau gehalten und ihr Trost zugesprochen hätte. Denn wie ein greller Blitz war die Vergangenheit lebendig geworden, als sie gemerkt hatte, wohin sich Bedas Herz verirren wollte. Das wohlbehütete Geheimnis war jäh seines Dunkels entkleidet, nun wollte die Abrechnung kommen, die Strafe für ihr Schweigen und für die Lüge, weil sie den gutmütigen Mann hatte glauben lassen, daß Beda seine Tochter sei.

Wenn der Mann jetzt nicht schon so tief schliefe, und könnte es ihm einfallen, wie schon so manches Mal, das Nachttischlämpchen anzuknipsen, um nur für Minuten ihr schlafendes Gesicht zu betrachten in unendlicher Liebe — dann hätte er sehen können, mit welch klopfendem Herzen die Mariann dalag, und er hätte von ihrer wandweißen Stirn ihre Lüge ablesen können.

Unruhig wälzte sich die Frau auf die andere Seite und dachte in jäher Verbitterung an den Mann, der so schicksalsschwer in ihr Leben eingegriffen und sie zu dieser Lüge veranlaßt hatte, die sich jetzt rächen wollte. Es war zu spät, sich jetzt noch dagegen aufzulehnen, sie hätte nicht die Kraft dazu, das schwere Geheimnis zu enthüllen. Denn das wäre dasselbe gewesen, als ob sie ihrem Mann ein Messer an die Brust gesetzt und es langsam in sein Herz gebohrt hätte. Eine Welt würde für ihn zusammenbrechen und das bißchen Stolz in ihm ertöten. Und die Erbitterung wuchs in dieser Nacht in ihr immer weiter gegen den Mann da oben auf Gschwend, der sich einmal großspurig „König in meinem Reich" genannt hatte, obwohl er in seinem Leben feiger gewesen war als ein minderer Knecht.

Erst gegen die Frühe hin beruhigte sich die Mariann ein wenig und redete sich ein, daß ja in diesen paar Tagen nicht viel geschehen könne. Dann ging die Beda wieder zurück in ihre Welt, in die Welt der weißen Betten, in denen das Leid und die Schmerzen daheim waren. Dort, in der Welt ihrer strengen Pflichten würde sie einmal über ihr „Wintermärchen" lächeln. Das sprach sich die Mariann als Trost zu und schlief darüber ein.

So schlecht kannte die Mariann ihre Tochter Beda.

*

Die beiden jungen Menschen gaben sich ganz dem Wunder ihrer jungen Liebe hin. Florian kam fast jeden Abend in das kleine Haus bei der Sägmühle. Er kam nicht mit leeren Händen. Einmal brachte er einen Rucksack von den herrlichen Lederäpfeln mit, einmal ein Stück Rauchfleisch und ein andermal eine Flasche Wein. Er fühlte sich hier schon wie daheim, drückte dem Stublervater die Flasche in die Hand und forderte ihn in knabenhafter Fröhlichkeit auf:

„Da, mach sie auf, Stublervater. Du hast mehr Übung als ich."

Der Stubler war voller Glückseligkeit, Beda brachte die Gläser, fünf an der Zahl, schenkte die Gläser voll, blitzte Florian an und fragte:

„Auf was wollen wir denn trinken?"

„Auf die Gesundheit", lachte Florian; seine Augen aber sagten ihr heimlich: ‚Auf unsere Liebe!'

Nur die Mutter ließ sich von dieser Fröhlichkeit nicht anstecken. Mit verschlossenem Gesicht führte sie ihr Weinglas an die Lippen, nippte nur ein bißchen daran und wurde dabei von fernen Bildern geplagt. „Burgenländer Spätlese" stand auf der Flasche, und die Mariann wußte, daß es der Wein war, den der Bragglehner zu trinken pflegte. Mit engen Augen betrachtete sie den jungen Bragglehner.

„Weiß dein Vater, daß du uns den Wein —?"

Sie verstummte plötzlich wieder, weil sie sah, wie brennend rot Florian wurde. Aber dann warf er den Kopf zurück.

„Nein, er weiß es nicht. Warum auch? Es ist genug davon im Keller, und ich glaub auch, daß er gar nichts sagen tät."

„Das war aber nicht immer so bei euch."

„Nein, aber jetzt ist es eben so. Gott sei Dank! möcht ich sagen." Seine Stimme hatte nur kurz wie im Trotz geklungen, dann resignierte er schon wieder. Er wußte nicht, was da war. Er bemühte sich doch um die Zuneigung von Bedas Mutter. Seine Augen hingen oft wie bittend an ihr, als wolle er sagen: ‚Frau Mutter, schau mich doch nicht immer so vorwurfsvoll an. Verhärte dich nicht so grausam gegen mich. Siehst du denn nicht, wie gern ich deine Beda habe? Ich kann ja nichts dafür, daß ich vom Bragglehner bin. Und zum Schluß, du stolze Frau Mariann, wirst du ja doch deine Hände heben, um uns zu segnen, denn alles wird möglich sein auf dieser Welt, bloß trennen kann man mich und die Beda nimmer —'

Ja, so hätte er sagen können. Aber die Unnahbarkeit dieser Frau ließ es nicht dazu kommen. Sie saß da, rührte den Wein nicht mehr an und empfand es wie einen Schmerz, daß die andern davon fröhlich wurden. Besonders der Peter, der nunmehr Sechzehnjährige, der bereits im dritten Lehrjahr beim Mechaniker Kuller war, ging an diesem Abend ganz aus sich heraus. Dieser untersetzte, sommersprossige Bursche glühte förmlich vor Eifer, dem Florian, den er seit dem Herbst seinen Freund nannte, dienlich zu sein. Des schweren Weines vollkommen ungewohnt, prostete er dem Florian zu und ließ seine Zunge stolpern.

„Aber nicht, daß du meinst, Florian, du brauchtest dann nimmer zu uns zu kommen, wenn die Beda wieder in der Stadt ist. Oft mußt kommen, gell, Vater, es ist sonst so fad bei uns."

„Wenn ich darf", sagte Florian.

„Freilich darfst. Und sowie der Schnee weggeht, mußt mit mir auf die Hochkoglplatte 'nauf, das hast mir versprochen, Florian."

„Und was ich versprech, das halt ich auch, Peter."

Die Mariann räusperte sich, weil sie daran dachte,

was Florians Vater ihr einmal alles versprochen und nicht gehalten hatte. Dann sagte sie:

„Peter, für dich wird's Zeit ins Bett. Morgen früh mußt du wieder bald 'raus."

Da die Weinflasche nun leer war und der Stubler auch zu den Frühaufstehern gehörte, zog er seine Uhr auf, streckte dann gähnend die Arme über den Kopf. Sonst war das nicht seine Art, heute aber richtete er seine Augen auf die Frau und sagte: „Kommst auch nach, Mutter?"

Er hätte genausogut sagen können: „Wirst dich doch nicht zu den zwei Verliebten hinsetzen wollen —"

Die Uhr schlug die zehnte Stunde. Aber Frau Mariann hatte nicht den Mut zu sagen, daß Florian nun heimgehen solle. Andererseits schämte sie sich auf einmal, dazusitzen wie eine Gefangenenwärterin, die auf jedes Wort, das gesprochen wurde, zu achten hatte. Die beiden sprachen sowieso nichts, schauten sich nur selbstvergessen in die Augen und berührten unterm Tisch ihre Hände. Seufzend stand schließlich die Mariann auf, zog die Gewichte der Uhr hoch, sagte „Gute Nacht" und verschwand ebenfalls in der Kammer, ließ aber die Türe nicht ins Schloß fallen, sondern lehnte sie nur an.

Die Mariann glaubte, daß sie es noch nie in ihrem Leben so schwer gehabt habe wie jetzt. Der Mann neben ihr schlief bereits und — wie hätte auch gerade er ihr jetzt Hilfe sein können in ihrer Not. Er, der nie wissen durfte, daß in Bedas Adern ein anderes Blut kreiste als seines. Nein, nein, das mußte sie ganz allein durchstehen. Nur wußte sie nicht wie, sie sah keinen Ausweg. Sollte sie denn allein der Fährmann des Schicksals sein? Mit steinschwerem Herzen lag sie kerzengerade ausgestreckt in den Kissen, hörte das leise Geflüster aus der Stube und spürte heißen Zorn in sich aufsteigen gegen den Mann auf Gschwend, der ihr ganz allein die Last aufbürdete, sich gegen das zu stemmen, was nicht sein durfte.

Das Gemurmel draußen verstummte auf einmal. So still war es jetzt, daß man die Uhr ticken hörte.

Jetzt, dachte die Mariann, jetzt küssen sie sich. Sie hörchte in die pochende Stille hinein. Dann hörte sie Florian sagen:

„Deine Mutter ist so merkwürdig. Dabei tät ich am liebsten hinknien vor sie und sie bitten um ein kleines, verstehendes Lächeln."

„Manchmal hab ich das Gefühl", flüsterte Beda zurück, „als ob etwas Schweres in ihrem Leben gewesen wäre. Vielleicht hat sie nie richtig erlebt, was die Liebe ist."

„Ja, aber sie verstehn sich doch so gut, dein Vater und sie."

„Ja, immer war es nur Güte, glaub ich. Einer heißen Leidenschaft halte ich die Mutter gar nicht für fähig. Dabei muß sie doch fühlen, wie es um uns beide steht."

„Allmächtiger Gott", stöhnte die Mariann in die Kissen, und sie wünschte sich in diesem Augenblick, zu sterben. Diese Stunde war dunkel wie keine zuvor in ihrem Leben.

„Wenn sie dich fragt", hörte die Mariann den Florian jetzt sagen, „wirst du ihr die Wahrheit sagen?"

„Ich werde es nicht leugnen, daß wir uns lieb haben. Und solang wir keine Sünde getan, Florian, brauch ich die Stirn nicht zu senken."

„Ist es denn Sünde, sich gern zu haben?"

„Nein! Nur — ich möchte den Myrtenkranz an unserm Hochzeitstag ohne Flecken tragen."

Und dann schienen sie sich wieder zu küssen.

„Ohne Flecken tragen", flüsterte die Mariann vor sich hin, und in ihrem Gehirn tobten die Gedanken. Bruder und Schwester, dachte sie mit steinschwerem Herzen. Und doch wurde sie ruhiger, weil die beiden noch auf dem Grat des Abgrundes dahinwanderten und noch nicht in die Tiefe gestürzt waren. So fing sie allmählich an, ihre Gedanken zu ordnen und klammerte sich an die Hoffnung, daß Beda ja nur noch drei Tage hier war, und in diesen drei Tagen konnte nicht mehr viel passieren.

Bald darauf hörte sie die sich entfernenden Schritte im Harschschnee, hörte Beda über die Stiege gehn und konnte endlich einschlafen.

Es war ein schwacher Trost, zu denken, daß in drei Tagen alles wieder anders aussehen könnte. In drei Tagen konnte viel geschehn, aber die Mariann war wie besessen, Hüterin zu sein über das Schicksal ihrer Tochter Beda. Sie hatte dabei erkannt, daß sie nur Gegenteiliges erreichte, wenn sie gegen den Bragglehner schimpfte. Also erwähnte sie den Namen überhaupt nicht mehr.

*

Beda aber nützte die kurze Zeit ihrer Ferien, so gut es ging. Zwar hatte Florian in den Tagen zwischen Weihnachten und Neujahr nicht viel Zeit. Er mußte Bäume aus dem Wald schleifen. So nützte Beda allein die herrlichen Stunden und den Schnee, zog mit ihren Skiern weit hinauf in den winterstillen Bergwald, über dem nichts war als der heisere Schrei der Krähen. Zuweilen verhielt sie ganz still, lehnte sich auf die Skistecken und schaute mit ihren großen, hellen Augen umher, auf das Dorf hinunter und auf den verschneiten Weiler Gschwend. In ein ganz wunderliches, sehnsüchtiges Träumen verlor sie sich dabei und zauberte sich Zukunftsbilder von märchenhafter Schönheit herbei. Dann lachte sie hellauf, gab sich einen Schwung, sauste den Hang hinunter und landete wieder bei der Sägmühle.

Ach, es war doch schön zu Hause! Die Kindheit grüßte sie von allen Ecken und Enden. Die Sägblätter sangen die alte vertraute Melodie in den kalten Ostwind, das Wasser des Zirnbaches plätscherte unermüdlich über das alte Schaufelrad, und die Sträucher am Ufer waren dicht mit Rauhreif und Schnee behangen.

Der Vater winkte ihr freundlich durch das verstaubte Fenster des Sägstüberls zu, als sie ihre Skier abschnallte und an die Hauswand lehnte. In der warmen Stube saß die Mutter, hatte den Nähkorb vor sich und setzte ein paar rupfene Flecken auf zerrissene Wollfäustlinge. Auf dem Ofen dampfte ein großer Tiegel mit Wasser, und der Kanarienvogel hüpfte wie närrisch in seinem Käfig umher, weil er wußte, daß Beda ihm zuweilen das Türchen öffnete und er eine Weile in der Stube umherflattern konnte.

„Wenn du Tee magst, Beda, in der Kanne ist noch etwas", sagte die Mutter. Tee mit Rum war gut nach der sausenden Abfahrt. Auf dem Tisch stand eine Schüssel mit Weihnachtsgebäck, und Beda setzte sich der Mutter gegenüber an den Tisch. Ihre Wangen waren hoch gerötet von der Kälte, das blonde Haar war zerzaust, Hände und Zehen prickelten ihr jetzt in der Wärme. Beda dachte, wie sie als Kind in solchem Zustand ihre

Hände unter die Arme der Mutter gelegt hatte zum Wärmen; sie hätte es am liebsten auch heute noch getan, aber es war ein Abstand da; die Brücke von der Kindheit zum Heute war abgebrochen. Es schwebte etwas im Raum, etwas Fremdes, das der Beda ein wenig weh tat. Und sie wollte nicht wegfahren, ohne diese kleine Entfremdung behoben zu haben. Diese Stunde, in der draußen bereits sacht die Dämmerung fiel und hier die Scheite so traulich knisterten, schien ihr dazu gerade geeignet zu sein. Sie scheuchte den Kanarienvogel, der sich auf ihre Schulter gesetzt hatte, in den Käfig zurück und lehnte den Kopf gegen die Holzverschalung.

„Ich möchte dich einmal etwas fragen, Mutter."

Die Mariann legte ihr Nähzeug weg. Zitterte nicht ihre Hand ein wenig, legte sich nicht ein harter Zug um ihren Mund, gerade so, als hätte sie Angst vor der Frage.

„Um was geht es denn, Beda?"

„Ich möchte wissen von dir, ob es das gibt, so eine Liebe, ganz ohne Grenzen."

Die Mutter schloß für einen Moment die Augen.

„Warum fragst du da mich, Beda?"

„Wen sollt' ich denn sonst fragen? Damals, wie ich in die Stadt gegangen bin, da hast du mir g'sagt, wenn ich einmal mit meinem Herzen in Zwiespalt gerate, dann soll ich mich nicht fremden Menschen anvertraun, sondern soll zu dir kommen. Du wirst immer für mich dasein, hast du g'sagt."

Eine kleine Hoffnung flog in Mariann auf. Bedas Herz war im Zwiespalt, also hatte sie es noch nicht endgültig verloren. Und daher vielleicht auch ihre Frage, ob es eine grenzenlose Liebe gäbe.

„Ja, das hab ich g'sagt, Beda. Und ich will dir auch gerne helfen. Du bist in einem Zwiespalt, sagst du? Warum?"

„Weil ich spür, daß du gegen Florian bist. Ich möchte dir nicht weh tun und kann andererseits aber vom Florian nicht mehr lassen. Er ist der erste Mann in meinem Leben, Mutter. Bitte, gönn mir doch mein Glück."

Über das Gesicht der Mariann flog ein Schatten. Ihre Augen schlossen sich wieder, ihr Mund war eine harte, schmale Kerbe.

„Wie kannst du glauben, daß ich dir ein Glück nicht gönne. Es vergeht kein Abend, an dem ich nicht auch darum bete, daß du einmal recht glücklich wirst. Aber mit dem Bragglehner Florian, Kind, das kann kein gutes Ende nehmen."

„Das mußt du mir schon näher begründen, Mutter. Und außerdem, du hast mir meine Frage noch nicht beantwortet. Gibt es also eine grenzenlose Liebe? Du mußt es doch wissen."

Nun sah man deutlich das Erschrecken, das in Marianns Augen gekommen war. Einen Augenblick traf sie diese letzte Frage wie ein Schlag mitten ins Gesicht, und ihre Stimme hatte alle Kraft verloren, klang gespannt, voller Angst.

„Wie kommst du darauf?"

Beda führte die große, bauchige Tasse zum Munde und nahm einen Schluck Tee, griff in die Schüssel nach einem Marzipanstückchen und knabberte daran. Dann erst sah sie die Mutter voll an.

„Hast du denn unsern Vater nicht aus Lieb' geheiratet?"

Hörbar befreit atmete die Mariann auf.

„Ja, doch. Bloß, zu unserer Zeit war das noch ein

wenig anders. Da machte man keine großen Worte um die Lieb'. Auch waren wir beide zu arm, als daß wir jauchzen hätten können vor lauter Glückseligkeit. Armut singt keine großen Lieder."

In leichter Enttäuschung schaute Beda ihre Mutter an und griff abermals in die Schüssel. Diesmal war es ein Kokosplätzchen.

„Das verstehe ich nicht", sagte sie dann. „In der Lieb' darf es doch keine Rolle spielen, ob man arm oder reich ist. Die Hauptsache, man hat sich gern und eins würde fürs andere sterben mögen."

„So siehst du es", behauptete die Mariann. „Ich glaub', du liest zuviel Bücher, in denen solche Sachen stehen. Die Dichter gaukeln einem manchmal eine Welt vor, an die sie selber nicht glauben. Oder sie schreiben über die Lieb' in so hohen Worten, weil das in ihrer Sehnsucht steckt und sie selber es so erleben möchten. Aber glaub mir, Beda, die rauhe Wirklichkeit sieht ganz anders aus, wenn erst einmal der Alltag kommt."

Mit immer erstaunteren Augen schaute Beda die Mutter an. Sie hatte das Gefühl, daß sie ihren Fragen bewußt auswich. Aber sie wollte noch nicht aufgeben und erhob ihre Stimme von neuem:

„Der Vater, das weiß ich, er hat dich über alles geliebt."

„Hat er dir das erzählt?"

„Einmal ja, im vorigen Jahr war es, als ich in Urlaub da war. Und man merkt es doch an allem, daß es bei ihm heute noch so ist. Manchmal schaut er dich mit so treuen Augen an, als möchte er jeden Wunsch von deinen ablesen."

„Ja, ich weiß es, und ich bin ihm auch unendlich dankbar."

„Dankbarkeit ist nicht Liebe", meinte Beda, stand auf und trug ihre Tasse zum Herd zurück.

„Vielleicht doch", sinnierte die Mariann. „Und Treue — es ist ja auch kein Wort ohne Bedeutung. Treue ist mitunter mehr als alle Liebe. Und treu bin ich ihm seit der Stund' an gewesen, als wir vom Altar weggegangen sind."

„Ich war immer der Meinung, daß Lieb' und Treu' eins sind, daß sie zusammengehören wie Almenrausch und Edelweiß."

Wie verloren lächelte die Mariann vor sich hin, gerade als ob sie eine Erinnerung gestreift hätte. Aber die Dämmerung war schon so weit hereingefallen, daß Beda dies nicht mehr sehen konnte. Dann stand die Mutter auf, drehte das Licht an, ging hinaus, die Fensterläden zu schließen. Hernach machte sie sich am Herd zu schaffen; denn bald würde der Bub heimkommen, hungrig und ausgefroren, und auch der Vater würde in einer Viertelstunde die Säge drüben abschließen und Feierabend machen. Als sie wieder hereinkam, sagte sie:

„Es käm mir grad vor, als hätte der Tag schon angefangen, wieder zu wachsen."

Beda hatte sofort das Gefühl, daß die Mutter mit Absicht das Thema gewechselt haben wollte. Ein kleines, spöttisches Lächeln flog um ihre Lippen. Zuerst werfen die Eltern immer mit großen Worten umeinander: ‚Komm nur zu mir, wenn du was auf dem Herzen hast', und wie die schönen Sprüche alle lauten. Kam man dann, um zu beweisen, daß man Vertrauen hatte, dann flüchteten sie sich in Ausreden. Die Mutter wenigstens. Beda bereute es bereits, nicht zum Vater gegangen zu sein mit ihrem Zwiespalt. Mit ihm konnte man so zuversichtlich plaudern. Bei ihm merkte man, wie sich sein Herz weit öffnete, und wie aus seinen verborgensten Winkeln der Trost in reicher Fülle heraussprang. Nein, mit der Mutter wollte sie über dieses Thema nicht mehr reden, darum antwortete sie jetzt:

„Erst um Heiligdreikönig, hab ich gemeint, wächst der Tag um einen Hirschsprung."

„Ganz richtig. Und zu Lichtmeß um eine Stunde. Dann kriegt man schon die Ahnung vom kommenden Frühling."

„Ja, und im Frühling wachen die Herzen auf."

„Ach, Kind", seufzte die Mariann, und eine ganze Welt unausgesprochenen Kummers lag in diesem Seufzer, denn sie fühlte sich so hilflos vor dem Gewaltigen, das auf sie einstürmte. Das Furchtbarste war, daß sie zum Schweigen verurteilt war, denn die Wahrheit, mein Gott, wie würde das Mädchen Beda die Wahrheit verstehen, die Tatsache, daß sie ein ganzes Leben lang belogen worden war, sie und der Vater, in dessen Wesen sie sich immer gefunden zu haben glaubte.

Nein, sie mußte schweigen, durfte keine Klüfte aufreißen, auch wenn die Beda nie begreifen würde, wie eine Mutter sich so leidenschaftlich gegen das Glück ihres Kindes stemmen konnte.

Draußen hörte man jetzt Schritte. Der Vater kam vom Sägewerk herüber, und kurz darauf kam auch Peter heim. Feierabendstimmung legte sich über den kleinen Raum und seine Menschen. Mariann trug das Abendessen auf, das Übriggebliebene vom Mittag, das abends immer nur aufgewärmt wurde; denn Sparsamkeit war im Häusl bei der Sägmühle immer noch eisernes Gesetz.

Draußen strich der Ostwind um das Haus. Sternenpracht lag über dem weißen Land und machte die Nacht ein wenig hell. Noch heller aber würde es erst um Mitternacht werden, wenn der Mond kam.

Die Arme im Nacken verschränkt, lag Beda regungslos da und schaute mit weitoffenen Augen ins Dunkel. Wenn sie den Kopf einmal zur Seite drehte, dann bekam sie ein paar Sterne ins Blickfeld. Für mehr reichte es nicht, weil das Fenster zu klein war.

Ihre Gedanken waren traurig überschattet, nur zwischenhinein blitzte etwas wie Trotz auf. Wenn die Mutter meinte, sie könne von ihrem Glück so Stückchen für Stückchen herausbrechen, daß zum Schluß dann nichts mehr bliebe als Scherben und eine trostlose Leere, dann irrte sie sich. Beda hatte durch ihren Schwesternberuf zu viele Schicksale und Menschen kennengelernt. Sie war in einer harten Schule, aber ihr Wille hatte sich dabei gestählt. Sie hatte erlebt, daß man Schwerkranke schon ins Totenkammerl geschafft hatte, weil sich die Ärzte mit ihrer Kunst am Ende meinten und die Patienten bereits aufgegeben waren. Mit einem ungeheuren Willen zum Leben aber war zum Beispiel diese Bergbäuerin Clarissa Bodmayer von ihrem Totenbett nochmals aufgestanden, war direkt ins Sprechzimmer des Chefarztes gegangen und hatte ihn gefragt, wieso er sie denn ins Totenkammerl habe schaffen lassen. Ob er denn meine, daß sie schon Himmelfahrt halten wolle. Drei Wochen darauf verließ sie das Krankenhaus und war wieder halbwegs gesund.

Während die Beda solchen Gedanken nachhing, sang ihr Blut heimlich zärtliche Weisen, und das Nachtdunkel zauberte Florians junges Gesicht vor ihr sehnsüchtiges Herz. Florian war nämlich am heutigen Abend nicht gekommen. Hatte es ihn verdrossen, daß er nie eine Minute allein mit ihr sein konnte? Daß immer die wachsamen, mißtrauischen Augen der Mutter über ihnen waren? Sie nahm sich vor, morgen wieder einmal nach Gschwend zu fahren, selbst wenn dies wie Nachlaufen ausschauen sollte.

Der Schlaf überkam sie dann wider Erwarten ganz schnell, fest und tief. Sie hörte nicht, daß fast lautlos ihre Kammertüre aufging und die Türkegel leise quietschten, als sie wieder geschlossen wurde. Und auch die Bodenbretter knirschten, als Florian an ihre Liegestatt trat.

„Beda", flüsterte er leise und beugte sich über die Schlafende. Kein Erschrecken zeigte ihr schönes Gesicht, das er nur in vagen Umrissen erkennen konnte. Und kein Staunen war in ihrer flüsternden Stimme, als sie, noch halb im Traum, sagte:

„Du bist es? Warum bist du am Abend nicht kommen?"

Beim Unterricht für den Führerschein sei er gewesen, im Nebenzimmer beim Postwirt. Ja — und hernach, da habe man auch nicht gleich fortlaufen können, eine Halbe Bier habe er getrunken mit den andern.

„Und einen Schnaps", sagte sie lächelnd. „Ich riech es doch."

„Ja, einen Obstler. Ich hab g'meint, die Kälte hätte das weggeweht!"

„Macht doch nichts", sagte sie, hob ihren Arm und zog seinen Kopf zu sich nieder. „Kommt er mitten in der Nacht daher. Nein, so was!"

„Sei nicht bös, deswegen. Sonst kann ich ja auch kaum allein mit dir reden, Beda."

„Ja, ich weiß, Florian. Aber heut hab ich's der Mutter g'sagt, daß ich von dir nimmer lassen kann." Sie legte ihre Hand auf sein Haar und streichelte es. Hart war die Kante des Bettes, auf dem er saß.

„Sakrisch kalt ist's da heroben", sagte er. „Du wirst auch nicht ein kleins bisserl rucken wollen?"

Die Beda sagte nichts, lag plötzlich wie erstarrt und mit hochklopfendem Herzen da und spürte es kaum, als er den einen Arm hinter ihre Schulterblätter schob. Sie hörte nur den einen Schuh zu Boden poltern und dann den andern. Da erst kam sie zu sich.

„Nein, Florian. Du weißt doch, was ich dir g'sagt hab. Vor der Hochzeit..."

„Ja, ich weiß, aber kannst es denn mit ansehn, wenn mich friert? Bloß ein bisserl ruck und ein Zipferl von der Zudeck leih mir. Ich tu dir nichts, Beda, wenn du nicht willst."

„Ich weiß nicht, Florian, man soll die Versuchung nicht herausfordern", meinte sie und rückte dann doch etwas gegen die Wand hin. Er ließ die rauhe Wolldecke zwischen ihrem und seinem Körper, breitete nur das Oberbett über sie und fing an zu reden von seiner Kindheit und Jugend, und er verschwieg ihr auch nicht, daß er seinem Vater einmal ans Leben gewollt hatte. Aber da müsse doch ein gütiger Engel hinter ihm gestanden sein. Und jetzt, ja jetzt könne es gar keinen besseren Vater geben als ihn, den Bragglehner von Gschwend.

Noch nie in seinem Leben hatte er sich mit einem Menschen so offen und frei aussprechen können. Beda war der erste Mensch, dem sein ganzes Vertrauen zufloß, der erste Mensch, den er liebte, und zwar so liebte, daß er für diese Liebe hätte sterben mögen.

Auch das sagte er ihr und flocht dabei seine Angst mit ein, nicht die Angst vor dem Sterben, sondern daß sie ihn, wenn sie nun wieder in ihre andere Welt zurückkehre, vergessen könnte.

„Das wirst du nie erleben", versprach sie ihm. Aber er hatte sich nun einmal in diesen Gedanken verrannt, nicht eben jetzt erst, sondern die ganze Zeit schon wurde er davon gequält.

„Bist du dir da ganz sicher, Beda?"

„Ja, ganz sicher. So sicher wie das Amen hinter jedem Gebet. Du sollst dich damit nicht abquälen, Florian! — Was ist denn? Will es schon Tag werden?"

Es war aber nur der Mond, der um die Mitternachtsstunde am Himmel hochzog und den Schatten des Fensterkreuzes auf den Bretterboden hinwarf. In diesem traulichen Zwielicht konnten sie jetzt ihre Gesichter sehen. Es war so still, und das Mondlicht hüllte sie ein. Florian schwieg nun und lag ganz still, ohne sie mit seinen Händen zu berühren, so daß sie beinahe Sehnsucht bekam nach seiner Zärtlichkeit. Alle Ängstlichkeit war fortgeweht, und scheues Bereitsein wollte seine Tore öffnen. Er aber nahm die leichte Zudecke, zog sie hoch und legte sie über ihre Schulter hin; denn er hatte gespürt, daß sie fror an der nackten Schulter.

Sie wollte hingegen nicht so umhüllt und eingeengt sein, schlang ihre Arme um seinen Hals und küßte ihn. Hernach lagen sie wieder ganz still, bis man vom Dorf herauf drei Uhr schlagen hörte.

„Jetzt muß ich gehn", sagte er.

Da nahm Beda ihre Arme von seinem Hals. Er drückte sie sacht auf das Kissen nieder und schlüpfte in seine Schuhe. Dabei sagte er: „Siehst es, wie brav ich g'wesen bin."

Sie zog seinen Kopf erneut auf ihre Brust nieder. „Ja, aber es war eine Quälerei. Komm nicht wieder in meine Kammer, Florian. Bitte, nicht mehr. Jetzt brauch ich die Augen vor niemand niederschlagen, aber wer weiß, ob wir das ein zweites Mal aushalten könnten."

„Ich glaub nicht", gab er zu, nahm ihre Arme von seinem Hals und knöpfte hastig seine Joppe zu. „Schlaf gut, Beda", er zärtelte nochmals ihr Gesicht, das erschrocken aussah über den jähen, unvermittelten Abschied. Sie hörte ihn vorsichtig über die Stiege draußen hinuntergehn.

Ohne noch zu verweilen, ging Florian raschen Schrittes davon. Der Schnee knirschte unter seinen Schritten, der eiskalte Wind stieß ihn an, und er schlug den Kragen seiner Joppe hoch und hielt sich mit beiden Händen die Ohren.

Beda aber lag noch eine Weile ganz still und staunte über eines nach dieser Nacht ohne Erfüllung. Nicht mehr über sich selbst wunderte sie sich, sondern über den Florian, über seine wortkarge Leidenschaft und die Kraft seines Beherrschens. So begleitete Beda in ihrem Hinträumen einen Mann, der sich selbst bezwungen hatte. Gerade darum aber wollte sie ihn noch mehr lieben und jede Angst aus seinem Herzen nehmen, daß es jemals einen anderen für sie gäbe.

Dann schlief sie traumlos weiter, und es war schon gleich zehn Uhr, als sie aufwachte und hinunterging.

„Ich habe Schritte gehört", sagte die Mutter drunten in der Küche, während Beda sich am Ausguß die Zähne putzte und sich dann vor dem Spiegel kämmte.

Nicht den leisesten Schreck empfand Beda bei dieser lauernden Frage. Ganz offen blickte sie die Mutter an: „Ja, denk dir, Florian ist bei mir gewesen."

„In deiner Kammer?" schrie die Mariann und war aschfahl im Gesicht. „Bist du denn verrückt?"

„Nein, Mutter, ich war noch nie so klar und nüchtern wie jetzt."

Die Mariann schlug die Hände vors Gesicht, sank auf die Bank nieder und stöhnte:

„Mein Gott, mein Gott! Was kommt denn noch alles über mich! Wie konntest du das bloß zulassen?"

Jetzt merkte Beda, wie ein heftiger Trotz über sie kam, und der gab ihrer Haltung und ihrer Sprache Schwung.

„Du tust ja gerade, als hätte ich ein Verbrechen begangen. Aber zu deiner Beruhigung: Es ist nichts geschehen, so daß ich die Augen niederschlagen müßte."

„Wer's glaubt."

„Mutter, du kannst das nun glauben oder nicht. Wir waren zusammen, von Mitternacht bis morgens um drei. Doch es ist nicht das geschehn, was du meinst. Aber in deiner Verbohrtheit bringst du es fertig, mir auch noch den Glauben an die Wahrhaftigkeit und Anständigkeit eines Menschen zu nehmen."

Mit weit aufgerissenen Augen starrte die Mariann ihre Tochter an und begriff nicht, was sie verbrochen hatte, daß man ihr mit einer solchen Sprache kam. Sie wollte einfach nicht verstehn, daß dieses schlankgewachsene, zu hoher Schönheit erblühte Mädchen kein Kind mehr war. Plötzlich schlug sie beide Arme vors Gesicht und begann zu weinen.

„Gottes Faust", schluchzte sie. „Sie hat sich erhoben und schlägt mich."

Beda huschte zu ihr hin, legte ihre Hand auf der Mutter Haar und streichelte es.

„Was soll denn das jetzt wieder? Was willst du denn mit Gottes Faust? Und warum soll Gott dich schlagen?"

Mit verstörten Augen schaute die Mariann ihre Tochter an und dachte einen Augenblick, daß sie viel mehr des Bragglehner Tochter wäre, mit der Mitleidslosigkeit in den Augen, mit ihrer kalten und herzlosen Sprache. Und einen Moment war sie versucht, ihr Innerstes zu entblößen, sich der Sünde des jahrelangen Schweigens zu entledigen und die Wahrheit zu bekennen. Aber dann erkannte sie wieder, daß sie zur Ohnmacht verdammt und zum Schweigen verurteilt war.

„Das verstehst du alles nicht", sagte sie dann.

„Mir ist kaum etwas fremd geblieben bei der Wacht an den Krankenbetten", erwiderte Beda. „So manche Sünde ist mir geoffenbart worden und nicht dem Kaplan, der zweimal in der Woche kommt."

„Von Sünde redest du, Beda? Ist auch Verschweigen Sünde? Ich weiß es selber nicht mehr, kenn mich nicht mehr aus, und — du darfst mich nicht mehr so anschreien wie vorhin."

„Aber Mutter, ich hab dich doch nicht angeschrien. Was hast du denn bloß? Ich würde für dich doch alles tun, für dich und Vater. Ich bin dir doch zu so viel Dank verpflichtet, und ich werde doch nie vergessen, Mutter, daß du für mich gearbeitet und gehungert hast. Aber — du wolltest wissen von mir, ob auch Verschweigen Sünde wäre. Ich glaube, unter Umständen, ja."

„Und wenn man mit der Wahrheit Menschen ins tiefste Dunkel stößt?"

„Wahrheit tut überhaupt manchmal recht weh. Aber hernach lichtet sich das Dunkel wieder. Verschweigst du denn etwas, Mutter? Trägst du etwas mit dir herum, was dich bedrückt?"

Die Mariann schaute ihre Tochter lange an, sehr lange, und es mußte sie vorhin doch ein Spuk genarrt haben; denn Bedas Augen waren wirklich nicht mitleidslos, im Gegenteil: Erbarmen sprach aus ihrem Blick, Liebe, Anhänglichkeit und Güte. Jetzt schimmerten sie feucht, diese hellen Augen mit den langen Wimpern und den leicht gewölbten Brauen darüber. Da ging Mariann auf Beda zu, schlang ihre Arme um der Tochter Hals und zog ihr Gesicht an sich. Wange an Wange standen sie eine Weile, und Beda spürte, daß die Mutter weinte, ganz leise und ohne Schulterzucken. Schließlich trat diese zurück, richtete hinten am Herd eine kleine Kanne mit Tee her, strich auf einige Brotstücke Butter und sagte: „Komm, Beda, trag dem Vater seine Brotzeit 'nüber."

*

Auf Gschwend fuhr der Bragglehner mit dem Traktor ein schweres Fuder Mist aus dem Hof. Florian fuhr mit auf den Acker hinunter, wo der Mist auf einen großen Haufen geschichtet und erst nach der Schneeschmelze ausgebreitet wurde.

„Wie ist es denn?" fragte der Bragglehner und mußte ziemlich laut schreien, um den Lärm des Traktors zu übertönen. „Wann kriegst jetzt ungefähr den Führerschein Klasse III?"

„In drei Wochen soll Prüfung sein", antwortete Florian.

„Hoffentlich fällst nicht durch."

„Ah, woher denn", lachte Florian. „Aber weil wir grad davon reden, beim Kuller steht ein gebrauchter

Opel. Der Stubler Peter sagt, daß er überholt wär und zum halben Preis herging."

„Ja, freilich, sonst nichts mehr. Wenn schon, dann kaufen wir einen neuen. Bei den Leuten heißt's dann gleich: Nicht einmal einen neuen kann er sich leisten. Der Stubler Peter? Ist das der vom Sägmeister?"

„Ja, der Bruder von der Beda."

Der Bragglehner schwieg jetzt, bog in einer scharfen Kurve auf den Acker hinein und auf den schon ziemlich umfangreichen Misthaufen zu. Die Kotflügel des Traktors zitterten nach dem Abstellen des Motors noch ein wenig nach. Florian warf den Mist vom Wagen, der Bragglehner ordnete den Haufen und nahm es dabei ziemlich genau. Die Seiten waren schnurgerade aufgerichtet, die Ecken scharf abgezirkelt. Sie standen beide in eine Dampfwolke gehüllt, und die schneidende Kälte, die von Osten herzog, spürten sie kaum. Als sie fertig waren, zog der Bragglehner seine Fäustlinge aus und kramte in seiner Überjoppe nach einem Stumpen. Als er ihn angezündet hatte, sprang er vom Haufen herunter und sagte:

„Fahr heim jetzt. Ich schau noch dort 'nauf zu den Fuchseisen."

Vor einem Jahr noch hätte sich niemand träumen lassen, daß das Verhältnis dieser beiden ungleichen Menschen einmal so harmonisch werden könnte. Bei Florian war jede Angst wie weggeweht, Vertrauen war eingekehrt in seine junge Seele und Dankbarkeit, vor allem der Mutter wegen, die in den letzten Monaten richtig aufgeblüht war, seit mit dem Vater das Wunder der Verwandlung geschehen war.

„Ich hätt' dich eigentlich einmal was fragen wollen,

Vater", sagte Florian, als der Bragglehner bereits einige Schritte durch den Schnee gestampft war.

Der Bragglehner blieb stehen, nahm den rauchenden Stumpen aus dem Mund und hob die Augenbrauen.

„Was Wichtiges?"

„Wie man's nimmt. Es stimmt doch, daß bei unsern Pächtersleuten im nächsten Jahr die Pacht ausläuft?"

„Ja, er will sich ein kleines Anwesen kaufen in der Rosenheimer Gegend", sagte er. „Warum?"

„Hast du schon einen andern Pächter in Aussicht?"

„So halb und halb. Heutzutag reißen sich die Leut nicht mehr so arg um eine Pachtwirtschaft."

Florian schabte mit einem Stecken den Mist von seinen Stiefeln, bevor er auf den Traktor stieg. Dann sagte er so von seinem hohen Sitz herunter:

„Gib mir den Hof in Pacht."

Der Bragglehner meinte, nicht recht gehört zu haben, und lachte.

„Hab gar nicht g'wußt, daß du soviel Humor hast. Aber da war ich selber schuld, hab euch ja nie zum Lachen kommen lassen."

Eine Schar Krähen zog laut krächzend über den weißen Acker hin und wartete anscheinend bloß noch, bis sich die Menschen da drunten entfernten, um sich dann niederlassen zu können auf den großen, dunklen Haufen, in dem noch allerhand Nahrhaftes für sie zu finden war. Florian blinzelte eine Weile zu ihnen hinauf und sagte dann in die Luft hinein:

„Es wär mir aber ernst damit."

Der Bragglehner drehte sich nun doch noch mal um, machte ein paar heftige Züge an seinem Stumpen und legte die eine Hand auf den Kotflügel des Traktors. In seinen Augen war etwas Forschendes.

„Sag einmal, wo willst denn eigentlich 'naus?"

Immer noch starrte Florian in die Luft und sagte es auch mehr in den Wind hinein, als auf den Mann hin, der ihm die Frage gestellt hatte.

„Heiraten möcht ich im nächsten Frühjahr."

Nichts hätte den Bragglehner mehr erheitern können als diese Erklärung. Zuerst lachte er wieder, dann kitzelte ihn der Spott.

„Seit wann heiraten denn Kinder schon?"

Brennende Röte huschte über das Gesicht des Jungen. Von oben herab stieß sein Blick in die Augen des Vaters.

„Bei der Arbeit bin ich auch nie g'fragt worden, wie alt ich bin. Immerhin werd ich im März neunzehn. Und der Ambrosser Lenz hat auch mit neunzehn geheiratet."

„Da war es was anderes. Da ist die Ambrosserin gestorben gewesen und hat eine Bäuerin ins Haus müssen, zumal der alte Ambrosser auch schon mit einem Fuß im Grab steht. Ich aber bin jetzt wieder beieinander, daß ich Bäum ausreißen könnt. Also, Florian —" Er verstummte plötzlich, seine Augen wurden eng und mißtrauisch — „Oder hast vielleicht eine — ist da vielleicht in neun Monat was unterwegs? Kruzitürken! So blöd wirst dann doch nicht g'wesen sein?"

„Muß man bloß deswegen heiraten wollen?"

„Nicht unbedingt." Der Bragglehner warf jetzt den abgerauchten Stumpen in den Schnee. „In deinem Alter ist man noch so ungeschickt und redet von der Lieb', beziehungsweis, man will aus Lieb' heiraten. Nichts Dümmeres gibt's ja gar nicht. Die Lieb' verraucht, und dann hockst droben am Joch und rechnest mürrisch das Pachtgeld aus und kommst übers Rechnen auf den Gedanken, daß du dir deine ganze Jugend verpatzt hast mit so einer frühen Hochzeit. Unter dreißig Jahren sollte ein Mannsbild nicht heiraten. Aber damit du siehst, daß ich kein Unmensch mehr bin — den Jochhof, meinetwegen, übernimm ihn! Der Gedanke ist gar nicht einmal schlecht. Da wüßt ich ihn wenigstens in guten Händen."

Florians Gesicht hellte sich auf. „Bis ich auf Gschwend einmal Bauer werden könnt, so lang kann ich ja nie warten."

„Da hast recht. Auf Gschwend bleib ich Bauer bis zu meinem letzten Schnapper." Er schaute nun auch zu den Krähen hinauf, die sich inzwischen bis zu einem Dutzend vermehrt hatten. Seine Stirn war dabei nachdenklich gefurcht. Im Denken war er immer sehr schnell gewesen, und so meinte er jetzt: „Die Idee ist gar nicht einmal so schlecht. Warum soll ich fremde Leut nach dem Joch tun? Du bliebest sonst herunten und tätst dann einmal ungeduldig drauf warten, bis ich abkratz'. Gar nicht schlecht, deine Idee. Ich werd' einmal darüber nachdenken."

Der Bragglehner drehte sich um und wollte nun endgültig zum Waldrand hinüber, wo er die Fuchsfalle aufgestellt hatte. Da fiel ihm gerade noch ein:

„Was wär' denn dann das für eine, die du heiraten möchtest?"

Nun ließ Florian den Motor anspringen und legte den ersten Gang ein, so daß er ziemlich laut schreien mußte: „Die Stubler Beda!"

Er ließ die Kupplung los und machte eine scharfe Kehre im Schnee. Der angehängte Wagen kam bei diesem Tempo fast auf zwei Räder zu stehen, so eilig hatte es Florian auf einmal, weiterzukommen.

Der Bragglehner stand allein bis über die Knöchel

im Schnee. Wie angefroren stand er, und die Krähen flogen unbekümmert nun an seinem Gesicht vorbei und setzten sich auf den Misthaufen. Der Mann rührte sich nicht, er war wie vom Blitz getroffen. Als er dann die Augen schloß, sah es aus, als stünde eine vergessene Vogelscheuche auf dem weißen Acker.

Nein, das durfte einfach nicht wahr sein! Auf einmal kam Leben in den erstarrten Mann. Zuerst schlug er mit der Faust durch die Luft, als gelte es etwas zu zertrümmern. Dann griff er sich in den Bart, so heftig und ungestüm, als wolle er ihn ausreißen. Und doch spürte er keinen Schmerz dabei. Das andere war viel ärger. Wut, Zorn und Ohnmacht schüttelten auf einmal den mächtigen Körper. Mit beiden Fäusten schlug er sich gegen die Stirne und klagte das Schicksal an, weil es so ungerecht war.

Erst als er dann langsam zu gehen begann, wurde er ruhiger. Warum hatte er sich eigentlich so aufgeregt? Er hatte es doch in der Hand. Da sagte man einfach nein, und die Sache war behoben.

Mit heiserem Schrei flog eine Krähe über ihn hin. Sie hatte etwas in den Fängen.

Du Narr, schien dieses Krächzen sagen zu wollen. Meinst du denn, du könntest ewig Schicksal spielen? Nun trifft es dich selber. Jahrelang hast du mit Menschen gespielt wie mit Marionetten, nun aber hebt sich der Vorhang zu einem noch größeren Spiel; ein Drama wird abrollen, in dem dich dein ganzes Leben anschreit, deine Sünden, deine Lügen und die ganze Erbärmlichkeit jener Jahre, in denen du dich über alle erheben wolltest.

Der Harschschnee knirschte unter jedem seiner Schritte. Er sank nicht tief ein, und die Spur war kaum sichtbar hinter ihm. Seine Schultern waren gebeugt, so als habe man ihm eine schwere Last daraufgelegt. Er spürte den Schweiß auf seiner Stirne, und er schob seine Pelzkappe hoch. Dann sah er den Fuchs in der Falle. Die Eisen hatten ihn so erwischt, daß er gleich tot gewesen sein mußte. Er war bereits steinhart gefroren.

Diesen Pelz hatte er eigentlich für die Beda zum Kürschner bringen wollen. Für Beda, die er in sein Herz geschlossen, der er ein Grundstück hatte verschreiben lassen wollen, der er sogar ein Haus darauf gebaut und, wenn notwendig, auch Ausschau nach einem passenden Mann gehalten hätte. Einer, der ihrer wert war: ein Akademiker vielleicht, ein höherer Beamter. Auf gar keinen Fall aber ein Bauer. Und nun dies!

Abermals überfiel ihn ein Schreck, der ihm bis in die Kniekehlen hineinfuhr. Wieder griff er in seinen Bart und schüttelte den Kopf. Groß und schweigend stand der Wald hinter ihm. Er warf keine Schatten, denn es war Mittagszeit.

„Sakra, sakra", fluchte er und wußte nicht, warum er fluchte: über die Ungerechtigkeit des Schicksals, über seinen Sohn Florian oder über sich selber. Aber es erleichterte ihn ein wenig. Er hatte so schöne Träume gehabt um diese Beda, der Wille zum Gutmachen war mächtig in ihm gewesen. Aber nun wollte man ihm die Hände binden, seine Träume zerstoben — —. Vor seinem verschleierten Blick sah er die beiden stehn, seinen Florian und Beda — seine Beda. Sie hielten sich an den Händen und standen wie Kinder vor einem grausigen Abgrund, ohne die Gefahr zu erkennen. Unwissend standen sie davor, und um ihre Stirnen trugen sie einen Kranz aus Maienblüten. Und nun mußte es seine Hand sein, die sich hob, den Kranz aus Maienblüten von den jungen Stirnen zu reißen, um ihnen dafür eine Dornenkrone aufzusetzen.

Warum eigentlich er? Die Mariann hatte doch immer so getan, als stünde sie über der Sache? Als spreche sie ihm moralisch das Recht ab, Bedas Vater zu sein? Sollte doch sie nun das Schwert heben und den Knoten zerschlagen. Sie war die Mutter, ihr kam es zu, in dieser Verworrenheit Ordnung zu schaffen. Mit weiblicher List ging das eher als mit Gewalt.

Sein Gesicht hatte sich wieder erhellt. Das war der Ausweg, jawohl. Er nickte fast fröhlich vor sich hin und bestätigte sich selber wieder einmal, daß er im Grunde seines Wesens doch feig war.

Daheim warf er den Fuchs auf den von Eis und Schnee gesäuberten Hof. Er wollte ihm erst hernach den Balg abziehn, aber er dachte jetzt nicht mehr daran, daraus einen Pelz machen zu lassen, der sich warm und schmeichelnd um Bedas schlanken Hals legen würde.

Im Aufblicken sah er den Florian aus dem Schuppen kommen. Aus schmalen Augen sah er ihm entgegen, wartete, bis er ganz herangekommen war, und fragte:

„Hab ich da recht gehört? Hast du Stubler Beda gesagt?"

„Ja, die Beda. Und ich denk', daß du nichts dagegen haben wirst. Hast sie ja selber über den Schellnkönig gelobt, wie du aus dem Krankenhaus heimkommen bist."

Er nickte heftig vor sich hin, als ob er das bestätigen wolle, und schnaufte tief durch.

„Als Krankenschwester ja. Aber du willst sie ja zur Bäuerin degradieren. Du vergißt dabei, daß auf dem

Joch droben ein hartes Arbeiten ist und daß man jeden Halm aus dem Boden 'rausbeten muß."

„Das macht ihr nichts aus, hat die Beda g'sagt."

„So, so, hat die Beda g'sagt. Und ausgerechnet auf dich ist sie versessen."

„Genauso wie ich auf sie."

„Das sind schon Neuigkeiten auf einen hungrigen Magen", antwortete er mit Galgenhumor. „Aber ich glaub, daß es sowieso gleich Essen gibt."

Damit schien für ihn die Sache abgetan zu sein. Nur im Hineingehen wollte er noch wissen:

„Wie lang hat sie eigentlich noch Urlaub?"

„Bloß mehr zwei Tag."

Der Alte nickte wieder, als sei er auch damit einverstanden. Nur wegen der zwei Tag kein großes Theater mehr aufziehn, dachte er. Wenn sie erst wieder in der Stadt ist, schaut sich vielleicht manches wieder anders an.

Er dachte der Sache den ganzen Tag über nicht mehr nach. Am Abend mußte er zu einer Besprechung ins Dorf wegen der anstehenden Flurbereinigung, trank dort seine drei Schoppen Rotwein und nicht mehr und kam erst auf dem Heimweg wieder ins Sinnieren. Ausgerechnet an die Beda mußte der Bub kommen! Er begann nach der Art Leichtbeschwipster vor sich hinzureden:

„Als ob's nicht tausend andere Madln auch gäb. An jedem Finger könnt er eine haben. Aber nein, grad die muß es sein, die es nicht sein darf."

Daheim angekommen, drehte er das Hoflicht an und sah sogleich, daß Florians Skier nicht wie üblich an der Hauswand lehnten. Es war nicht schwer für ihn, sich das andere zusammenzureimen. Um aber Gewißheit zu haben, öffnete er die Tür zur Bubenkammer und drehte das Licht an. Nein, Florian war nicht in seinem Bett. Aber nicht deswegen sprang ihn auf einmal blinde Wut an, sondern weil es ihm durchs Gehirn schoß, die Mariann könnte so einer unseligen Leidenschaft auch noch Vorschub leisten.

Die Frau lag noch wach. Aber an ihr konnte er seinen Zorn über diese Sache nicht auslassen. Im Gegenteil, als er sie so friedsam im Bett liegen sah und ihre sorgende Stimme hörte: „Hast ein bißl übern Durst trunken, Sixtus?" tat es ihm wohl, und er fragte:

„Wie kommst denn da drauf? Weißt doch, daß ich über drei Schoppen nie mehr 'nausgeh."

„Ich hab mir halt denkt, weil es schon elf Uhr geschlagen hat."

Er zog seine Taschenuhr auf, dann hängte er seine Weste sorgfältig über die Stuhllehne.

„Bloß unser Herr Sohn ist noch nicht daheim. Weißt du vielleicht, wo er steckt?"

„Ganz sicher in der Sägmühl drunten." Die Bragglehnerin war keineswegs mehr die Sklavin vergangener Zeit oder von der Torheit der Unterwürfigkeit geschlagen. In ihr Wesen war Ruhe gekommen, jene Ruhe und Ausgeglichenheit, deren der Mann jetzt des öfteren bedurfte. „Er scheint sie gern zu haben, die Beda", sagte sie dann noch. „Ich hab das schon gemerkt, damals, als wir dich im Krankenhaus besucht haben. Im Grund genommen wär ja nichts zu sagen gegen das Madl. Aber eine Bäuerin wird sie nie."

„Eben, das sag ich auch. Aber er möcht sie heiraten. Stell dir das bloß vor, aufs Joch möcht er ziehn und die Beda heiraten."

„Ah geh, verliebt wird er halt jetzt sein. Da bildet man sich viel ein."

„Gell, das sagst auch."

Er war äußerst empfänglich für diese Art Trost und spann seine Gedanken hurtig weiter.

„Daß er aufs Joch gehen will, da hab ich weiter nichts dagegen. Aber grad da 'nauf braucht er eine Bäuerin, die fest anpacken kann. Und das kann die Beda nicht. Hast ihre zarten Handerln g'sehn? So schmale, weiße Handerl. Die taugen gut zur Krankenpflege, aber nicht zur Bauernarbeit."

„Die Händ allein sagen noch gar nichts. Das Herz muß dabei sein und die Lieb zum Boden. Und sonst stammt sie ja von einer zähen Rasse ab. Er zwar weniger, aber sie, die Mariann, die strotzt doch grad vor Kraft und kann offenbar überhaupt nicht alt werden."

Darauf gab er keine Antwort, rechnete aber die Zahl der Jahre nach und kam dabei auf achtunddreißig. Ja, ja, damals war sie neunzehn. Ihm schien das schon eine Ewigkeit her zu sein. Überhaupt sollte man die Vergangenheit nicht nachrechnen. Dann stießen einen die Erinnerungen nicht an. Aber die Vergangenheit war plötzlich aufgestanden, und dem Mann, den sie so heftig anstieß jetzt, wurde recht unbehaglich zumute dabei.

„Überhaupt", fiel ihm dann noch ein, „überhaupt braucht der Florian in dem Alter noch nicht heiraten. Ich war fünfunddreißig. Also kann er auch noch ein bißl warten. Und wenn es soweit ist, dann werd' ich mich schon um eine umschaun für ihn."

Damit schien die Sache für ihn erledigt zu sein. Man muß nur standhaft sein, dachte er, und sich nicht gleich beugen, wenn das Schicksal Unordnung bringen wollte in sein Leben, das er jetzt in Ordnung fand.

Er drehte sich auf die andere Seite, weil er immer peinlich darauf bedacht war, nicht auf der Herzseite zu schlafen, schlug mit der flachen Hand noch zweimal auf das bauschige Deckbett und schlief bereits nach wenigen Minuten ein.

*

Über Nacht war Föhn aufgekommen. Der warme Wind brach das Eis, weichte den Schnee auf und ließ ihn von den Dächern rutschen. Der Wind trieb graue Wolken vor sich her und schleuderte aus ihren Rändern von Zeit zu Zeit einen Regenguß nieder.

So unfreundlich grau und trüb war die Morgenstunde, als die Beda daheim Abschied nahm. Peter, der sowieso um sieben Uhr in seiner Werkstätte anfangen mußte, sollte Beda zum Postauto begleiten und ihren Koffer tragen. Der Vater machte den Abschied kurz, busselte die Tochter herzhaft ab und sagte, daß ihm viel fehlen werde, wenn sie jetzt wieder fort wäre.

„Bleib brav", fügte er noch hinzu, „und schreib öfter."

Dann ging er, die Wollmütze weit über die Ohren ziehend, ins Sägwerk hinüber. Draußen stand noch die Nacht, und der Wind pfiff heftig um die Gebäude. Beda und die Mutter saßen noch beim Kaffee am Tisch. Der Koffer stand bereits fertig gepackt inmitten der Stube.

„Du gehst diesmal schwerer fort als sonst", sagte die Mutter über den Tisch herüber.

Beda nickte und pickte mit dem Zeigefinger ein paar

Bröserl vom Weihnachtsstollen von der Tischdecke. Dann nickte sie wieder.

„Wegen dem Florian, gell?" forschte die Mariann weiter.

„Nein, der Florian ist mir gewiß." Beda hob den Kopf und schaute der Mutter in die Augen. „Es gibt keine Macht auf dieser Welt, die uns zwei noch auseinanderbringen könnte. Der Bragglehner nicht und du erst recht nicht, Mutter. Der Bragglehner ist merkwürdigerweise nicht so dagegen wie du."

Es waren nicht so sehr die Worte, die der Mariann so schmerzlich ans Herz griffen und sie bis in die Seele hinein erschütterten, daß sie meinte, der Tochter jetzt das bisher so sorgsam gehütete Geheimnis mitteilen zu müssen, damit Beda sie endlich begriff und ihre Einstellung verstand. Nein, daß der Bragglehner alles so teilnahmslos hinnahm und sie allein leiden ließ, das schmerzte sie viel mehr. Warum fand denn er nicht den Mut zur Wahrheit? Mochte er sich auch sonst gewandelt haben, seine Feigheit war ihm geblieben. Doch gerade, als sie behutsam nach Worten suchte und beginnen wollte: ‚Hör einmal zu, Beda...', kam der Peter zur Türe herein und griff nach dem Koffer.

„Ich glaub, wir müssen jetzt gehn, Beda."

So blieb denn ungesprochen, was zur Erlösung hätte führen können. Zu einer schmerzlichen Erlösung allerdings, aber doch zur Befreiung von einer Last, unter der Mutter Mariann so sehr litt.

„Wolltest du noch was sagen, Mutter?" fragte Beda.

Stumm schüttelte Mariann den Kopf, stand nur auf und schloß Beda in ihre Arme.

Draußen hockte noch immer die Nacht, nebelfeucht und trostlos. Bei der Säge drüben schaukelte die lose

Glühbirne im Wind, und man sah den Schatten des Vaters gnomenhaft klein zwischen den Baumgattern umhergehen. Träge murmelten die Wellen der Zirn über das alte Schaufelrad hin.

„Mach's gut", sagte die Mariann noch unter der offenen Haustür. Beda fand das überflüssig, denn da, wo sie hinging, mußte alles gut gemacht werden. Aber es drängte sie, der Mutter noch etwas anderes zu sagen:

„Wir haben nichts getan", sagte sie. „Und darum bitt ich dich, sei gut zum Florian, und laß ihn nicht merken, daß er dir zuwider ist. Er hat so eine schwere Kindheit und Jugend gehabt. Du kennst ihn nur nicht, für mich aber bedeutet er alles."

„Ja, ja", nickte die Mutter verstört, und kaum war Beda im Nebel verschwunden, lehnte sie sich an den Türstock und weinte bitterlich.

Beda holte den Bruder ein, der mit dem Koffer schon vorausgegangen war. „Irgendwo, ich spür das, wird Florian auf mich warten", sagte sie.

„Dann kann er gleich den Koffer tragen", antwortete Peter, aber das war mehr im Spaß gesagt, denn der junge Peter nahm seine Freundschaft mit dem Bragglehner Florian ernst. Wollte er doch im Frühjahr mit ihm auf die Hochkogelplatte klettern. In jeder freien Stunde richtete er sich bereits Mauerhaken her für diese Tour. Überflüssig zu sagen, daß er alles getan hätte, um zum Glück der Schwester etwas beizutragen.

„Nein, stell den Koffer beim Postwirt hinter die Kegelbahn", ließ sich Beda einfallen. „Und noch was, Peter. Sicherheitshalber werd' ich meine Briefe an Florian in einem zweiten Umschlag an dich schicken. Direkt an dich in die Werkstatt. Ich kann mich drauf verlassen, daß du sie ihm aushändigst?"

„Das ist doch klar wie Zwetschgenwasser. Wozu bin ich denn dein Bruder! Weißt du eigentlich, warum die Mutter gegen den Florian so abweisend ist?"

„Wenn ich das wüßt', Peter."

Sie näherten sich dem Feldkreuz am Eingang des Dorfes. Der Wind stöhnte in den Ahornbäumen. Ein Schatten löste sich von der Gruppe und streckte die Hände, in die Beda förmlich hineintaumelte.

„Ich hab es doch g'wußt, daß du warten wirst, Florian."

„Hätt' es doch gar nicht ausgehalten daheim", gestand er. „Gibst mir den Koffer jetzt, Peter?"

Aber der war bereits weitergegangen. Vom Kirchturm schlug es jetzt halb sieben, und eine Glocke läutete zur Frühmesse. Die Töne erstickten fast im Nebel und schwangen kaum über das Dorf hinaus. Fünf Minuten vor sieben fuhr der Omnibus ab, sie hatten also noch etwas Zeit. Sie hatten noch viel Zeit und doch zu wenig, um sich noch alles sagen zu können, was sie bewegte. Manchmal blieben sie stehen und sanken sich in die Arme.

„Was soll das jetzt bloß werden, wenn du nimmer da bist?" klagte er.

„Ja, ich weiß, Florian, du hast es schwerer als ich. Aber denk' immer daran, daß ich dich keinen Augenblick vergessen werde."

Die graue Landschaft bekam jetzt von Osten her einen fahlen Schein. Aber es war noch lange nicht Tag, und die Berge blieben verhüllt. Florian streckte sein Kinn nur ungefähr in die Richtung, wo er das Joch vermeinte.

„Dort oben liegt das Joch, unser Joch."

„Ja, und ich werde nie vergessen, daß dies unsere Heimat werden soll."

„Nicht nur soll — es muß, und wenn die ganze Welt gegen uns wäre", sagte er laut und voller Trotz.

Sie gingen engumschlungen an den Höfen neben der Straße vorbei. Da und dort brannte eine Hoflampe, beim Ströhmer schob die Magd einen Karren voll Mist auf den Haufen und fluchte, weil sie auf dem noch halb vereisten Brett beinahe ausgerutscht wäre. Beim Lacker schreckte der Hund auf vor den nahenden Schritten, bellte wie wütend und riß an der Kette.

Die hohen Kirchenfenster waren matt erleuchtet, und man sah ein paar alte Menschen über die Steinstufen hinaufhuschen und im Glockenhaus verschwinden. Die Grabsteine lugten wie Gespenster über die Mauer. Beim Metzgerwirt trieben sie gerade eine Sau ins Schlachthaus. Im Hof beim Postwirt aber wartete bereits mit laufendem Motor der gelbe Omnibus.

Die beiden suchten den Koffer hinter der Kegelbahn. Bei den Haselnußstauden stand er, und der Augenblick des Abschieds rückte immer näher. Florian kam sich jetzt schon wie verloren vor, und ob er wollte oder nicht: In ihm stieg die Angst hoch, daß ihn Beda in der Stadt vergessen könnte. Ihre Hände umschlossen sein Gesicht, sie zog seinen Mund zu sich herab.

„Mir ist so bitter leid um dich, Florian, weil diese Angst in dir ist. Du sollst aber keine Angst haben, ich werde dir nie untreu sein."

Seltsame Menschen waren die beiden, die etwas begonnen und nicht vollendet hatten. Und doch, weil sie sich jetzt trennen mußten, kamen sie sich vor wie aus dem Paradies verjagt, ohne nach dem Apfel gegriffen zu haben. Erst als sie ihre Scheu überwunden hatten, sprachen sie von der Liebe, aber selbst dies war ein scheues, verhaltenes Reden, das nur langsam und schwer von den Lippen kam. Und immer wieder küßten sie sich. Sie hielten sich wie in Todesnot umklammert, so als ständen sie nur mehr auf einem kleinen Streifen Erde, und rings um sie herum wären reißende Ströme.

Allmählich wurde es ein bißchen heller. Der Omnibus rollte aus dem Hof. Ein Dutzend Menschen warteten an der Haltestelle. Beda stieg mit ihnen ein. Florian reichte ihr den Koffer nach, und dabei konnten es alle sehen, die es sehen wollten: Beda neigte sich nochmal hinunter und küßte Florian. Die es sahen, lächelten etwas spöttisch, denn auf dem Land war das nicht Brauch, der Fahrer aber, der es ganz genau sah, sagte trocken „Mahlzeit!" und riß die Karten ab für das Geld, das Beda ihm auf der flachen Hand abgezählt hinhielt.

*

Es schien tatsächlich so zu sein, als hätte in diesem Jahr schon vor Heiligdreikönig die Schneeschmelze eingesetzt. Kleine Bächlein flossen von den südseitigen Hängen, und die Zirn schwoll bedenklich hoch an. Am Dienstag nach Neujahr fegte eine Lawine von den Bergen herunter und fiel donnernd über den Wald her.

„Jetzt, mein ich, hat's etliche Tagwerk Wald mitgerissen", vermutete der Bragglehner und machte sich nach dem Mittagessen auf den Weg, um nachzuschaun.

Später ging er dann am Ufer der Zirn entlang wieder talwärts. Manchmal mußte er ausweichen, weil der Gebirgsbach stellenweise über die Ufer getreten war.

Erst weiter unten wurde er wieder zahmer, wenn er auch hier noch recht wild rauschte.

Die Dämmerung fiel bereits langsam ein, als er die Sägmühle erreichte. Da er den Sägmeister nirgends sah, ging er direkt auf das Häusl zu und betrat dort die Stube.

„Ich hab mir schon denkt, du wärst nicht daheim", sagte er, als er die Mariann neben dem Tisch stehen sah. Sie räumte gerade den Christbaum ab, legte die Glaskugeln behutsam in eine große Schachtel, die Kerzen in eine andere, und zupfte sorgsam das Lametta von den Zweigen, weil man einen Großteil davon im nächsten Jahr wieder verwenden konnte.

Sie unterbrach die Arbeit sofort und war sichtlich froh, daß der Bragglehner gekommen war. Heute hatte sie noch auf ihn warten wollen. Morgen wäre sie nach Gschwend gegangen, weil ihr die Last des Wissens um die Liebe der beiden Kinder zu schwer geworden war.

„Setz dich", sagte sie und schob ihm einen Stuhl hin. Sie selber setzte sich ihm gegenüber auf die Bank. Draußen verhüllte die Dämmerung langsam alle Dinge, obwohl es erst auf vier Uhr ging.

„Eine Stimmung ist das wie zu Allerheiligen", begann er das Gespräch.

„Allerseelenstimmung meinst?"

Ruckartig hob er den Kopf und sah sie an, räusperte sich und griff in seinen Bart. „Was sagst jetzt da dazu?"

„Zu was?"

„Du weißt doch, was ich mein'. Oder hat dir deine Tochter nichts davon g'sagt?"

„Zunächst einmal, um das Drama gleich beim richtigen Namen zu nennen, ist sie auch deine Tochter. Du hast bloß nicht den Mut, ihr das zu sagen."

Jäh erbleichte er, er spürte etwas Rauhes im Hals und wußte vor Verlegenheit nicht, wo er die Hände hintun sollte, bis er für sie einen Halt auf seinen Schenkeln fand.

„Und du? Warum sagst du es ihr nicht?"

Im gleichen Moment wußte er, daß er so nicht hätte fragen dürfen. Aber er war zu keiner anderen Frage fähig gewesen. Um so mehr war die Mariann jetzt der Worte fähig. Ungehemmt brach der ganze Groll aus ihr heraus, den sie in all den Tagen in sich aufgespeichert hatte.

„Ja, ich weiß, ich hätte reden sollen, gleich in der ersten Stund', in der ich gemerkt hab', daß die zwei sich ineinander verliebt haben. — Verzieh jetzt deine Mundwinkel nicht so spöttisch, als ob dich die Sache nichts anginge oder als ob du über ihr stehn tätst. In Wirklichkeit stehst du nämlich weit drunter und hast feige Angst, wie du sie immer gehabt hast, wenn du dich mannhaft zu etwas hättest bekennen müssen. Die Angelegenheit ist viel tragischer, als du sie in deinem Hochmut wahrhaben möchtest. Die zwei sind nämlich rettungslos ineinander verliebt, und wenn du meinst, daß du die Beda auch so leicht abfertigen könntest wie mich einmal, dann täuschst du dich ganz gewaltig. Mir scheint, du bist dir gar nicht klar darüber, daß es strafbar ist, was die zwei da anfangen wollen oder schon angefangen haben. Vor dem Gesetz nennt man das nämlich Blutschande. Und straffällig bist du genauso wie ich, weil wir es dulden."

„Dulden, dulden!" brauste er auf, wurde aber gleich wieder ruhiger. „Ich hab überhaupt nichts gewußt, bis vor ein paar Tagen. Da hat mir's der Florian ohne Umschweife auf den Kopf zugesagt, daß er die Beda heiraten möcht."

„Und was hast dann du g'sagt drauf?" forschte die Mariann.

„Was hätt' ich denn da sagen sollen? Hab mir halt auch denkt, das ist bloß so eine vorübergehende Verliebtheit. Was soll man denn da ein so großes Theater machen draus."

Die Mariann räumte jetzt die Schachteln mit dem Christbaumschmuck weg. Dann griff sie den Baum, an dem die Nadeln bereits abfielen, und stellte ihn vor die Tür hinaus. Als sie wieder hereinkam, sagte sie:

„Ein großes Theater, ja, ja, das will sich jetzt abspielen. Aber jetzt hast du Angst, den Vorhang aufzuziehn. Das tätst jetzt am liebsten mir überlassen, wie ich dich kenn. Was aber dabei alles zerstört wird, daran denkst du nicht."

„Und ob ich dran denk", seufzte er, und es war, als begriffe er jetzt das Unglück erst in seinem ganzen Ausmaß.

„Geh, ich kenn dich doch. Da sagt man einfach ‚nein', wirst du dir denkt haben, und die Sach ist dann aus der Welt geschafft."

Er drehte sich mit einem Ruck um, denn sie saß jetzt hinter ihm am Herd. „Wie weißt du denn das?"

„Was?"

„Daß ich genau das gedacht hab und nichts anderes."

„Weil ich dich, wie ich vorhin schon g'sagt hab, genau kenn. Es hat ja allweil alles nach deinem Willen geschehn müssen, in deiner Machtgier hast du ja alles unter dich getreten, und niemand hat sich aufmucksen getraut. Auch ich nicht! Drum ist ja jetzt alles so gekommen. Aber diesmal geht's halt nicht mit einem

Nein ab. Die zwei sind jung. Dein Florian war fast jeden Abend da bei uns, und ich hab ihn kennengelernt. Und ich kenn meine Beda. Die zwei stemmen sich gegen eine ganze Welt, wenn man ihnen ihr Glück zerstören möcht."

„Ihr Unglück meinst wohl."

„Ja, genau g'sagt, ihr Unglück."

Der Bragglehner schwieg eine Weile, wippte auf dem Stuhl ein bißchen nach vorne und wieder nach hinten. Dabei schaute er zu dem Kanarienvogel hinauf, als erhoffe er sich von ihm eine erlösende Antwort. Er selber fand wirklich keine, und in seinen Blick kam jetzt fast etwas Klägliches, als er die Frage zum Herd hin richtete:

„Wenn du schon so g'scheit bist, was soll ich dann nach deiner Meinung jetzt tun? Kann ich überhaupt was tun?"

„Nur du allein kannst was tun!"

„Aber was, das weißt auch nicht, gell?"

Draußen war es nun schon so dunkel geworden, daß die beiden in der Stube sich nur mehr wie zwei riesige Schatten gegenüber standen. Die Mariann stand auf, öffnete die Fenster und zog die Läden zu. Das Licht flammte dann auf, und der Bragglehner sah, wie die Mariann ein paarmal an ihm vorbeiging. Er hob den Kopf nicht, sah nur, wie bei jeder Wendung der Rock um ihre Beine schlug. Dann blieb sie plötzlich stehen, lehnte sich an den Küchenkasten und verschränkte die Arme über der Brust.

„Nun hör gut zu, Bragglehner." Ihre Stimme war jetzt ruhig und sachlich. „Ich kann dir ganz genau sagen, was du tun sollst, ja, was du tun mußt. Du mußt bloß einmal in deinem Leben aufhören, feig zu sein. Du mußt mit deinem Buben reden. Von Mann zu Mann. Mußt ihm sagen, daß die Beda seine Schwester ist."

Wie erstarrt sah er sie zuerst an, dann rieb er sich eine Weile den Bart. Schließlich meinte er in einem Anflug von Galgenhumor:

„In Deutsch war er grad nicht der Schlaueste in der Schul', der Florian. Aber im Rechnen hat er allweil einen Einser g'habt. Und so wird es ihm gar nicht schwerfallen, nachzurechnen, wann ich geheiratet hab und wann die Beda auf die Welt kommen ist."

„Na und? Das mußt auf dich nehmen, Bragglehner —"

„Du lieber Himmel, sag doch nicht allweil Bragglehner. Wenn wir allein sind, kannst doch Sixtus sag'n."

„Das mußt schon auf dich nehmen", beendete die Mariann ihren Satz, „daß dein Bub sich denkt: Mein Vater muß ja ein schöner Lump gewesen sein. Aber so wie ich dich kenn, bringst du das schon so raffiniert hin, daß du nicht der Schuldige warst an allem, sondern ich."

Ratlos sprang er auf. Dann ging er mit großen Schritten nachdenkend hin und her. Schließlich hatte er sich zu einem Entschluß durchgerungen.

„Also gut, ich seh ein, daß es keinen andern Ausweg gibt. Bloß — muß denn das gleich morgen sein?"

„Es muß nicht morgen schon sein, aber es muß sein."

„Wann kommt denn die Beda wieder in Urlaub?"

„Vielleicht im August. Aber bis dahin kannst nicht warten."

„Ich sag's ihm schon, bei der ersten passenden Gelegenheit."

„Vergiß es bloß nicht und denk immer dran, daß du eine Tragödie aufhalten mußt."

„Ich denk schon dran. Kreuzteufl nei! Wer hat denn das denkt, daß sich da eine so verzwickte G'schicht entwickelt."

„Und daß die Kinder für die Sünden der Eltern büßen müssen."

„Jetzt steiger doch nicht alles ins Dramatische. Wenn man's oft wüßt, was andere auf dem Kerbholz hab'n. Da kommt's halt nicht auf."

„Es wär bei uns auch nicht aufgekommen, wenn sich nicht unglückseligerweise der Florian und die Beda —"

„Hör auf jetzt, ich kann das schon nimmer hörn." Er griff nach seiner Pelzkappe. „Also, es bleibt dabei. Ich muß halt jetzt notgedrungen in den sauren Apfel beißen."

„Wart nur nicht zu lang", mahnte die Mariann nochmals.

„Wie ich g'sagt hab: bei der ersten passenden Gelegenheit."

Mit diesem Versprechen machte sich der Bragglehner auf den Weg zurück nach Gschwend.

*

Die passende Gelegenheit wollte und wollte nicht kommen. Ein paarmal nahm der Bragglehner wohl den Anlauf dazu, aber dann sagte er sich, daß sich wohl noch eine bessere Gelegenheit bieten werde. Eine Stunde vielleicht, die sich besonders eignete, seine schwarze Seele reinzuwaschen vor dem Sohn, der in dieser Zeit geradezu aufblühte. Aufrecht ging er über den Hof, seine Augen leuchteten, und seine Schultern vibrierten voll verhaltener Kraft. Gerade so, als wenn er durch etwas in seiner Lebenslust ständig genährt würde.

Es waren Bedas Briefe, die ihn regelmäßig alle vierzehn Tage erreichten. Briefe, in denen die Seele des fernen Mädchens schwang. Manches war nur scheu angedeutet, aber wenn man zwischen den Zeilen lesen konnte — und Florian hatte dies längst gelernt — dann rief ihr Blut genau so nach Erlösung wie seines.

Kurz vor Ostern bekamen die Bragglehners ihren neuen Wagen, und Florian wäre ja nun leicht damit in einer Stunde bei Beda gewesen. Aber werktags hatte er keine Zeit, und sonntags wollte der Bragglehner immer woanders hingefahren werden. Auch die Mutter durfte mitfahren. Sie fuhren nach Birkenstein, in die Wieskirche, nach Berchtesgaden, in die Landeshauptstadt und einmal bis in den Bayrischen Wald. Der Bragglehner legte bei so einer Fahrt meistens schon fest, wo es am nächsten Sonntag hingehen sollte. Der Hintergedanke dabei war aber stets bei ihm: Ich muß verhindern, daß er die Beda trifft.

Nein, es wollte einfach keine passende Gelegenheit kommen, und so schob der Bragglehner seine große Beichte immer wieder hinaus. Dafür aber kam jetzt der Frühling. Mit allem Ungestüm brach er über die Berge herein. Alles begann zu blühen und zu grünen. Die ganze Landschaft war ein Meer von Blüten, und in die Herzen der Menschen stahl sich Sehnsucht und ließ ihr Blut pochen vor lauter Frühlingstrunkenheit. Der Wind wehte warm unter den Sternen hin, selbst der Mond hatte nicht mehr den kalten Glanz der froststarrenden Winternächte — —

In so einer Nacht, als der Bragglehner vom Samstagsbier heimging, faßte er endgültig den Entschluß, mit Florian zu reden. Am ersten Juni ging die Jagd auf, und gleich den ersten Bock sollte Florian schießen dürfen. Er malte sich das alles recht schön aus. Wenn er ihm den Bruch überreichte, dann wollte er sich mit Florian neben dem Kapitalen ins Moos setzen und wollte ganz vernünftig mit ihm reden. Am besten war's, er holte dabei ganz weit aus, er wollte mit dem Sohn zurückwandern bis in seine eigene Kindheit und von dort her seine Geschichte schön langsam aufbauen.

Ja, ja, so war es wohl am besten. In die größte Freude muß man den Menschen etwas Wermut hineinmischen, dann trinken sie ihn leichter.

In die Sägmühle ging er wohlweislich nicht mehr hinunter. Aber am Sonntag vor Pfingsten ergab es sich so, daß er der Mariann bei den Kirchhofstaffeln gerade in die Hände lief. Sie blieb einen Moment stehen, hatte ihr Gebetbuch fest an die Brust gedrückt und schaute ihn nur an. Aber wie sie ihn anschaute! Diesen Blick konnte er nicht mißdeuten, und er sah sich schnell nach allen Seiten um, ob ihn niemand hören könnte, als er ihr schnell versicherte:

„Am ersten Juni geht die Jagd auf, da laß ich ihn einen Sechserbock schießen, und bei der Gelegenheit sag ich's ihm."

„Das ist aber die äußerste Frist", sagte die Mariann mit spröder Stimme und ging an ihm vorbei, so, als hätte sie gar nicht mit ihm gesprochen.

Unter gesenkten Brauen heraus sah er ihr nach. Wie kerzengerade sie dahinging, und wie ihr Haar in der Sonne flimmerte! Immer noch eine außerordentlich schöne Frau. Kunststück! dachte der Bragglehner. Sie hat ja nicht die Sorgen wie ich. Dann schwenkte er auf den Gasthof zur Post zu, bestellte sich drei Weißwürste und eine Halbe Weißbier mit einem Zitronenschnitzel in den weißen Schaum hinein.

So kam das Pfingstfest heran.

Am Samstag war um vier Uhr auf Gschwend der Hofraum sauber ausgekehrt, die Scheunentore waren geschlossen. Nur die Stalltüren standen noch weit offen, und man hörte zuweilen eine von den beiden Kühen brüllen, die vom Almauftrieb daheimbehalten worden waren. Zum erstenmal war heuer die junge Magdalena mit dem Vieh hinaufgezogen. Der Bragglehner selber hatte den Almzug begleitet und war nun noch ein paar Tage auf der Jagdhütte gewesen.

Florian saß auf der Hausbank und putzte seine Sonntagsschuhe, Andreas fummelte noch am Auto herum, das im Schatten der Tennbrücke stand, nachdem er eine Unmenge Wasser zuerst daran verschwendet hatte. Nun rieb er es mit Rehleder blank, daß es dastand, als sei es gerade vom Fließband gekommen. Man hatte ihm bereits durch die Fahrten, die dem Bragglehner Freude zu machen schienen, an die fünftausend Kilometer abgefordert.

Seit etwa acht Tagen hatte auch Andreas den Führerschein, und morgen, so war es ihm versprochen worden, sollte er erstmals mit der ganzen Familie in die Stadt fahren dürfen. Dort war nämlich der althergekommene Pfingstmarkt, mit Schaukeln, Karussells, Schaubuden und Tanz im Saal des „Ankerbräu".

Die Sonne schien aus einem wolkenlosen Himmel. Die Schwalben flogen hoch und schossen dann immer wieder wie ein Pfeilgeschoß in den Hausflur hinein zu ihrem Nest. Gravitätischen Schrittes zog der Pfau, dem die kleine Verona sinnigerweise den Namen „Farbnstelzl" gegeben hatte, über den Hof hin, stolzierte ein paarmal um den blankgeputzten Wagen herum, als gefiele es ihm, sich mit seiner Farbenpracht im Lack zu spiegeln, zog dann sein Rad ein und legte sich in den Schatten.

Durch das offene Küchenfenster hörte man die Stimme der Mutter, die sich mit der Verona unterhielt, welche es auf Ehr' und Seligkeit versprochen haben wollte, daß sie morgen mindestens sechsmal Prater fahren dürfe. Die Mutter versprach es, fügte aber hinzu, daß es ja dabei auch auf den Vater ankäme. Das hinge von seiner Laune ab oder wie weit er seinen Geldbeutel zu solchen Zwecken öffnen wolle.

Florian lächelte still für sich hin. Was so kleine Menschenkinder schon für Sorgen hatten! Natürlich würde Verona zu ihren Freuden kommen. Auch auf der Schiffsschaukel wollte er mit ihr in die Luft schweben. Es war ja nicht mehr so wie früher. Jeden Sonntag bekamen die Brüder jetzt ein anständiges Taschengeld. Wer hätte das noch vor einem Jahr gedacht! Flüchtig schloß er die Augen, weil ihn der Gedanke anfiel, daß es sich jetzt auch bald jährte, seit er droben am Latschenhang die Büchse gegen den Vater gehoben hatte. Was hatte sich seit damals nicht geändert!

Er griff in seine Hosentasche und zog einen Brief heraus, den er nun schon bald auswendig kannte, obwohl er ihm erst am gestrigen Abend von Peter ausgehändigt worden war.

„Liebster!" So leitete Beda jeden ihrer Briefe ein, um ihm dann weiter mitzuteilen:

„Ich kann es kaum mehr erwarten bis zum hochheiligen Pfingstsonntag, an dem wir uns endlich wiedersehen werden. Ich habe für den Nachmittag freibekommen, und ich könnte den ganzen Tag für mich hinsingen wie jene Solveig: ‚Gesegnet seist Du und der Pfingsttag, der Dich mir endlich brachte.' Und wir werden einen Walzer tanzen im Saal, den ersten Walzer unseres Lebens. Und ich werde dabei an Deinem Herzen ruhn, ganz fest, und ich werde Dein Herz schlagen hören. Ach, Florian, ich fürchte immer, Du weißt gar nicht, wie sehr ich Dich liebe! Manchmal hab ich so dumme Gedanken. Wir stehn auf einem hohen Berg, und wir stürzen uns beide gemeinsam hinunter, weil auf der Welt kein Platz ist für die Größe unserer Liebe. Aber das sind wirklich ganz, ganz dumme Gedanken, denn für uns zwei ist doch überall Platz, auch in der kleinsten Hütte, natürlich erst recht da droben am Joch. Ach, wie hoch wir dann droben sind, dem Himmel viel näher als andere Menschen. Aber das werde ich Dir alles am Sonntag mündlich sagen, und ich werde mich in Dein Herz hineinküssen und Du in meines."

Herzliebend Deine Beda."

Ach, es erging ihm doch nicht viel anders, und manchmal tat es ihm bis in die Seele hinein leid, daß er keine solchen Briefe schreiben konnte wie sie. Er schrieb halt so, wie es ihn bewegte, und hatte oft Angst dabei, irgend ein Wort nicht richtig zu schreiben. Aber in seinen Sätzen gab es keinen Irrtum, und sein heißes Wünschen war verstanden worden, als er kürzlich einmal geschrieben hatte: „Du bist mir doch nicht bös, liebe Beda, wenn ich mir wünsche, einmal eine ganze Nacht mit Dir zu schlafen."

„Nein, ich bin Dir keineswegs böse", hatte sie darauf zurückgeschrieben. Dies fände sie ganz natürlich, und sie wünsche es auch. Aber ein kleines bißchen Geduld müsse er halt noch haben. Bald würden ja die Hochzeitsglocken läuten, wenn der Wille dazu in seinem Herzen so stark sei wie in ihrem.

Florian steckte den Brief wieder ein. Im Aufblicken sah er den Vater über den Hang herunterkommen. Er ging ziemlich schnell. Die Büchsenläufe hinter seinem Rücken funkelten. Wie ein Junger kam er daher, machte gar nicht erst den Bogen zum Gatter, sondern setzte mit einem Sprung über den Zaun der Jährlingsweide. Noch bevor er ganz an den Hof herangekommen war, verkündete er schon:

„Heut hab ich ihn wieder g'sehn, deinen Bock, Florian. Herrgott, so ein Geweih. Am nächsten Mittwoch ist der Erste. Hoffentlich hast du dann eine ruhige Hand, Florian."

„Darum braucht der Vater sich nicht kümmern. Ich hab nur Angst, daß es dich im letzten Moment wieder reut und du selber —"

„Was ich versprochen hab, das halt ich", unterbrach ihn der Vater und setzte sich zu Florian auf die Bank. Die Bragglehnerin fragte durchs Küchenfenster heraus:

„Soll ich jetzt 's Bad herrichten, Sixtus?"

„Ja, richt es her. Ich bin durchgeschwitzt wie im Hochsommer."

Der Andreas kam heran, das Rehleder in der einen, den Kübel in der andern Hand.

„Bleibt's dann dabei morgen, daß ich am Steuer sitzen darf?"

„Das mußt mit deinem Bruder noch ausmachen", sagte der Bragglehner. „Im übrigen werd ich jetzt auch den Führerschein machen. Es geht doch nicht, daß ich immer auf einen von euch beiden angewiesen bin."

„Wann fahrn wir denn morgen?" wollte Andreas wissen.

„Ich denk, gleich nach dem Mittagessen", meinte der Bragglehner.

„Bis um zwölf Uhr bin ich leicht von der Hochkoglplattn wieder zurück", schätzte Florian.

„Mußt denn da ausgerechnet morgen 'nauf?" fragte der Bragglehner mit leichtem Unwillen.

„Ja, ich hab es dem Peter versprochen. Und wer weiß, wie bis zum nächsten Sonntag das Wetter ist."

Der Bragglehner ging jetzt ins Haus. In der Tiefe des Flures, wo sich seit dem Winter ein gekacheltes Bad befand, hörte man Wasser rauschen.

Allmählich sank nun der Abend. Die Hochkoglplatte glühte im Feuer der untergehenden Sonne. Mit schmalgeklemmten Augen sah Florian hinauf zu dem stolzen Berg, als ob er sich die Route einprägen wollte, die sie steigen würden. Langsam wurde das leuchtende Abendglühen da oben purpurn, dann erlosch es ganz, und eine ziehende Wolke verhüllte den Gipfel.

Um zwei Uhr morgens kam der Stubler Peter auf den Gschwendnerhof zu. Bei jedem Schritt klirrten die Steigeisen und die gebündelten Mauerhaken an seinem Rucksack.

Gerade als er sich bücken wollte nach ein paar Steinchen, um sie ans Fenster hinaufzuwerfen, hinter dem er Florian noch schlafend wähnte, öffnete sich die Haustüre, und Florian trat heraus. Er hatte den Rucksack bereits geschultert und das Seil über die Brust gelegt.

„Da bist ja schon", lachte Peter.

„Wenn es heißt um zwei, dann heißt es um zwei", antwortete Florian, hob das Gesicht und prüfte den Wind. Die Sterne funkelten und kündeten einen schönen Tag, der allerdings noch sehr fern war. Die Sterne spendeten nur soviel Licht, daß einer des anderen Gesicht sehen konnte. Peters Gesicht glühte förmlich in

Erwartung des Abenteuers. Ein langgehegter Wunsch würde sich ihm nun erfüllen. Unter der sicheren Führung des geübten Bergsteigers Florian würde er auf dem stolzen Gipfel stehn!

Florians Gesicht war ganz ruhig. Er schloß die Türe hinter sich, schubste den Rucksack zurecht und fragte:

„Hast alles, Peter? Dann pack'n wir's an, in Gottes Namen!"

Sie zogen hinaus in die Nacht, zuerst über die Hangwiese hinauf. Bald umfing sie der Wald, in dem es so finster war, daß sie einander kaum mehr sehen konnten. Peter war so voller Ungeduld und rannte immer ein Stück voraus, bald aber ließ er sich belehren, daß nur der langsame, stete und zügige Schritt zum Berggehen das Richtige ist, und er blieb dann hinter Florian, der sich mit katzenhafter Sicherheit den Weg durch den schwarzen Wald ertastete. Dann kamen sie über ein offenes Almfeld. In einer Hütte brannte schon Licht, aus den Nachtschatten hörten sie das Geläut von Kuhglocken.

Und immer höher kamen sie. Ein Geröllfeld zog sich vor ihnen hoch, die Sterne fingen an zu erblassen und erloschen dann ganz. Der kühle Geruch der Felsen kam näher, und der Morgen brach zögernd an und bot die ganze große Fülle seiner Erscheinungen. Ein paar Nebelfetzen zogen schon rötlich beglänzt, schemenhaft und in sanfter Bewegung vorüber. Der Wind hob sie und ließ sie wehen, wie Schleiergewänder von Frauen.

Immer näher kamen sie den Felswänden. Der Tag begrüßte sie mit rosigem Schimmer, und mit frohem Herzen stiegen sie eine halbe Stunde später in die Wand ein. Sie sprachen nicht viel. Peter war ganz hingegeben diesem Neuen, Erstmaligen, und Florian war mit seinen Gedanken bei Beda. Wie schlafwandelnd ging er die Route an, setzte seine Schritte sicher und zielbewußt. Erst nach einer Stunde hielten sie die erste Rast. Sie saßen auf einem Felsvorsprung, Florian öffnete seinen Rucksack, nahm etwas Brot und Wurst heraus, bot seinem jungen Gefährten davon an und ließ seine Blicke in der Runde umherschweifen. Das Wunder eines Morgens bekränzte mit seinem Licht alle Bergspitzen ringsum.

„Ob die Beda wohl schon auf sein wird?" stellte er wie versonnen die Frage.

„Sag, Florian, wirst du sie einmal heiraten?" fragte Peter dagegen und schob einen Brocken Schwarzbrot in den Mund.

„So gewiß wie das Amen im Gebet."

„Auf die Hochzeit freu ich mich heut' schon", lachte Peter. „Wer hätt' denn das geglaubt, daß du einmal mein Schwager wirst."

„Bei Gott ist alles möglich", lachte Florian zurück und schnürte den Rucksack wieder zu. Dann nahm er den jungen Gefährten ans Seil.

Immer höher kamen sie, von der Tiefe aus gesehen waren sie nur noch zwei kleine Punkte. Sie spürten ihre Herzen heftig klopfen, der Atem wurde ihnen immer enger, die Muskeln ermüdeten. Aber wie ein Motor trieb es Florian dem Gipfel zu. Zu Mittag wollte er wieder daheim sein, nein, das mußte er, denn so wie er seinen Vater kannte, würde man nicht lange warten auf ihn und einfach ohne ihn fahren.

Nein, nein, er mußte nachmittags schon in der Kreisstadt sein, beim Pfingstmarkt, denn was hatte doch Beda geschrieben? Vom Pfingsttag etwas, der gesegnet sein solle. Und der Walzer wartete. Der erste Walzer. Und ein Mädchen wollte sich in sein Herz hineinküssen.

Herrgott, war das Leben schön, bei solcher Erwartung, bei soviel Liebe und Glück!

Auf einem Felsvorsprung stehend, sicherte Florian seinen Begleiter am Seil. Als der Peter neben ihm stand, fragte er: „Wieviel Haken hast noch?"

„Ein gutes Dutzend."

Florian äugte die Steilwand hinauf, die etwa zehn Meter über ihnen weit ausbuchtete. Das war der schwierigste Teil der Wand.

„Ein bißl wenig, aber wir werden's schon schaffen. Hast Angst?"

Dem Peter zitterten zwar die Knie ein wenig, aber er gab es nicht zu. „Mit dir doch nicht."

Die Wand hatte es in sich. Sie forderte alle Kraft und alle Verwegenheit. Für Minuten schwebte Florian einmal frei über dem Abgrund, dann bekamen seine Hände wieder Halt. Durch einen Kamin ging es jetzt schneller aufwärts, immer näher dem Gipfel zu.

Endlich, es mochte schon zehn Uhr vormittags sein, standen sie oben. Dieses allein schon hatte alle Mühe gelohnt. Es war das Ziel jahrelanger Sehnsucht des Bauernburschen Florian März. Tief atmend standen sie oben neben dem Gipfelkreuz, dann stieß der junge Peter einen jubelnden Juchzer aus.

„Florian, das werd' ich dir nie vergessen, daß du mich mit 'raufgenommen hast."

Kühl strich der Wind über die Höhe, und weit reichte der Blick über tausend Gipfel hin. Man konnte bis zum Venediger sehn. Eine Welt des Friedens und der Weihe umhüllte die beiden Bergsteiger.

Sie schrieben sich in das Gipfelbuch ein, und Florian sagte: „Eines Tages wird sich auch Beda hier eintragen."

„Die Route packt sie nie", versicherte Peter.

„Natürlich nicht." Florian deutete mit dem Kinn zur Seite hinüber. „Dort drüben, wo wir dann absteigen, ist es viel leichter."

Wohl eine Stunde blieben sie oben. Die Sonne brannte jetzt heiß hernieder, gab dem Gipfelkreuz einen Strahlenkranz. Florian schaute auf die Uhr, schnürte seinen Rucksack wieder zusammen und wickelte das Seil auf, das sie nun nicht mehr brauchten.

„Auf geht's, Peter", mahnte er. „Spätestens um zwölf muß ich drunten sein, sonst fahrn die andern ohne mich zum Pfingstmarkt."

Die nördliche Abstiegsroute war verhältnismäßig leicht. Nach ein paar Klimmzügen erreichten sie den Steig, der im oberen Teil allerdings recht schmal war, so daß sie nur hintereinander gehen konnten. Diese schmale Stelle war höchstens fünfzig Meter lang, dann mündete der Steig in einen etwas breiteren, bequemeren Weg ein. Für ein paar Augenblicke verweilten sie noch, weil der Blick in das Tal hinunter so zauberhaft schön war. Als habe der Herrgott eine Spielzeugschachtel ausgeschüttet, so lag das Dorf Zirnstein da unten, ganz in Blüten eingehüllt. Nur der Kirchturm stach wie ein warnend erhobener Zeigefinger aus dem Blütenmeer heraus.

Florian sah sofort, daß das letzte Frühjahrsgewitter dem Steig ziemlich stark zugesetzt hatte. Lose Steine und kleineres Geröll lagen inmitten des Weges. Es war äußerste Vorsicht geboten.

„Halt dich dicht hinter mir, Peter", mahnte Florian

nochmals. „Schau nicht nach rechts hinunter, schau bloß an die Wand hin und vor allem auf meinen Tritt."

Vorsichtig setzte Florian Schritt vor Schritt, manchmal stieß er einen losen Steinbrocken mit dem Fuß in die Tiefe. Nur noch zwanzig Meter trennten sie von dem bequemeren Weg. Senkrecht ragte zur Linken die graue Wand hoch, und rechts war der grausige Abgrund. Kühl, wie aus einem Burgverlies, wehte es aus der Tiefe herauf. Und über allem der wolkenlose, blaue Himmel.

Einmal schoß ein Adler lautlos aus der Bläue heraus, schwebte langsam auf die Wand zu, strich so nahe vorbei, daß die beiden den Wind seiner Schwingen spürten. Unwillkürlich griff Florian nach seinem Stilett in der Messertasche. Aber der Adler zog dann in einem weiten Kreis vorbei, ganz majestätisch, sein Gefieder glänzte in der Sonne, als wäre der große Vogel aus Silber.

Dann — nur eine einzige Sekunde der Unachtsamkeit — Florian hatte den lockeren Stein auf dem Steig zu spät erkannt, trat darauf und geriet ins Stolpern. Seine Hände griffen mit einem Aufschrei nach der glatten Wand, konnten jedoch keinen Halt finden. Durch eine kleine Reflexbewegung verlor er das Gleichgewicht.

„Jesusmaria", schrie er noch, dann glitt sein Körper lautlos in die gähnende Tiefe.

Mit jähem Entsetzen lehnte Peter an der Wand. Seine Knie zitterten so sehr, daß er meinte, jeden Augenblick müsse es auch ihn über den Steig hinausschleudern. Der Himmel seiner Freude, da oben gewesen zu sein, verdunkelte sich und hüllte ihn in schwarze Finsternis.

„Florian...!" schrie er in seiner Todesangst. Doch keine Antwort kam aus dem finsteren Abgrund. Nur seine eigene Stimme hallte als Echo aus den Wänden zurück. Dann war wieder feierliche Stille ringsum, das unendliche Schweigen der Berge. Angstschweiß rann dem Buben übers Gesicht und vermischte sich mit den Tränen, von denen er kaum merkte, daß sie unaufhörlich rannen. Die ganze Trostlosigkeit der Welt stürzte auf ihn herein, und bittere Vorwürfe quälten ihn, daß er Florian immer gedrängt und gebettelt hatte, er möchte ihn auf diesen Berg mitnehmen.

Auf den Knien rutschte er dann langsam dahin, immer gewärtig, daß es auch ihn noch hinunterreiße. Aber der Berg hatte genug an diesem einen Opfer. Er hatte sein Pfingstopfer, so wie die alten, heidnischen Götter ihre Opfer brauchten an gewissen Festtagen.

Endlich hatte Peter den breiteren Steig erreicht und rannte nun, wie von Furien gehetzt, bis zur bewirtschafteten Zirnsteinhütte hinunter, wo ihn der erlittene Schock nur mit mühsamem Gestammel von dem grausigen Unglück berichten ließ. Dann brach er vor Erschöpfung zusammen, während bereits eine Rettungsmannschaft über den Bergwald hinaufeilte.

*

Bauern und Städter drängten und schoben sich froher Dinge durch die Kramerstände, die soviel Verlockendes zu bieten hatten. Eigentlich wurde das Fest Pfingstdult genannt und dauerte drei Tage. Die Bauern aber kamen schon am ersten Sonntag von weither, weil ja um vier Uhr in der Turnhalle der große Bauerntag begann, auf dem die besten Redner sprachen und gegen die Unbilden der Zeit wetterten. Das durften sie nach Herzenslust; die Regierungsvertreter notierten sich alles gewissenhaft, dann fuhren sie wieder heim nach München und unterhielten sich beim Donisl bei einer gefüllten Kalbsbrust über die notleidende Landwirtschaft und über ein paar der renitenten Bauernredner, die sich kein Blatt vor den Mund genommen hatten und die man sich merken mußte.

Um halb zwei Uhr war es, als die Bragglehners in die Kreisstadt einfuhren und Andreas den Wagen im Hof des „Ankerbräu" abstellen konnte.

Bis dreiviertel eins hatte man daheim auf Florian gewartet, aber als er dann immer noch nicht heimgekommen war, fuhr man halt ohne ihn ab.

Um zwei Uhr begann die Blaskapelle Oberwagner im Ankerbräusaal zu spielen. Die Klänge des „Hohenfriedberger" drangen durch die weitoffenen Saalfenster und vermischten sich mit dem Gedudel der Karussells und der Schiffsschaukeln. Dazwischen schrie der „billige Jakob", daß man nirgendwo auf der ganzen Welt so billig einkaufe wie bei ihm.

Lebkuchenherzen mit sinnigen Sprüchlein drauf lagen auf den Kramerständen aus, Türkischer Honig, Waffelbruch, Lakritzenstangen und ausländische Kirschen.

„Vata, bitt' schön, Kirschen", bettelte die Bragglehner Verona den Vater an. Sie hatte sich an seine Joppe gehängt, daß sie in dem Gedränge nicht verloren ging.

Der Bragglehner erstand ein Pfund Kirschen — es war noch viel Zeit bis zum Versammlungsbeginn — und blieb dann vor einer Schiffsschaukel stehen.

„Was magst lieber, Verona: schaukeln oder Praterfahrn?"

Die Kleine mochte jetzt weder das eine noch das

andere. Sie mochte jetzt nur ihre Kirschen und fand Spaß daran, die Kerne in weitem Bogen auszuspucken.

„Ich weiß nicht, Frau —" sprach der Bragglehner weiter, „machen wir vorher noch Brotzeit, bevor die Versammlung angeht? Vorausgesetzt, daß dich die Versammlung überhaupt interessiert."

„Redest du da?" fragte die Bragglehnerin.

„Das wird sich wahrscheinlich nicht vermeiden lassen."

Sie standen vor dem Stand „Wer haut den Lukas?" Andreas bemühte sich gerade vergebens, das Eisenstück bis ans Ende hinaufzuschlagen, wo es dann einen kleinen, explosivartigen Knall gab.

„Murkser", sagte der Bragglehner und nahm dem Andreas den Schlegel aus der Hand. Dann entledigte er sich erst noch seiner Joppe und holte weit aus. Er trieb das Eisenstückl mit dem ersten Schlag schon bis ganz oben hinauf. Viermal hintereinander gelang ihm dies mit scheinbar leichter Mühe. Die Verona stand neben ihm und spuckte ihre Kirschkerne aus.

Da — auf einmal, eine grelle, mißtönende Sirene, die alle anderen Geräusche übertönte. Unweit von den Kramerständen glitt mit Blaulicht in rasender Fahrt ein Sanitätswagen vorbei, bog um die Ecke und verschwand hinter den Mauern, die das Krankenhaus umgaben.

*

Schwester Beda fuhr mit dem Fahrstuhl vom dritten Stock ins Parterre herunter. Mit im Fahrstuhl war der junge Oberarzt Keller, der an diesem Pfingstsonntag Dienstbereitschaft hatte. Er wollte sich nur mal auf eine halbe Stunde im Krankenhauspark ergehen, während

Beda, im schmucken Dirndl, sich mit Florian treffen und zum Tanzen gehen wollte.

„Sie sehn ja heute aus wie —" Der Arzt suchte nach einem Vergleich.

„Ja, wie denn?" fragte Beda.

„Einfach zauberhaft sehn Sie aus, Schwester Beda. Grad als ob Sie allerhand vorhätten."

„Vielleicht hab ich allerhand vor", lachte Beda. „Aber im Ernst, Herr Doktor, heute werde ich tanzen, wie ich in meinem ganzen Leben noch nicht getanzt habe."

„Tanzen und lieben", lachte nun auch der Arzt.

„Und wie", gab Beda zu und trat aus dem Fahrstuhl, der lautlos gehalten hatte. Im großen Vestibül wimmelte es von Besuchern und Kranken, die nicht bettlägrig waren. Durch die großen Schwingtüren mit den Glasscheiben fiel in breiten Strömen das Sonnenlicht herein. Doktor Keller öffnete eine der Türen, um Beda vor sich hinauszulassen. Er wollte sich gerade eine Zigarette anzünden, als er verdrossen den Kopf hob. Von fernher drang das schrille „Tatü-tatü-tatü", das den nahenden Krankenwagen ankündigte. Gleich darauf schoß der Wagen mit dem roten Kreuz von der Straße her in den Hof herein und hielt hinten beim Personaleingang. Mit flatterndem Mantel rannte Doktor Keller auf den Wagen zu, aus dem die zwei geschulten Sanitäter schon die Bahre herauszogen, auf der ein blutendes Bündel Mensch lag.

„Verkehrsunfall?" fragte Doktor Keller sachlich.

„Nein, in den Bergen abgestürzt."

Der Arzt beugte sich nieder, hob das Augenlid des Verletzten und richtete sich wieder auf.

„Sofort in den Operationssaal."

Da gellte hinter ihm ein Schrei, so markerschütternd und durchdringend, daß Doktor Keller erschrocken herumfuhr und Schwester Beda gerade noch auffangen konnte.

„Schwester Beda? Was ist denn? Kennen Sie den Verletzten?"

Beda nickte nur stumm, war keines Wortes fähig, hielt sich auf schwankenden Füßen und ließ sich willenlos ins Haus führen. Dort erst erwachte sie aus ihrer Erstarrung und faßte den Arzt am Arm.

„Schnell, Herr Doktor! Um Gottes willen, schnell! Er verblutet ja sonst. Ich werde in zwei Minuten im Operationssaal sein."

„Sie haben heute nicht Dienst, und außerdem, Schwester Beda, bei Ihrer augenblicklichen Verfassung —"

„Ich werde assistieren", sagte sie mit einer Schärfe, die niemand an ihr gewohnt war. Dann rief sie kurzerhand in der Villa des Professors Thomsen an, obwohl sie wußte, daß man ihn sonntags nur in dringenden Fällen anrufen durfte. Aber für sie war der Fall dringend, sehr dringend sogar, obwohl noch keine Diagnose gestellt worden war. Hundertmal schon geübt, drückte Beda auf ein paar einzelne Knöpfe in der Zentrale, und so war in wenigen Minuten das Operationsteam beisammen. Kurz darauf erschien auch der Professor. Mit zitternden Händen reichte ihm Beda Mundschutz und Gummihandschuhe hin. Dabei betrachtete er Beda flüchtig.

„Was ist denn mit Ihnen los, Schwester Beda? Wie sehn Sie denn bloß aus?"

„Bitte, Herr Professor, retten Sie ihn!"

„Im Röntgenraum alles herrichten lassen!" befahl er

kurz, dann stürmte er in den OP. Blitzschnell arbeitete das Team, die Hände des Professors arbeiteten wie eine lautlose Maschine. Schweigend und mit ruhigen Bewegungen reichte ihm Beda Pinzette, Unterbindungsnadeln, Klemmen, Messer und Schere, indessen ihr Herz flatterte in Angst und Erbarmen, denn was da auf dem Operationstisch lag, hatte kaum mehr Ähnlichkeit mit dem Florian, den sie kannte.

Nach einer halben Stunde richtete Thomsen sich mit schweißbedecktem Gesicht auf und befahl:

„In den Röntgenraum. Wer ist es denn eigentlich? Weiß jemand, wie er heißt?"

Niemand wußte es, bis Beda mit gedrosselter Stimme sagte:

„Florian heißt er. Florian März aus Zirnstein."

„Ach, Sie kennen ihn, Schwester Beda?"

„Ja, und heute wollten wir miteinander zum Tanzen gehen."

„Ach so?" Professor Thomsen wechselte einen raschen Blick mit seinem Oberarzt, der soviel bedeuten mochte wie: ‚Der wird wahrscheinlich ausgetanzt haben.' Dann fragte er: „Wen muß man denn benachrichtigen?"

Beda zuckte zusammen. Diese Frage kannte sie in ihrer ganzen, grausamen Bedeutung. Sie wurde immer dann gestellt, wenn die Ärzte am Ende ihrer Kunst waren. Aber das konnte und durfte einfach nicht sein. Mit fast flehender Stimme rang sie dem Professor die Erlaubnis ab:

„Ich bitte, Herr Professor, daß ich die Pflege übernehmen darf."

„Ja — aber —"

„Bitte, bitte, Herr Professor!"

„Wenn Ihnen soviel daran liegt. Aber Sie sollten sich nicht zuviel zumuten, Schwester Beda!"

„Ja, Herr Professor, mir liegt viel daran, alles, denn — wenn er stirbt, will ich auch sterben."

„Ach so ist das? Hören Sie mal, Schwester Beda..."

Aber Beda war schon hinausgerannt. Kopfschüttelnd schaute ihr der Professor nach. Dann sah er seinen Oberarzt an.

„Das ist ja eine saubere Geschichte. Unsere Beda hat sich offenbar unsterblich verliebt. Jetzt wird mir manches klar. Sie war in letzter Zeit immer so fröhlich und ausgelassen. Wußten Sie was davon?"

Der Oberarzt schüttelte den Kopf.

„Das muß im letzten Urlaub, zu Weihnachten, über sie gekommen sein. Und heute hat sie sich freigeben lassen. Wollte zum Tanzen gehn. Wie hat sie gleich gesagt? Heute tanz ich so, wie ich in meinem ganzen Leben noch nicht getanzt habe. Aber — wie sehen Sie die Lage, Herr Professor? Besteht noch Hoffnung?"

Wieder schaute Professor Thomsen den jungen Arzt an. „Menschenskind, Keller! Haben Sie denn nicht gesehn, was da los ist? Ein Wunder, daß er überhaupt noch lebt. Die äußerlichen Blutungen haben wir zwar stillen können. Aber wie es innen ausschaut! Da ist doch keine Rippe mehr heil, ganz abgesehen von der doppelten Schädelfraktur. Lassen Sie die Kleine nicht merken, was los ist. Die ist imstand und macht bei ihrer Sensibilität auch noch Dummheiten."

Der Professor schlüpfte aus seinem Mantel, trat ans Fenster und öffnete es. Vom Stadtplatz herüber hörte man das Gedudel der Jahrmarktsorgeln und das dumpfe Gemurmel von Menschenstimmen. Tausendfältige, überschäumende Lebenslust schwang in der Luft.

„Ich tanze mit dir in den Himmel hinein", dröhnte eine der Jahrmarktsorgeln. Hell und dröhnend schwirrte die Melodie in der Luft.

Und auf Zimmer fünf lag ein blutjunger Mensch ohne Besinnung, ganz in Weiß verpackt. Nur mehr die geschlossenen Augen waren zu sehen, die Nase und der knabenhaft strenge Mund. Und die Nase wollte schon spitzer werden —

„In den siebenten Himmel der Liebe..." spielte die Orgel draußen.

Auch Schwester Beda hörte die Melodie. Sie stand auf und schloß das Fenster in Zimmer fünf. Sie wollte allen Willen zusammennehmen und tapfer sein. Aber dann sank ihr Kopf doch auf das Deckbett nieder, und ein rauhes Schluchzen schüttelte ihre Schultern.

So fand sie Doktor Keller, als er nach einer halben Stunde eintrat. Er wollte ihr Mut zusprechen, sprach von Wundern, die hier schon geschehen seien und die sie doch selber miterlebt habe. Aber sie sah durch ihn hindurch und sagte dann mit leiser Stimme:

„Sie wollen mir doch bloß was vormachen, Herr Doktor! Das ist schön von Ihnen, und ich danke Ihnen. Aber hier sehe ich selber, wieviel es geschlagen hat, und ich werde jetzt schauen, ob ich nicht den Kaplan von St. Anna herbeirufen kann."

Die Nacht hatte sich über das große, weiße Haus gesenkt, in dem es jetzt so still war wie in einer Kirche, in der nur das Ewige Licht brannte. Auch hier erhellte nur eine kleine Birne den Gang. Über das Nachttischlämpchen neben dem Bett hatte Beda ihr seidenes Halstuch gehängt, so daß nur noch ein grünliches Dämmerlicht entstand. Steif saß sie seit Stunden auf dem Stuhl neben dem Bett, hatte die Hände im Schoß gefaltet und betete mit leise flüsternder Stimme vor sich hin. Sie tat es aus einem inneren Zwang heraus; denn es war ihr in den langen Nachtstunden klar geworden, daß sie nicht mehr ums Leben für den Mann ihrer Liebe beten konnte: draußen vor dem Fenster schwebte der schwarze Engel des Todes mit leise rauschendem Flügelschlag unentwegt vorüber. So wollte sie wenigstens darum beten, daß es nicht noch einmal zu solchem Erwachen käme wie um Mitternacht, als er brüllend aufschreckte und solange schrie, bis Dr. Keller mit der Morphiumspritze gelaufen kam.

Seitdem lag er nun wieder wie tot da, ohne Bewußtsein, die Schmerzen nicht spürend. Und während Beda so innig betete, wie nie zuvor in ihrem Leben, wurde es draußen heller und heller. Die Nacht ging zu Ende. Eine Amsel begann im Lindenbaum zu locken. Ihr Ruf war betörend und süß, ein Lockruf an den kommenden Tag und ans Leben.

Auf einmal regte sich Florian. Langsam öffneten sich seine Augen, und als ob er erkenne, wer da an seinem Bett saß, lag ein zages Lächeln um seine Mundwinkel.

„Florian", flüsterte sie leise, „hast du Schmerzen, Florian?" Sie griff bereits nach der Spritze, die auf dem blitzenden Tablett bereit lag.

Seine Lippen bewegten sich, und Beda beugte ihr Gesicht nah zu ihm hin. Und jetzt flüsterte er tatsächlich ein paar Worte:

„Aber — ich — war oben..."

Sie wußte, daß er den Berg meinte, den verfluchten Berg, dessen Namen er wie ein Gebet flüsterte: „Hoch - koglplatte — ich war oben."

Dann drehte er den Kopf mit einem Ruck beiseite.

Auf dem weißen Verband über seiner Stirne glänzte ein kleiner, dunkler Fleck des heiligen Öles; es war, als ob der Kaplan von St. Anna seinen Fingerabdruck hinterlassen habe. Vor den Fenstern rauschte etwas, gerade so, als ob der schwarze Engel jetzt abziehe. Aber es war nur der Morgenwind, der in den jungen Blättern rauschte. Die Amsel sang betörend den Morgen an, das Morgenrot fiel durch das Fenster herein und bedeckte den Toten wie mit einem Schleier.

Beda erhob sich und öffnete die Fenster weit. Von der Stiftskirche schlug es vier Uhr. Drei Minuten vor vier hatte Florian März, Bauernsohn aus Gschwend bei Zirnstein, den letzten Atemzug getan. Das Morgenrot aber, das nun so dunkel brennend heraufstieg, deutete Regen an für den kommenden Tag.

*

Und das Morgenrot trog nicht. Am Nachmittag zog ein Gewitter auf und entlud sich mit viel Getöse über der Landschaft. Das Gewitter zog zwar nach einer halben Stunde wieder ab, aber der Regen blieb, nicht jener schüttere, dünne Nachregen, wie ihn ein Gewitter hinter sich herzieht und der im Westen schon wieder die Sonne ahnen läßt, sondern ein schwerer Regen aus niedrigziehenden Wolken.

Es regnete auch am Tage des Begräbnisses noch, zu dem so viele Menschen aus nah und fern gekommen waren, wie sie Zirnstein nur selten gesehen hatte. Nicht die Tatsache, daß da ein junger Mensch gestorben war, lockte die vielen Menschen her, sondern das Wie seines Sterbens brachte ihm die Anteilnahme weitester Kreise. Er war vom Berg gestürzt, den er nicht in frevlerischem

Hochmut erstiegen hatte, sondern aus reinem Drang zur Höhe. Die Menschen, die mit ihren Bergen verbunden waren, sahen es als eine Pioniertat an, und die Route, die er genommen, so hatte es der Trachtenverein in einer kurzen Sitzung beschlossen, sollte fortan die „Florian-März-Route" getauft werden.

Freilich hatten diejenigen, die dicht hinter dem Sarg und der Geistlichkeit gingen, davon nicht viel. Es konnte ihre verstörten Herzen nicht aufrichten und auch die Nacken nicht, die sie gesenkt hatten, als wäre vom lehmigen Boden des Friedhofs die Ursache des Unglücks abzulesen.

Natürlich waren auch viel Neugierige dabei, solche, die sehen wollten, wie dieser gewaltige Bragglehner den Schlag hinnahm. Aus dessen versteinertem Gesicht aber war nicht viel abzulesen. Man sah allerdings, daß er fürsorglich seinen Arm unter den seiner Bäuerin gelegt hatte und daß er sie zweimal vorm Stolpern bewahrte. An seiner andern Hand hatte sich die kleine Verona eingehakt, die unablässig weinte um den großen Bruder. Andreas und Magdalena gingen dahinter, und es fiel nicht auf, daß Andreas mit dem einen Fuß ein wenig hinkte. Es fiel überhaupt nichts auf, und das entsetzliche Unglück schien ein versöhnendes Band um diese einst so tragisch umwitterte Familie geschlungen zu haben.

Als sich der gewaltige Kondukt in einem großen Umkreis um das Grab versammelt hatte, riß ein Windstoß die Wolkendecke auseinander und ließ eine wäßrige Sonne durchblicken.

Die Lücke im Firmament wurde immer größer, und gerade in dem Augenblick, als der Sarg hintergelassen wurde, zeigte sich das gewaltige Massiv des Berges, der dieses junge Menschenleben gefordert hatte.

„Verfluchter Berg", stöhnte der junge Stubler Peter und ließ die Tränen ungehemmt über die Wangen laufen. Für diesen jungen Menschen war es die bisher schwerste Belastung seines Lebens. Denn immer wieder wurde er von den Vorwürfen gepeinigt, daß er es gewesen war, der den Florian gedrängt hatte, mit ihm die Hochkoglplatte zu besteigen.

Dann wurde es ganz still, als der Fähnrich des Trachtenvereins „D' Zirnsteiner" die seidenbestickte Fahne, hinter der Florian so oftmals marschiert war, über das Grab senkte und hernach der Geistliche seine Stimme hob und mit behutsamen Worten ein Bild des Toten zu malen begann. Nicht als Frevler dürfe man ihn betrachten, der die Gewalt der Natur versucht habe, sondern als einen stillen Helden, den nur die Liebe zu den Bergen zum lichten Gipfel streben ließ. Nun stehe er mit blutender Stirne vor Gottes Thron, und was so manchem Menschen vielleicht nicht verständlich erscheinen möchte, Gott würde es verstehn und ihm die Hand auf seine Wunden legen, in Barmherzigkeit und väterlicher Liebe.

Die Bragglehnerin schüttelte es geradezu vor Jammer. Aber der Mann war ihr auch hier eine gute Stütze. Sein Arm hielt sie fest, während er mit der andern Hand seinen schwarzen Hut vors Gesicht, fast bis zu den Augen hin hielt, damit niemand das Zucken seiner Kiefer sah.

Nur einmal kam es wie ein leiser Schreck in seine Augen, als er im Aufblicken unter den bunten Trachtengewändern der Trachtler das todbleiche Gesicht der Beda sah. Ganz in Schwarz stand sie da, statt eines Hutes nur ein schwarzes Seidentuch über das blonde Haar gelegt. Wie eine steinerne Statue wirkte sie, mit den tiefliegenden Augen, die nicht mehr weinen konnten. In ihren Händen hielt sie einen großen Strauß weißer Rosen. Ganz starr geradeaus schaute sie und sah den Bragglehner nicht, der sie ein paarmal mit seinen Augen herbeiwinken wollte.

Erst hernach, als die Menschenmenge sich schon zerstreute und nur mehr die Leute von Gschwend vor dem Grab standen, kam Beda ganz langsam heran. Kein Wort sagte sie. Ihr Mund war fest zusammengepreßt, als hätte sie ihm nach dem ersten Schrei und nach dem größten Schmerz, bei Florians letztem Atemzug, den Auftrag gegeben, geschlossen zu bleiben für den ganzen Trauerakt hier am Grab und vielleicht auch darüber hinaus noch; denn sie konnte sich nicht vorstellen, daß ihr Mund jemals wieder im Leben lächeln könnte.

Der Bragglehner neigte den Kopf ein wenig zu ihr hin. „Kommst ins Poststüberl zum Trauermahl?"

Beda blickte den Fragenden ganz verständnislos an, bis sie begriff, was er meinte. Sie wußte, daß dies so Brauch war auf dem Lande. Aber nur die nächsten Verwandten nahmen daran teil. Beda war aber nicht verwandt mit den Bragglehners, sie hatte dem Toten nur ihre Liebe geschenkt. Eine märchenschöne Liebe war's gewesen, so wie sie gar nicht mehr in die Zeit passen wollte. Da der Bragglehner um diese Liebe gewußt hatte, deutete es Beda für ein paar Sekunden so, daß er sie um dieser Liebe allein willen zur Verwandtschaft rechnen wollte. Das andere war ihr ja verborgen geblieben, und weil Tote den Lebenden keine Probleme mehr auferlegten, konnte die große Geste des Einladens getan werden.

Aber Beda hatte keine Lust, sich mit ihrem zerbrochenen Herzen an einen Tisch von Zechenden zu setzen. Sie schüttelte nur stumm den Kopf. Dann begann sie ihre Rosen auf den Sarg hinunter zu werfen, jede einzeln, und bei jeder Rose flüsterten ihre Lippen ein leises Wort der Liebe. Neunzehn Stück waren es. So viel der Geliebte an Jahren gezählt hatte.

Dann wandte sie sich dem Ausgang zu. Auf den Stufen, die zum Friedhof heraufführten, stand ihre Mutter, die Mariann Stubler. Sie hatte gewartet auf das Kind, so, als ob Beda noch ganz klein wäre und den Weg zur Sägmühle nicht finden könnte. Vielleicht war sie auch der Meinung, der Tochter etwas Tröstendes sagen zu müssen, etwa so, daß doch alles in Gottes Hand läge, daß alles Bestimmung sei im menschlichen Leben. Es würde ihr schon das Richtige einfallen, jetzt, da sie sich wie eine Erlöste vorkam und die Angst aus ihr geflohen war.

Aber Beda ging mit einem so versteinerten Gesicht neben ihr her, daß sie kein rechtes Wort fand. Und es kam ihr selber töricht vor, nichts anderes feststellen zu können als:

„Ich glaub, daß bald wieder ein Regenguß kommt."

Die Wolken hatten sich nämlich erneut geschlossen. Der Unglücksberg hatte sich wieder verhüllt, und der Wind fauchte von Westen her.

„Der Himmel muß ja weinen, wenn Gott so was hat zulassen können. Nicht einmal zwanzig Jahr hat er alt werden dürfen, der Florian", sagte die Beda.

„Ja, ja, manchmal versteht man's nicht. Alte Leut' möchten sterben und können's oft nicht, und die Jungen —"

„Ich hab ihn mehr als mein Leben gern gehabt", unterbrach Beda die Mutter.

„Bist ja noch jung, Beda, und einmal — vielleicht kommt einmal einer, den du noch lieber hast, dann —"

„Nein, Mutter. Das hat es für mich nur einmal gegeben. Ich hab im Paradies gelebt. Man kann daraus bloß durch eine Sünd' vertrieben werden, oder man muß es auf dem Weg übers Sterben verlassen."

Die Mutter zog den Kopf ein wenig ein. Sie verstand den dunklen Sinn dieser Worte nicht ganz. Es kann aber auch sein, daß sie den Kopf nur deshalb einzog, weil der Regenwind in diesem Augenblick schwere Tropfen auf die Erde niederwarf und beide Frauen den Schritt schneller setzten, um rascher nach Haus zu kommen.

Es regnete auch in den nächsten Tagen noch weiter, als Beda längst wieder abgereist war und die Mariann fürchten mußte, die Welt würde für immer trostlos bleiben, weil sie nicht den Mut zur Wahrheit gefunden hatte.

*

Die Jahre gingen über die Landschaft mit ihren Häusern und Höfen hin. Geradezu eilig hatten sie es, hinter den Bergen zu verschwinden, und fragten nicht, was sie gebracht oder verändert hatten. Viel hatten sie verändert, die neue Zeit war auch in dieses stille Tal hereingebrochen mit allem, was sie den Bauern zu geben hatte an modernen Maschinen und sonstigen Errungenschaften. Es gab fast keine Dienstboten mehr, die wachsenden Städte hatten sie abgeworben, und wenn sie nach Jahren einmal auf einen kurzen Besuch zurückkamen, dann wollten sie nicht mehr wahrhaben, daß auch sie einmal hinter dem Pflug gegangen oder auf den Melkschmeln unter den Kühen gesessen waren. Ja, die Zeit hatte die Menschen verändert. Unverändert, makellos und durch nichts verfälscht, waren nur die Äcker geblieben, die Wiesen, der Wald und die Berge.

Auch den Bragglehner hatten die Jahre ein wenig gebeugt. Bart und Haare waren ihm schneeweiß geworden, und die Leute meinten, soweit sie sich ihre Meinung über den einstigen „Wildling" bildeten, daß ihm der frühe Tod seines ältesten Sohnes Florian diesen Schnee ins Haar geworfen hätte. Das konnte vielleicht sogar stimmen. Andererseits aber packte er mit einer ungestümen Besessenheit die Dinge an, die sich ihm darboten. Klug war man ja aus diesem Menschen nie geworden. Das störte ihn aber nicht, was die Menschen von ihm dachten. Heute noch weniger als früher. Er ging seinen geraden Weg, griff, wenn es ihn danach gelüstete, kraftvoll und mit Schwung ins Geschehen und machte die Menschen nicht nur staunen, sondern trieb sie zur Nachahmung an. Sein Hof verfügte über die neuesten Maschinen, über seinen Äckern stand sichtbar der Segen. Den Hof auf dem Joch hatte er kurzerhand verkauft, nachdem seine Magdalena den Verwalter des Lagerhauses geheiratet hatte. Für dieses Geld hatte er seiner Tochter einen Bungalow am Ortsrand gekauft und das Sägewerk vollkommen renoviert und vergrößert. Der Stubler konnte dem vergrößerten Betrieb allerdings nicht mehr vorstehen, war ja im übrigen bereits auch Rentner; er kaufte so nebenbei für das Bragglehnersche Sägewerk Holz auf und ging mit seiner Mariann zur Sommerszeit Pilze suchen und Beeren. Es ließ sich aus allem Geld schlagen. Einmal verkaufte er für fast hundert Mark Pilze an ein Hotel in der Kreisstadt. Im Winter saß er dann mit seiner noch immer ansehnlichen Frau im warmen Stübchen, hatte seinen Frieden und begriff immer noch nicht, weshalb der Bragglehner sie dort umsonst wohnen ließ.

Ja, die Mariann hatte sich gut gehalten. Die Jahre hatten ihre Schultern nicht beugen können, nur etwas Grau war in ihr schönes Blondhaar gekommen, und zwischen ihren Brauen stand immerwährend eine messerscharfe, dünne Falte, als ob sie über etwas angestrengt nachzudenken hätte und damit nicht zu Ende käme.

Zuweilen kam der Bragglehner vorbei, wenn er im Sägwerk nachschaute, oder wenn er von der Pirsch heimging. Dann saß er ein Weilchen auf der Bank vor dem Haus. Er redete nicht viel, besonders nicht über das Vergangene. Es war gerade so, als habe sich ein Tor dahinter geschlossen, und weder er noch die Mariann wagten es, daran zu klopfen, weil sie nicht wollten, daß es sich öffne und die Vergangenheit abermals feindselig zwischen ihnen stand.

Recht still war sie geworden, die Mariann. Und wenn ihr der Bragglehner den Aufbruch eines Rehbocks, einen Schlegel davon oder einen Hasen brachte, dann nahm sie seine Hand und bedankte sich. „Ich dank dir recht schön, Bragglehner." Er wurde daraufhin so etwas wie verlegen und sagte dann schnell:

„Wie du es einbeizen mußt, weißt ja!"

Friedsam und voll versöhnender Gedanken war sie geworden, die Mariann, voll einer nimmermüden Güte und Fürsorglichkeit, vor allem zu ihrem Mann, gerade so, als wolle sie vieles nachholen an Liebe und Zärtlichkeit, nach denen der Mann sich immer gesehnt hatte. Vielleicht aber war sie darüber auch von ihrer Tochter Beda belehrt worden, daß man nur im Gutsein den Frieden findet, den eine Seele braucht, so notwendig wie der Leib seine Nahrung.

Und die Beda mußte es ja wissen, denn sie war bald nach dem tragischen Tod des Florian März in ein Kloster eingetreten, nach drei Jahren aber von dort wieder zur Krankenpflege in eine größere Klinik geschickt worden. In Wirklichkeit hatte sie darum gebeten, weil sie wußte, daß sie mit ihren Kenntnissen an der Stätte des Leides mehr nützen konnte als in einer kleinen, stillen Klosterzelle. Immerhin war sie damals mit ihrem Schmerz in die Klosterstille geflüchtet und hatte damit genau das Gegenteil getan von dem, was ihre Mutter am Begräbnistage des Florian gemeint hatte: Vielleicht wird einer einmal kommen, den du dann noch lieber hast —.

Manchmal kam sie auf flüchtigen Besuch nach Zirnstein. Zum Beispiel zur Hochzeit ihres Bruders Peter, der eine reiche Bauerntochter geheiratet hatte und mit ihr in Zirnstein eine eigene Mechanikerwerkstätte mit Tankstelle eröffnen konnte.

Auf alle Fälle aber kam Schwester Barova, wie sie jetzt hieß, jedes Jahr zu Pfingsten nach Zirnstein, wenn das ganze Tal in weißen Blüten stand und es sich jährte, daß die Hochkoglplatte den jungen Florian März zu sich genommen hatte. Niemand sah sie zwar dabei: aber an jedem Pfingstmorgen entdeckten die Zirnsteiner, wenn sie zur Kirche gingen, neunzehn weiße Blumen auf dem Grab des Bragglehner Florian. Es waren keine weißen Rosen mehr, auch keine Nelken, sondern neunzehn teure Treibhauslilien.

Sie blieb dann meistens ein paar Tage, und der Stublervater sonnte sich voller Glück und Seligkeit an ihrem Besuch. Sie war mit der Zeit Oberin geworden in dem Krankenhaus, in dem sie fünfzehn Schwestern ihres Ordens vorstand. Und manchmal wagte der kleine, gebeugte Mann gar nicht mehr, sie seine Beda zu nennen oder „mein kleines Bedalein", so wie er sie als Kind immer genannt hatte. Aber dann lächelte die große, schöne Tochter so unergründlich mild, wie nur Engel lächeln können. Sie legte ihre Hand auf seine Schulter. „Ach, Vater", sagte sie dann. „Du mußt nicht Frau Oberin zu mir sagen. Ich bin doch dein Kind."

Einmal an so einem Pfingsttag, es war der Pfingstmontag, machte Beda eine kleine Wanderung über den Wald hinauf, gerade so, als wolle sie all die Stätten ihrer Kindheit aufsuchen, die sie so vielfältig grüßten. Hier hatten sie einmal ein Feuer angemacht. Florian hatte Kastanien mitgebracht, und die hatten sie über dem Feuer gebraten. Und da drüben, auf der Kreuz-Alm hatte ihre Mutter jahrelang gewirtschaftet. Dort wollte einmal auf dem Almfeld ein Stier sie mit seinen Hörnern aufgabeln. Ein Jäger kam gerade noch rechtzeitig und rettete sie aus ihrer Not. Ach ja, dies und jenes fiel ihr jetzt wieder ein. Es war ein schöner, heller Tag. Wenn man von der Höhe aus hinunterschaute ins Tal, sah man nichts als Blüten. Nur schüchtern lugten die roten Hausdächer darunter hervor. Wie kleine, singende Punkte standen die Lerchen in der Luft, und flaumige Schäferwölkchen zogen über den Grat der Berge hin.

Beda achtete ihres Weges nicht. Aber auf einmal schrak sie doch zusammen. Die Jagdhütte des Bragglehner lag vor ihr, und auf der Bank davor saß der Bragglehner. Seine weißen Hemdärmel leuchteten weithin und waren in der Farbe fast gleich mit seinem Haar. Den Kopf gegen die Balken gelehnt saß er da, als schliefe er. Erst als Beda auf einen dürren Ast getreten war, schreckte er auf und starrte sie an, als sähe er einen Geist. Aber dann lächelte er.

„Ja, wer kommt denn da? Beda, oder darf man nimmer Beda sagen?"

„Ich hab mich anscheinend ein wenig verlaufen", sagte Beda und sah auf seine Hand hin, die ihr Platz anbot auf der Bank. Beda zögerte ein wenig, aber da sagte er: „Du wirst doch ein bißl Platz nehmen. Oder willst mir den Frieden forttragen?"

So deutete man es im Bauernleben, wenn jemand sich nicht niedersetzen und gleich wieder fortgehen wollte. Also setzte sich Beda neben ihn auf die rauhe Birkenbank. Die schwarzen Perlen des Rosenkranzes mit dem silbernen Kreuz daran, der ihre schmale Taille umgürtete, raschelten ein wenig dabei. Beda fragte dann:

„Wie steht es denn mit der Gesundheit jetzt, Bragglehner?"

„Gut, ganz ausgezeichnet", versicherte er und dachte an jene dunklen Stunden, Tage und Nächte, in denen er im Fieber und mit aller Hilflosigkeit in ihre Hände gegeben war. „Bloß alt wird man halt", fügte er noch hinzu.

„Ist das unnatürlich, Bragglehner?"

„Nein, das ist das Gesetz des Lebens. Die einen kommen, die andern haben zu gehn. Das ist wie Morgen und Abend. Was dazwischen liegt, nennt man Leben oder Gelebthaben."

„Ja, das stimmt."

„Man muß sich dann bloß fragen, ob man auch richtig gelebt hat."

„Auch das stimmt", gab Beda zu. „Mancher sieht das nur nicht ein, oder er sieht es zu spät ein."

Der Bragglehner schielte sie von der Seite her an.

„Jetzt hast du wohl mich gemeint?"

Sie schüttelte den Kopf.

„Ich spreche ganz allgemein, Bragglehner. Ihr tut soviel Gutes, hab ich mir erzählen lassen."

Er machte eine wegwerfende Handbewegung.

„Nicht der Rede wert. Du tust doch auch viel Gutes."

„Von mir verlangt das der Beruf schon."

„Auch die neunzehn Lilien jährlich am Pfingstsonntag aufs Grab?"

Eine leichte Röte huschte über das schmale Gesicht, das in dem Rahmen der weißen Haube wie ein schönes, strenges Bildwerk wirkte. Dann senkte sie den Kopf und sah auf ihre Hände nieder.

„Es ist mir nicht verboten, Lilien auf ein Grab zu legen, das mir schließlich Wegweiser wurde zu diesem Kleid, das ich jetzt trage."

Sie war rührend in der Gebärde, mit der sie jetzt ihre Hände gefaltet hatte. Der Bragglehner war nahe daran, ihr unters Kinn zu greifen, daß sie ihn ansehen müsse. Im selben Augenblick aber hob Beda selber wieder Kopf und sah zu den Wipfeln hinauf, über denen schon das Abendrot schimmerte.

Der Bragglehner beugte sich vor und schaute in ihre Augen. Sie waren nun ohne Schleier, und dem Mann war, als sehe er in einen Spiegel, und als sehe er darin sein eigenes Gesicht. Sein Herz schlug still und fast feierlich.

Jetzt stand Beda auf, und ihre Worte fielen so leise, wie sonst der Tau zu fallen pflegte oder die Fichtennadeln von der Höhe.

„Gottes Segen auf euren Wegen", sagte sie und ging langsam von der Hütte weg über die kleine Lichtung hin talwärts. Das Abendrot umfing ihre hohe Gestalt mit feierlichem Glanz, so wie es Bäume und Büsche umfing.

Sie wandte nicht einmal mehr das Gesicht zurück, so wie der Mann es sich wünschte. Langsam tauchte sie in den Hohlweg ein. Die Flügel ihrer Nonnenhaube bauschten sich wie zum Abschied im Wind. Dann war sie verschwunden, wie ein Wesen aus einer anderen Welt.

Der Bragglehner stand ganz unbeweglich da, hörte nur manchmal ihren Schritt aus der Tiefe aufklingen. Dann verstummte auch das. Das Abendrot wurde purpurn. Und immer noch stand der Mann regungslos, bis die Dämmerung heraufkroch und ihn einhüllte. Zuletzt war er selbst wie ein Baum, auf den lautlos die Fichtennadeln niedertropften, indes der erste Stern schon schüchtern aufflammte.

*   *

*